戦神
いくさがみ

画　清水悠子
装幀　芦澤泰偉

序

元亀《げんき》三年（一五七二年）九月、甲斐国《かいのくに》の山々を照らす黄昏《たそがれ》の陽光が、すっかり秋らしい寂寥《せきりよう》を帯びて爽風《そうふう》に踊っている。

甲府《こうふ》は躑躅ヶ崎《つつじがさき》館を出入りする武者たちの群れが慌ただしい喧噪《けんそう》を作っても、主従が向き合う奥座敷までは届かなかった。

「御館様《おやかた》。織田《おだ》家より、また使者が参っておりまする。こたびもお会いにはなりませぬか？」

両手を突いて奏上した武藤《むとう》（後の真田《さなだ》）昌幸《まさゆき》が顔を上げると、主君武田《たけだ》信玄《しんげん》はかすかな嘲笑《ちようしよう》を口の端に浮かべながら、短くうなずいた。

「無用じゃ。今宵《こよい》は山海の美味を馳走《ちそう》してやり、明日にでも体よく追い返せ」

信長は近ごろ、信玄の武威と西進を怖《おそ》れ、毎月のように酒樽《さかだる》、肴《さかな》、反物、小袖《こそで》などの進物とともに機嫌取りの使者を送ってくる。

駿河《するが》を併呑《へいどん》した武田家の次なる目標は、天下であった。

信玄の猛攻に震え上がった北条氏政《ほうじょううじまさ》との間で甲相《こうそう》同盟も成り、武田軍を止める者はなかった。

──時は、来た。

いよいよ本願寺《ほんがんじ》、浅井《あざい》、朝倉《あさくら》らとともに、畿内《きない》に覇を唱えつつある信長を包囲、殲滅《せんめつ》する。

すでに先陣を命じた山県昌景《やまがたまさかげ》の軍勢は、甲府を出陣していた。上洛《じようらく》の途上で邪魔になる織田、徳川《とくがわ》との決戦の日は、年内にも来るであろう。準備は万端整っている。信玄も、昌幸も勝利を半ば確信していた。

「畏《かしこ》まりましてござる。ときに飛騨《ひだ》の姉小路頼綱《あねがこうじよりつな》には来春、討伐する旨を伝えました」

武田への屈服を拒んだ者の末路だ。信玄は憐《あわ》れみの色さえ浮かべて小さくうなずいた。

「他に、上杉《うえすぎ》との和睦《わぼく》の件につき、公方《くぼう》（足利義昭《あしかがよしあき》）様からの使者も、目通りを願い出ておりまするが」

今、天下に風雲を巻き起こしているのは、信玄と信長だった。連日ひっきりなしに各国の使者が甲府を訪れる。

「無駄な真似《まね》を。謙信《けんしん》は信長と結ぶと決めておるわ。お前が適当にあしらっておけ」

甲越和与《こうえつわよ》の動きはただの時間稼ぎだ。信玄も本気ではない。もはや力なき将軍の使者に、七カ国にまたがる強国を作り上げた大大名がわざわざ会ってやる必要もなかった。

信玄はかたわらの絢爛《けんらん》たる枕屏風《まくらびょうぶ》に目を遣《や》った。

屏風には、名のある絵師の手で、大きな日本《ひのもと》の地図を描かせてある。

「わが軍勢が畿内を征したころ、中国《ちゅうごく》、九州《きゅうしゅう》はどうなっておるかのう」

「元就《もとなり》殿亡き後、毛利《もうり》はついに九州をあきらめた様子にございまする」

全国に武名を轟《とどろ》かせる将のなかで、信玄はぜひとも会ってみたい者の名を耳にするたび、屏風に記していた。安芸国《あきのくに》には中国の覇者、毛利元就の名があったが、元就は昨年、病没した。

「九州は、依然として大友《おおとも》か」

「六カ国を征した大友家の興隆は、揺るぎなき様子」

「なぜ大友は強い？　やはりあの男がおるからか？」

九州北部には、筑前《ちくぜん》、豊前《ぶぜん》、豊後《ぶんご》の三カ国をまたいで、ひとりの男の名が、墨で黒々と大きく記されていた。先年、信玄自らが書いたくせ字である。

「御意。大友には戦神《いくさがみ》が、おりますするゆえ」

謀将毛利元就をも力で撃破し、九州の地からついに毛利軍の猛威を追い払った男でもある。

信玄は想《おも》い人でも見るように、屛風にあるその名をしばらく眺めていた。まだ見ぬ好敵手にすっかり惚《ほ》れ込んでいる様子である。

「じゃが、あの男は先の戦《いくさ》で深傷《ふかで》を負い、馬にも乗れず、歩けぬ身になったはずではないか」

「今は輿《こし》に乗り、なお陣頭で戦っておるとか」

はるか遠く西国には、下半身が不随になっても戦い続ける不撓不屈《ふとうふくつ》の闘将がいるという。

信玄は瞠目《どうもく》して低く唸《うな》った。

畏怖《いふ》にも似た驚嘆を、めずらしく丸顔に浮かべている。

「まこと、日本一《ひのもといち》の武士《もののふ》かな」

信玄は妙な咳《せき》をした。近ごろは微熱も下がらぬようだ。が、さも心地よさそうに大笑した。

「一度でよい。死ぬまでに会《お》うてみたいものよ。その、戸次鑑連《べっきあきつら》なる男に……」

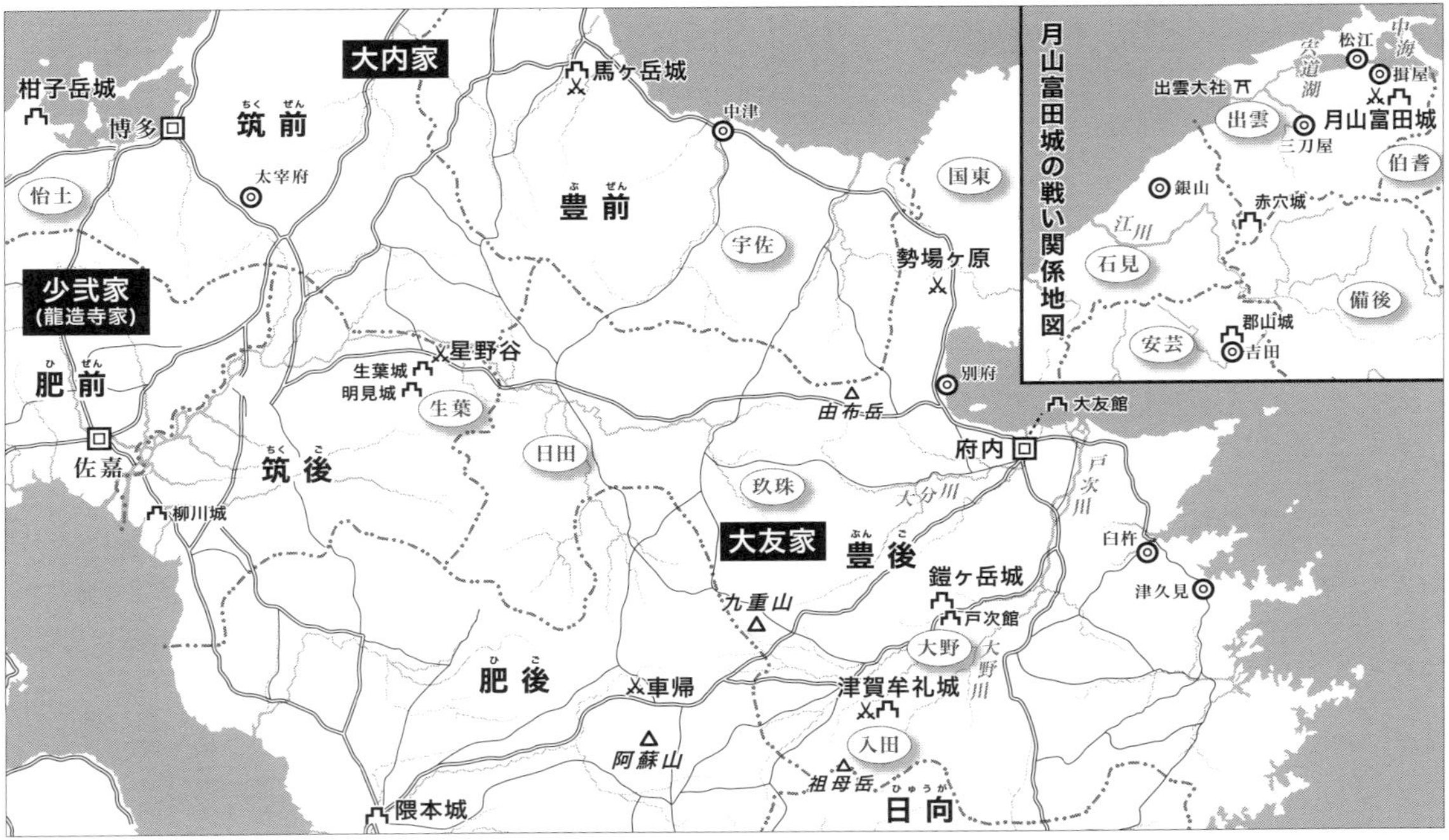

『戦神』関係地図：戦国時代前期の北九州

地図製作／コンポーズ　山﨑かおる

目次

■主な登場人物

【第一章】一五一三年

戸次親家《べっきちかいえ》：戸次家当主。戸次鑑連の父。
お梅《うめ》　：親家の室。
由《ゆ》布《ふ》家続《いえつぐ》：親家の義弟。
大友親治《おおともちかはる》：大友家の第十八代当主。
入田親廉《にゅうたちかかど》：入田家当主。親治の腹心。
臼杵《うすき》親連《ちかつら》：若き将。親家の好敵手。

【第二章】一五二四年

戸次八幡丸《はちまんまる》：後の鑑連。戸次親家の子。
戸次親家：戸次家当主。八幡丸の父。
お孝《たか》　：親家の継室。
由布家続：八幡丸の義理の叔父。
安東家忠《あんどういえただ》：若き戸次家臣。八幡丸の義兄。
入田親廉：入田家当主。筆頭加判衆。
お道《みち》　：親廉の娘。
入田親誠《ちかざね》：親廉の嫡男。お道の異母兄。
入田親助《ちかすけ》：親廉の甥。お道の従兄。
大友義鑑《よしあき》：大友家の第二十代当主。
臼杵親連：大友家の宿将。

【第三章以下】一五三四年～

戸次鑑連《あきつら》：大友家の宿将。後の立花道雪。
お道　：入田親廉の娘。
安東家忠：戸次家臣。鑑連の義兄。侍大将。
由布家続：鑑連の義理の叔父。筆頭家老。
戸次直方《なおかた》：鑑連の弟。
養孝院《ようこういん》：鑑連の継母。
入田親廉：入田家前当主。
入田親誠：入田家当主。お道の異母兄。
由布惟信《これのぶ》：通称源兵衛《げんべえ》。戸次家臣。
美《み》春《はる》　：お道の侍女。源兵衛の想い人。
堀祥《ほりさち》　：戸次家臣。
森下釣雲《もりしたちょううん》：戸次家臣。
大友義鑑：大友家の第二十代当主。

第一章

人に非ず

……永正十年（一五一三年）

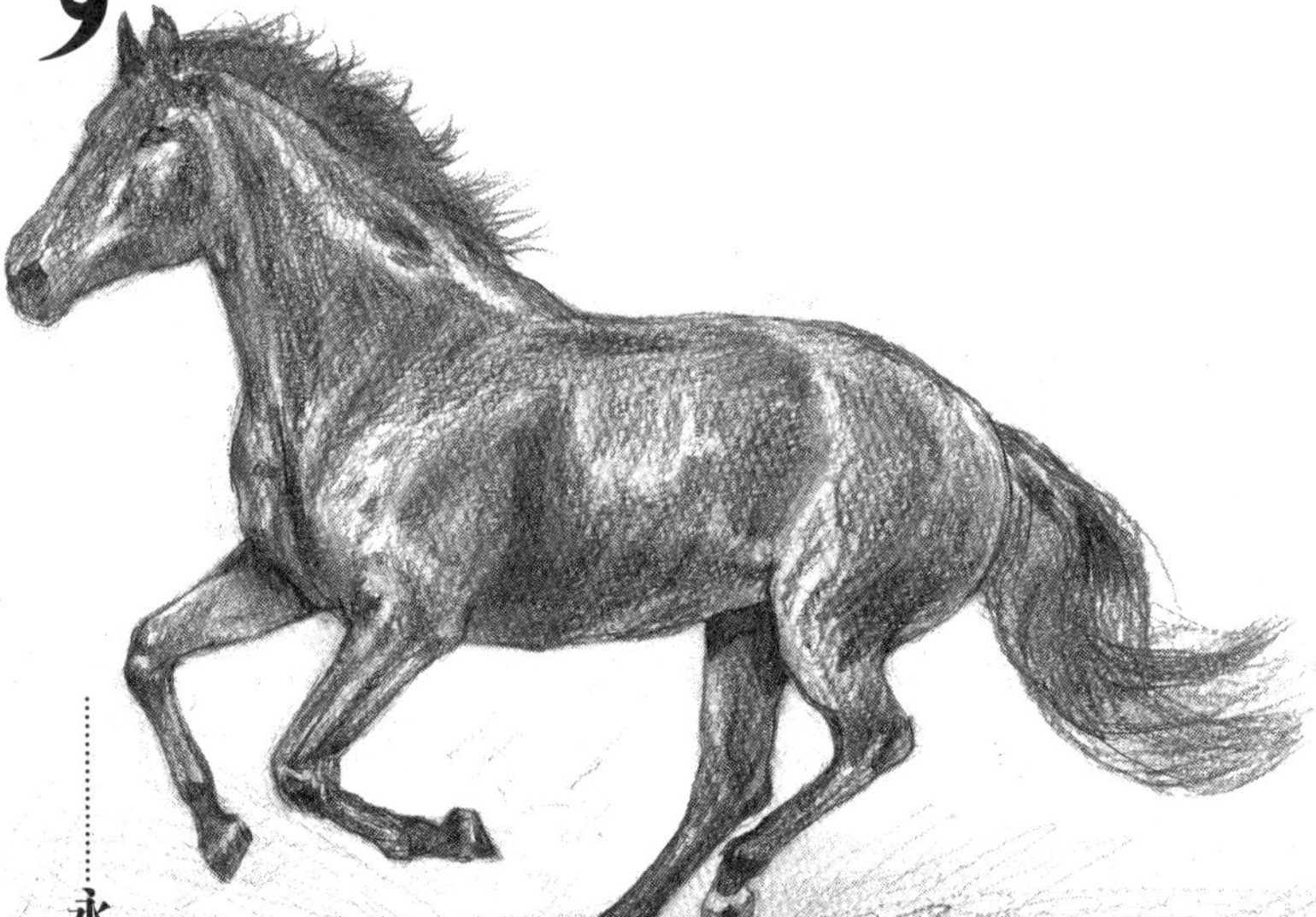

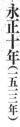

一　傷ましき腕

――まさか、寝返りか！

大友《おおとも》軍の総大将、戸次親家《べっきちかいえ》の全身を、悪寒が一瞬で駆け抜けた。

親家は意味もなく床几《しょうぎ》から立ち上がって、右の拳《こぶし》を握り締めた。

永正《えいしょう》十年（一五一三年）二月、異国筑後《ちくご》の星野谷《ほしのだに》には、薄墨色の霧が立ち込めていた。日の出も定かならぬまま、朝が訪れようとしている。

生葉《いくは》郡を治める星野《ほしの》家の居城、鷹取山《たかとりやま》に聳《そび》える明見城《みようけんじよう》での攻防戦は、すでに半年近くに及んでいた。敵味方を問わず、終戦への願いは、長陣に倦《う》んだ将兵の誰《だれ》しもが抱き始めた感慨であったろうか。

九分九厘、勝ちが見えた戦《いくさ》のはずだった。

この日の昼下がり、大友軍は満を持して、南北から総攻撃に入る段取りになっていた。

――いや、間違いない。

戸次軍の帷幄《いあく》で聴覚を研ぎ澄ました親家の耳に、確かな馬蹄《ばてい》の音が響いてくる。背後には味方しかいないはずだった。

――後背より敵襲！　星野実房《さねふさ》の寝返りにございまする！

完敗だと、親家はまず思った。

星野実房はひと月前、親家の腹心由布惟常《ゆふこれつね》の調略に応じて、大友軍に加わった。実房には、星野家当主の重泰《しげやす》と家督争いをした過去がある。星野の家督継承という餌《えさ》に、実房は飛びついたはずだった。実房の説得で実際、生葉郡の国衆《くにしゅう》は次々と大友家に降《くだ》った。昨日は支城の生葉城攻略にも成功して国衆が入り、あとは本城を残すのみとなっていた。

丸裸となった明見城を、戸次勢と星野実房ら生葉郡の降将らが北から攻める。これに呼応して南からは、臼杵《うすき》親連《ちかつら》らの友軍が攻め上がる段取りだった。親連はまだ若いが、大友軍で頭角を現わしてきた将である。

だが、星野実房が敵の送り込んだ埋伏の毒だったとしたら、どうか。国衆の離反も、支城の攻略も、何もかもが最初から敵方の捨て身の計略だったとすれば、どうか。

大友方の作戦は根底から破綻《はたん》し、敗北は必至となる。

最前線に陣を敷く戸次勢は、敵中深くで完全に孤立する。戦上手の敵将星野重泰は、総大将戸次親家の首を取りに来るに違いなかった。

――生葉城から敵が打って出た模様！

やはり目の前の支城も、敵城に戻っていた。

夜が明けても、霧はなお戦場を覆い隠したままだ。戸次勢ほか先陣の二千に対し、前後の敵は優に五千を超える。

兵法の常識なら、逃げるしかなかった。このまま兵を引けば、傷はまだ浅くて済む。

前方の敵が到達する前に、後方の敵陣を強行突破して戦場離脱を図るしかない。戦には勝ちもあれば負けもある。問題は危地を生き延びて、次の戦のためにどれだけの将兵を生還させられるかだ。

落ちぶれた名門に生まれ落ちたものの、親家はこれまで、愚直に槍《やり》ひと筋で、順風満帆の人生を歩んできた。主君の信を得て一軍を任され、華々しい戦果を上げ続けて恩賞の封土をいくつも賜《たまわ》ってきた。だが下手を打てば、この敗戦で一挙に何もかもを失う。

速やかに撤退すべきだ。

だがそれでも、親家には今、どうしても撤退できぬ理由があった。

鬨《とき》の声がした。怒濤《どとう》のごとき馬蹄が沸き起こる。

帷幄に飛び込んできたのは、義弟の由布家続《いえつぐ》である。

「義兄上《あにうえ》、星野めに計られましたぞ！　一刻も早《はよ》う撤兵を！」

「五郎九郎《ごろくろう》は、まだ戻っておらぬな？」

戸次家当主は陣頭で指揮を執る。それが家風だ。総攻撃にあたり、五郎九郎は戸次家の嗣子として、生葉城直下の最前線に布陣していた。

「御先勢はもう、袋の鼠《ねずみ》でございまする」

大友軍はすでに支城を攻略していた。いや、そう思い込まされていた。ゆえに、総攻撃を前に、将兵には休養をとらせてあり、満足な迎撃態勢にはなかった。実房は、大友軍が明見城を挟んだ南麓《なんろく》に主力を移した内情を知悉《ちしつ》している。成功して当然の奇襲だった。

「無念なれど、若殿はお救いできますまい」

戸次五郎九郎元載《もととし》は気優しい性格だ。民に慕われる領主となるだろうが、戦は不得手だった。

今回の戦で大友が苦戦するとみた親家は、出陣せぬよう説いたが、戸次の家風のせいもあろう、五郎九郎は戦で華々しい手柄を立てたがった。たっての願いに、親家は参陣を許した。だが実際には、勝利が見えるまで前線に出さなかった。

今日に限って最前線に布陣させたのは、親家が勝利を確信して、敵城一番乗りの栄誉を五郎九郎に与えたいと考えたからだ。

だが、すべてが裏目に出た。

南麓の大友軍主力がこの異変に気づくには、まだ時がかかる。援軍は間に合うまい。いかに親家の剛勇をもってしても、五郎九郎の救出は不可能に近かった。無謀な救出作戦を強行すれば、多くの将兵が死ぬ。

だがさいわい、戦場には霧が出ていた。五郎九郎がいち早く裏切りに気づき、白霧に紛れ、逃げ延びていてはくれまいか。

「このままでは全滅でござる！　今は、一人でも多くの将兵を生還させることこそが肝要」

家続の言う道理は承知していた。

だが、わずかでも望みが残っているなら、それに賭《か》けるしかなかった。

「馬、引けい！　五郎九郎を助けに出る」

「お待ちくだされ！　敵中に飛び込むなぞ、無茶でござる」

眼前の敵は増える一方だ。死にに行くに等しい。

「痴《し》れ者が！　五郎九郎様を死なせるわけにはいかぬわ！」

親家は覚えず、息子であるはずの後嗣を「様」づけで呼んだ。五郎九郎は親家の実子ではない。主君の子だった。

「今なら、まだ間に合いまする。ここはひとまずお退《ひ》きくだされ！」

家続が必死に食い下がってきても、親家は気に留めなかった。恩義ある主君の子を見殺しにして戦場を離脱する真似《まね》など、親家にはできぬ。

親家は帷幄を駆け出ると、用意されていた馬の鐙《あぶみ》を踏んだ。

「五郎九郎様を救い出す。皆の命、わしにくれい！」

家続始め近習《きんじゅ》らも、覚悟を決めた様子で親家に続いた。

†

生きていてくれ――。

親家は祈りながら、まだ夜霧の残る林間で馬を駆った。死の狂宴を目前にした特有のざわめきはあっても、爽《さわ》やかな森の香りに、血の臭《にお》いはまだ混じっていない。

五郎九郎は主君大友親治《ちかはる》の次男で、戸次家を継ぐために養子となった。主君に託された大切な後嗣である。宗家に万一の事態でも起これば、大友家の当主となる身でもあった。

すぐに敵勢と遭遇した。十騎余りだ。

親家は自慢の槍を小脇《こわき》に抱えて、馬を入れた。

気合い一閃《いっせん》、一撃で先頭の敵将を馬から突き落とした。親家の剣幕に恐れをなした騎兵が馬首を返した。討ち取る暇などない。

そのまま捨て置いて、敵中を駆け抜ける。

戸次親家は大友家に名だたる一騎当千の勇将であった。戦場に出て二十年余り、漆黒の鎧《よろい》を身にまとい、黒馬にまたがって、無双の豪槍《ごうそう》で数えきれぬほど戦功をあげてきた。親家は三十五歳、今や大友軍の中核を成していた。

「皆の者、続け！」

急がねばならぬ。

親家は夢中で馬を駆った。

大友宗家に連なる名門一族でありながら、戸次家はこの百年ほど零落していた。戸次家がふたたび世に出たのは、親家の抜群の槍働きによる。その武勇と将器を高く買い、重臣として取り立ててくれた主君は大友親治だった。戸次一族は例外なく武勇に優れ、将兵は精強を誇った。親家は期待に応《こた》え、大友に数々の勝利をもたらした。

大友親治は、己に似た長男の義長《よしなが》よりも、死んだ愛妻に似た五郎九郎を好いている節があった。だが、跡目争いを繰り返してきた大友宗家の歴史に学び、早々に義長を国主として、宗家を継がせていた。愛息を戸次家に託したのは、親治の親家に対する絶大な信頼ゆえである。戸次親家こそは大友親治の第一の忠臣であったといってよい。

――大殿（大友親治）の信を、裏切るわけにはいかぬ。

親家には長年連れ添った妻との間に四人の娘がいたが、最初に生まれた長男が夭折《ようせつ》した後は、なぜか男児に恵まれなかった。豊後《ぶんご》一之宮《いちのみや》である柞原八幡宮《ゆすはらはちまんぐう》に夫婦で何度も参詣したが、願いの叶《かな》わぬまま、愛妻のお梅《うめ》も三十路《みそじ》を過ぎていた。そこで一昨年、宗家の五郎九郎が親家の娘を娶《めと》る形で、入り婿となったのである。戸次家にとってもありがたい話だった。

親家は敵勢に突入した。敵の足軽《あしがる》が槍衾《やりぶすま》を作ろうとする。

——遅いわ！

すでに馬を乗り入れていた親家は、長槍で敵の胸を貫いていた。

抜いている暇はない。その槍でそのまま、逃げる別の足軽の背を貫いた。槍先に敵兵を二人串刺《くしざ》しにして、敵に向かって放《ほう》り投げた。

親家の右腕は、疲れも知らぬ自慢の豪腕だ。

「五郎九郎！　おるか！」

人の心のように気まぐれな天が、山間《やまあい》から霧の帳《とばり》を取り去りつつある。

辺りは随所で大乱戦となっていた。敵ながら見事な包囲殲滅戦《せんめつせん》だった。これでは、戸次勢の全滅も覚悟せねばなるまい。

親家は戦場で躍動した。五郎九郎が布陣しているはずの最前線へ向かう。己《おの》が槍だけを頼りに、敵兵が作る激流に逆らって進んだ。敵は増える一方だった。

五郎九郎は幼少から人懐こかった。親家の膝《ひざ》の上で何度戯れたか知れぬ。幼い男児を失っていた親家も、大いに可愛《かわい》がった。ゆえに望んで養子に迎えた。槍稽古《げいこ》をつけもしたが、腕っぷしが弱く、戦には不向きな若者だった。

「義兄上！　右手前方の林に弓兵隊あり。危のうござる！」

将たる者、一番乗りの手柄など配下に譲るべしと親家は説いたが、五郎九郎は実父に褒められたかったのであろう。最前線での布陣にこだわった。

敵は多すぎた。矢雨が降り注ぐ。それでも構わず突進した。

戸次家はこれまで、由布惟常による老獪《ろうかい》な調略と、親家の並外れた武勇が車の両輪となって、数々の戦功を上げてきた。だが、今回は見事に裏を掻《か》かれた。敵将星野重泰と実房のほうが一枚上手だったと認めるほかはない。

「もう、おやめくだされ！」

家続の悲鳴のような制止が聞こえた。

（あきらめるわけにはいかぬ）

今まさに五郎九郎は、親家による救出を信じながら戦っているやも知れぬ。温厚だが、実父の血を引く誇り高い若者だ。敵に降るくらいなら、潔く死を選ぶに違いなかった。

右前方、至近から、いっせいに矢の放たれる弦音《つるおと》がした。

馬上でとっさに身をかがめる。

親家は右の二の腕に焼けつく痛みを感じた。矢が二本、腕を貫いている。が、馬は止めぬ。そのまま居並ぶ弓兵隊に向かって突撃し、負傷した右腕の槍で蹴散《けち》らした。

歯を食いしばり、続けて矢を抜いた。幸い骨は傷ついていない。

親家は戦場を見渡した。討たれた遺骸《いがい》が幾つも無惨に散らばっている。味方ばかりだ。

急速に晴れていく霧の向こうに、長槍隊に囲まれた馬上の若き将の姿が見えた。

五郎九郎だ。

数人の戸次兵に守られていた。間に合う。

見知った戸次兵が嬲《なぶ》られるように討たれ、倒れた。その隙《すき》に五郎九郎が包囲を抜け出た。敵兵が追いすがる。

親家は吼《ほ》えた。何としても救うのだ。馬を駆った。

が、馬上の五郎九郎は親家の姿を認めると、逆に、敵勢のほうへ馬首を返した。偉大な君主の嫡男、戸次家の嗣子たる誇りがとらせた行動に違いなかった。

「やめよ！　戻れ！」

無謀にも五郎九郎は踏みとどまった。戦おうとした。が、一本の流れ矢を胸に受けた。一瞬、動きが止まる。槍を弾《はじ》き飛ばされた。

敵兵の槍を背に喰《く》らった。脇にもだ。

吼える親家の眼前で、五郎九郎は馬から突き落とされた。

親家は大音声《だいおんじょう》で一喝した。唸《うな》りを立てて槍を入れると、足軽どもが逃げ散った。

槍を地面に突き刺して、馬から飛び降りた。

五郎九郎を抱き起こす。まだかすかに息があった。親家を見ると、力なく微笑《ほほえ》んだ。

「しっかりなされ！」

だめだ。魂がもう、身体《からだ》から離れようとしている。

「義父上《ちちうえ》、やはりそれがしは、乱世に向いておりませなんだ。お赦《ゆる》し、くだされ……」

目尻に涙を浮かべながら、そのまま首はがくりとなった。

親家は歯を食いしばって、事切れた若者を抱き締めた。

豊後国主の嫡男の遺骸を、戦場にうち晒《さら》すわけにはいかぬ。せめて国へ帰らせねば、主君に対し顔向けができまい。だが親家は今、敵の真《ま》っ只中《ただなか》にいた。

親家は決意して立ち上がった。

――五郎九郎の遺骸とともに、この戦場を離脱する。

困難を極めるが、起伏と樹林の多い山野だ。運に恵まれれば、不可能ではない。

親家は二度と動かぬ若い身体を右肩に担ぎ上げると、馬に乗った。槍を左手に持ち替えた。

馬首を返した。すぐに林間を抜ける。

絶望的な乱戦のなか、精強な戸次兵でさえすでに四散していた。辺りに味方は一人もいない。

先刻まで近くにいたはずの家続の生死も知れなかった。

——あれに見ゆる漆黒の鎧は、黒き影、戸次親家ぞ！　討ち取って名を上げよ！

星野実房の下知《げち》に、騎馬武者が群がり寄ってきた。

名乗り出てきた馬上の若い敵将を左手の槍一撃で突き落とす。すかさず突破した。

いくつもの敵襲を乗り切った。

愛妻のお梅と娘たちには半年近く会っていない。つい数日前、お梅から身籠《みご》もったとの文が
届き、長陣の憂さを払ってくれたところだった。この夏に生まれるらしい。せめて赤子に会っ
てから死にたいと願った。

右手に弓兵隊が待ち構えていた。身を隠す木々もない。どうする。

親家は馬の腹を蹴った。駆け抜けるほかない。

身をかがめて走り抜ける。

右半身に痛みが走った。何本矢が刺さったか知れぬ。構わず進んだ。

が、どうと身体が前へ投げ出された。矢を喰らった馬が潰《つぶ》れたのだ。

すぐに半身を起こした。足軽が遠巻きに親家を取り囲み、長槍を突きつけていた。矢を浴び
た右半身に力が入らぬ。

親家は左腕の槍の石突《いしづき》を杖代《つえ》わりにして立ち上がると、五郎九郎の亡骸《なきがら》を守るように仁王立《におうだ》ちした。

まだ動く左腕で、群がる足軽をなぎ払った。

だが敵は、十重二十重《とえはたえ》に親家を取り囲んだ。

——もはや、これまでか。

死を覚悟した親家が早暁の天を仰いだとき——

鋭い馬の嘶《いなな》きとともに、包囲網を突き破ってくる騎馬兵がいた。

兜《かぶと》の前立てには、金色《こんじき》の獅子頭《ししがしら》が輝いている。

——金獅子《きんじし》じゃ！　臼杵親連ぞ！　ひとまず引けい！

蜘蛛《くも》の子を散らすように、敵が逃げ始めた。

臼杵親連の知勇は敵にも知れ渡り始めていた。いちはやく北麓での異変に気づいて、即座に兵を動かしたに違いない。

助かったと思うと、力が抜けた。そのまま親家はどうと仰向《あおむ》けに倒れた。

「戸次殿らしゅうない戦ぶりでござるな」

馬を下りた親連が、親家の右半身に刺さった矢を抜いているらしい。

もう感覚は残っていない。

昇り始めた陽光で、親連の金獅子が眩《まぶ》しいほどに煌《きら》めき始めた。

†

豊後の国都、府内《ふない》（大分県大分市《おおいたし》）では蕾《つぼみ》を付け始めた梅の木々が、晩冬の穏やかな日差しを浴びている。

入田親廉《にゅうたちかかど》が当主となってから、惨めなほどに小さかった入田屋敷も年を追うごとに広く、立派になってきた。今や入田家は、大友家で五指に入る大身《たいしん》である。

——損か、得か、危なくはないか。

府内にいるとき、親廉は決まってこの縁側に座り、次に打つ手を思案した。

庭に立つ梅の裸木を眺める。

親廉が生まれたとき、亡父親広《ちかひろ》が狭い庭に植えた梅だという。父はわが子の栄達を見届けることなく、逝《い》った。実が食せるという理由で、貧しい親広は梅を植えたのか。それとも、梅花が好きだったのか。とにかく親廉は父を偲《しの》んで、入田屋敷の庭に梅林を作らせた。春の訪れとともに、庭には梅の香りが満ちるだろう。

親廉は幼いころ、頼みもせぬのに、ひとりの老翁から将来の栄達を予言された。そのころ零落していた入田家は、本貫地《ほんがんち》の入田荘（大分県竹田《たけた》市）でひっそりと暮らしていた。荒れ放題の居城、津賀牟礼《つがむれじょう》城を普請する余裕もなかった。

——かくも両の眼《め》が離れた異相は、千人に一人、おるかどうか。

大岩に座って話しかけてきた、あの異様に長い白眉毛《しろまゆげ》の老翁は本当にいたのか。それとも、あれはすべて、ただの夢にすぎなかったのか。

——お前は長じて、功成り名を遂げ、豊後一の栄達を得る。不惑を迎える前に加判衆《かばんしゅう》となり、やがてはその筆頭として仰がれ、位人臣《くらいじんしん》を極める。府内の屋敷は大友家中で最大となろう。二人の女を愛し、子は三人できる。男二人と女一人じゃ。ただし、高みに登るためには、宿敵の戸次と手を結ばねばならん。長生きはせぬほうがよいぞ。何となれば、入田は、戸次に滅ぼされる運命じゃ。お前以上の奇顔の持ち主によってな。

——ならば、利用した後で、戸次を滅ぼせばよいのじゃな？

——できるものならのう。じゃが、しょせんは人間ごときに、運命は変えられぬものよ。

実際、親廉はのし上がるために、戸次を大いに利用してきた。そのぶん戸次も強くなったが、ついに転機が訪れたのだ。今こそ本来の宿敵、戸次家を完全に滅ぼすべき時だ。

入田家は代々、戦が不得手であった。親廉とてその例に漏れぬが、乱世にあっても、戦がすべてではない。しょせん戦など、政《まつりごと》の一手にすぎぬ。わざわざ親廉自らがやる必要はないのだ。得意な者たちがやればよい。

親廉は戦上手の同輩たちを巧みに利用しながら、のし上がってきた。

戦など、ただの人殺しだというのに、世には物好きな人間がいるもので、たとえば戸次親家のごとき猛将は、実に便利な男だった。親廉が膳立《ぜんだ》てさえすれば、後は放っておいても命を張って戦に勝ってくれる。呆《あき》れるほどに義理堅い男で、裏切る心配は皆無だから、多少の無理も通せた。

大友家は長く中国《ちゅうごく》の大大名、大内義興《おおうちよしおき》に対抗し、豊前《ぶぜん》、筑前《ちくぜん》を戦場としてきたが、十二年前の沓尾崎《くつおざき》、馬ヶ岳《うまがたけ》の激戦において、若き戸次親家は獅子奮迅の活躍で大功を挙げた。戸次勢は身内に戦死者を出しながらも、大友軍をたびたび戦勝へ導いてきた。

だが、筑後から敗報が届いた。

何と、戸次親家が瀕死《ひんし》の重傷を負い、嗣子の五郎九郎元載は戦死したという。

――これで、戸次家はふたたび没落する。

今後は親廉も、あの単純な男を使えなくなるが、別にそれはいい。他にも駒《こま》はいる。大友家中を見渡して、親家の後を継げる将は文句なしに、臼杵親連だ。

戦の巧拙は、持って生まれた才能と性情で、あらかた決まるらしい。天賦《てんぷ》の軍才なら、親連が当代一だと評する者さえいた。もっとも、一本気な親家と違って、何を考えているか知れぬ風変わりな若者だけに、利用する側も、足を掬《すく》われぬよう留意せねばなるまいが。

「父上。戸次家が没落した後、わが入田はいかが相成りましょうか」

かたわらへ来た長男の親誠《ちかざね》に視線を移した。書見を終えたらしい。元服して間もない色白で小太りの嫡男は、親廉の唯一ともいえる悩みの種だった。

顔は父子でよく似ていた。親廉ほどではないが、左右に異様に離れた眼は、入田の者の特徴である。

魚眼のような広い視野で、親廉は乱世の先を見通し、生き抜いてきた。

処世で何かを間違えた記憶はない。あるとすれば、眼前の親誠の不出来くらいだが、決められた結婚で正室が順当に産んだ嫡男だ。早くに亡くした正室も、武家の嫁として申し分なかった。だが、子が持って生まれた器ばかりは、親がどうにかできる話ではない。親にしてやれるのは、できる限りの養育と恵まれた境涯《きょうがい》を残すことくらいだ。

「お前はどう思うか？」

親誠は己の頭で考えず、親廉に答えを求める癖があった。ゆえに時間をかけて、考えの筋道を辿《たど》らせ、間違えさせながら、学ばせてきた。世にいつも正答があるわけではないのだと、教えてやりもした。素直な親誠は目を輝かせ、尊敬してやまぬ自慢の父を見るのだ。

だが、親廉も不惑を過ぎた。父亡き後は、親誠にひとりで世を渡らせてやらねばならぬ。ひいき目に見ても、親誠の人物はせいぜい中の上だった。大事など為《な》さずともよい。波瀾《はらん》の世にあって入田の家を保てれば、上出来だ。

「臼杵親連殿の後ろ盾となり、恩を売っておくがよろしいかと」

言わずもがなの話だが、今から恩を着せても、遅い。

「よいか、親誠。道をひとつに絞れば、その道を塞《ふさ》がれたときに行き詰まる。乱世を生き抜くには、常にもうひとつ道を作っておくのじゃ。戦も、政も水物よ。もとより戸次だけに戦を頼ったのでは、大友も入田も危うい。ゆえにわしは、臼杵親連にかねて眼を掛けておった。こたび、親連を副将に推挙したのも、このわしじゃ」

「さすがは父上にございまする」

親誠は感服した様子で親廉を見ていた。親廉はそつのない能臣だが、親誠は抜け目のある小心者だった。親誠の息子の代に入田家を継がせてから、死ねればよいのだが。

「今、懸念すべきは臼杵ではない。戸次なのじゃ。長らく結んできた戸次との関係を、いかに手じまいするかが、思案のしどころよ」

入田は、戸次の突然の没落に巻き込まれてはならない。

「戸次に恩を売っておくのも、後のためになるのではありませぬか？」

「情にほだされては、家を守れぬぞ、親誠」

数合わせのために入田勢も出兵した初陣《ういじん》で、親誠は震え上がって木偶《でく》の坊のようになった。危地を救ってくれたのが、百戦錬磨の戸次親家だった。親誠の心のなかでは、親家に対する畏《い》敬《けい》と同情が入り混じっているのやも知れぬ。

己でも薄情な性格だと知ってはいるが、親廉とて戸次家を襲った悲劇に心が痛まぬでもなかった。だが、滅びゆく家、特に戸次に手を出すのは危ない。

「大殿のお怒りは尋常にあらず。火中の栗《くり》は拾わぬが、乱世の常識よ」

「では、戸次を切り捨てると？」

親廉の教育のおかげもあって、親誠は二流であっても、馬鹿ではなかった。

「腐り始めた枝は、早めに切り落とすほうがよい。深傷《ふかで》を負うた親家は、もはや戦場へ出られまい。後を継ぐ男児もおらぬ。おまけに親家の度重なる戦功で、戸次は所領を増やしすぎた。宗家にとっても、潰すにはちょうどよきころ合いなのじゃ」

乱世を渡るには、才だけでは足りぬ。運も必要だ。才ある者がときに家を滅ぼすのは、運がなかったからだ。戸次の滅びの運命はすでに定まった。誰にも変えられまい。運なき者には関《かか》わらぬに限るのだ。

「親誠よ。ひとつ、覚えておくがよい。歴史が明かしておるように、戸次は入田の宿敵じゃ。入田が生き延びるためには、戸次を必ず滅ぼさねばならぬ」

†

気まぐれな天の降らせた白雪が、大友館の庭に薄化粧を施している。すでに雪は止《や》み、曇天に晴れ間が覗《のぞ》けば、跡形もなく消えるだろう。

「そちらしくない、負け戦であったな」

右半身に深い矢傷を負った戸次親家は、臼杵親連の軍勢に救い出された後、府内へ送還された。

主君の愛息を死なせた責めは、総大将たる親家にあった。戦場では怖《おそ》れを知らぬ親家も、主君大友親治に対し、顔を上げられなかった。

「面目次第も、ございませぬ」

「あるまいのう」

かすれを帯びた親治の声は、怒りよりも冷たさを含んで聞こえた。

親家は動かせる左手だけで、平伏していた。

少し動くだけで右半身に激痛が走った。受けた矢傷は数知れぬ。中でも右腕は、矢で骨を砕かれたらしく、いっそのこと切り落としたいくらいの激痛に、親家は苦しんでいた。重傷のためにまだ歩けないが、それでも意識が戻り、動けるようになるや輿《こし》に乗って、謝罪と敗戦の報告をすべく、大友館へまかり出たのである。

「入田からは、そちの愚かな家臣が、敵に欺かれたゆえの負け戦と聞いた」

親治の腹心である入田親廉を通じて、戦況は逐次、報告されている。

「入田殿の言に、誤りはございませぬ」

この敗戦、なかんずく五郎九郎の死を償うにはどうすればよいか。

直接の敗因を作った由布惟常は死を免れまい。今朝がた、親家を見舞いに来た惟常は、もともと腹を切るためだけに生還していた。加えて親家の切腹もありうる話だった。

「惟常が失態、死をもって償うほか――」

「その儀はもう、無用じゃ」

短くさえぎる親治の言葉は、いくぶんうわずって聞こえた。

大友家第十八代、親治は、血で血を洗う大友家の内紛を勝ち抜いて、豊後を統一した男である。乱世の荒波を渡ってきた勝者だけあって、家臣の裏切りや失敗に対しては容赦《ようしゃ》がなかった。だが、親治も齢《よわい》を重ねて寛容になったのか。惟常が死を免れるとは望外の温情だった。惟常は親家の傅役《もりやく》を務めた戸次の老臣であり、ひとり娘のお梅は親家の愛妻でもあった。これまでの数々の勲功に免じて、汚名を雪《すす》ぐ機会を与えるべく、特別の恩赦《おんしゃ》を賜ったのか。

親家がおそるおそる顔を上げると、親治の笑みが残忍な陰翳《いんえい》を帯びていた。

「そちの家臣は、裏切りの片棒を担いだに等しい。されば今しがた、余みずからの手で、老い首を刎《は》ねた」

「……はっ」と、親家は改めて頭を下げた。

武士に名誉ある自死さえ認めぬとは、非情な仕置だった。

惟常は呼び出しを受け、死を悟っていたに違いない。今朝は、最後の挨拶《あいさつ》に親家を訪れたのだ。毎朝、長寿のために、老いて痩《や》せ気味の身体を乾布で擦《こす》っていた惟常の姿を思い浮かべながら、親家は歯を食いしばった。

「愚か者の白髪首《しらがくび》は、五郎九郎の霊前に供えた」

短い生涯《しょうがい》を終えた五郎九郎の亡骸は、ひとまず大友館二階の一室に安置されたと聞いていた。

五郎九郎は義祖父に当たる惟常と馬が合い、談笑しながら縁側でよく将棋を指していた。よもやかかる結末が二人に待っていようとは、なぜ天はかくも酷《むご》いのだ。

「何じゃ、親家。不服でもあるのか?」

「滅相もございませぬ。当然のご裁断と存じ奉りまする」

親家はあわてて左手を突き直して平伏した。

「されど、やはり老いぼれを一匹始末したところで、いっこうに気は晴れぬな。親連がすでに憎き星野重泰めを討ち果たしておる。されば余は、誰を憎めばよい? 誰を殺せば、この胸のつかえが取れる?」

大友軍は星野攻めで大苦戦したが、最後は、親家に代わって総大将となった臼杵親連が、謀略をもって星野重泰を討った。親連は大友軍の敗戦による形勢不利を逆に利用した。家臣の竹《たけ》生外記介《おげきのすけ》という知恵者を謀叛人《むほんにん》に仕立てあげると、「勝ち目のない大友を見限った」と偽りの降伏をさせた。弁の立つ竹生をすっかり信頼した重泰は、ついに風呂場《ふろば》で討ち果たされた。かくて大友は筑後の要衝を攻略したのである。大勝利を収めた大友軍のなかで、戸次のひとり負けともいえた。

「五郎九郎の亡骸には、数知れぬ矢傷があった。不届きにもそちが、五郎九郎を盾にして生き延びたと申す者もおるぞ」

親家は絶句して主君を見た。思いも寄らぬ糾弾だった。

あのときは亡骸を豊後へ連れ帰ることしか考えていなかった。

「なぜ先陣に出した? あの者は戦に向いておらなんだ」

五郎九郎のたっての願いで出陣を認めた。一人前の武将になったのだと、実父である主君に示したかったに違いない。何もかもが裏目に出た戦だった。

「わが罪は万死に値いたしまする。されば、腹を切って――」

「そちは、誰ぞに子を殺されたことがあるか？」

「……ございませぬ」

「余にとって、五郎九郎は片腕も同然であった。腕をもがれたような思いじゃ。……親家、そちの右腕を出せ」

親家は傷ついた右腕を左手で摑《つか》むと、そっと前へ差し出した。

畳の上に置いただけで骨に響き、激痛が走った。

親治がゆらりと立ち上がる。

足を上げると、親家の右腕を勢いよく踏みつけた。親家はこらえきれずに呻《うめ》き声を漏らした。

親治は狂ったように何度も踏みつけ、さんざんに踏みにじった。

気を失いそうな痛みだった。

親家は、懸命に歯を食いしばって耐えた。

やがて疲れたのか、親治は親家の右腕に足を置いたままで尋ねた。

「どうじゃ？　痛むか、親家？」

「はっ。されど、大殿の味わわれし痛みには、遠く及びませぬ」

「さようであろうな。老いぼれの命なぞでは足りぬ。されば、由布惟常の血を引きし者、ひとり残らずこの世から抹殺せよ。さもなくば、余の腹の虫がとうてい治まらぬ」

親家の背筋が凍り付いた。親家の妻子すべてが死を賜る意味となる。

「何とぞ、わが命でお赦しを――」

「ならぬ。そちは死ぬな。生きて、残りの生を、余とともに苦悩するのじゃ」

「……畏《かしこ》まって、ございまする」

親家は言葉を絞り出した。

「余がなにゆえそちに五郎九郎を託したか、わかっておったのか?」

親治が言葉を詰まらせた。気丈な主君が見せた初めての弱さであったろうか。

「余は弟を討ち、伯父と戦うた。余は、血の繋《つな》がる者たちを信じられなんだ」

親治はようやく親家の腕から足を離すと、すぐに踵《きびす》を返した。

「この乱世で最も信を置いた家臣に裏切られし主《あるじ》の気持ち、そちにはわかるまい」

「……もったいなき、お言葉……」

親家は左手を突きながら、畳に額を何度も擦りつけた。

二　鬼の子

豊後国、大野《おおの》（大分県豊後《ぶんご》大野《おおの》市）の郷にある戸次館は、深山に囲まれている。

館の庭では、冬の終わりを告げる紅白の梅の蕾が、まだ淡い香りを放ちながら色づき始めていた。見た目とは裏腹に肌寒さは健在だった。無言で降り続く晩冬の雨は、まもなく訪れる日暮れとともに、湿雪へと変わるだろうか。

「何と苛烈《かれつ》な……。由布惟常に連なる者、すべからく死を賜るべし、と……？」

戸次親家は義弟の由布家続に向かい、かすかにうなずいた。

親家の室お梅は老臣、由布惟常のひとり娘であった。家続の同族でもある。一族鏖殺《おうさつ》もめずらしくない末世とはいえ、仕置状《しおきじょう》の言葉を額面どおりに受け取るなら、親家は妻と四人の娘たちを手にかけねばならなかった。

まだ矢傷も生々しい背をかばいながら、親家は褥《しとね》にそっと身を横たえた。大友親治に過酷な肉刑に処せられた後、親家は全身に高熱を発した。このままでは命に関わると薬師《くすし》に勧められ、痙攣《けいれん》を続ける右腕を自ら切断して、隻腕となった。

家続は真っ青な顔で、食い入るように親家を見つめていたが、堪《こら》えきれなくなったように痩《そう》身《しん》をわななかせた。

「戦は時の運にございましょう。……これまで、あらん限りの忠誠を尽くしてきた当家に対し、あまりに無体な仕打ちではありませぬか？」

戸次家が仕えてきた大友親治こそは、まさに乱世の梟雄《きょうゆう》であった。

大友宗家の五男に生まれた親治は、僧侶《そうりょ》の身から還俗《げんぞく》し、当主の兄を助けた。しかし、謀略の限りを尽くして権力を手中にしていき、宗家の跡目争いと内戦に乗じて政敵をことごとく打ち滅ぼした。父子の対立を煽《あお》って兄に子を毒殺させ、兄が死去するや、ついには大友家当主になりおおせた。世襲の正統をあまねく示すべく、嫡男（大友義長《よしなが》）を当主に据えているが、豊後国主としての実権は、なお老獪な親治が握っていた。

「大殿には、文を差し上げてある」

親家は病床にあって、使い慣れぬ左手で懇願の手紙を何度も書いたが、親治からは返事がなかった。読まれているのかさえ、定かでない。

大友一族の名門であった戸次家の没落は、第六代戸次直世《ただよ》が百年ほど前、将軍足利義満《あしかがよしみつ》に直言して勘気を被り、蟄居《ちっきょ》を命ぜられてから始まった。直世の諫死《かんし》を聞いた義満は、後悔して名誉を復したが、戸次家は所領の回復ができないまま落ちぶれていった。おまけに近隣の入田家と相争って共倒れになり、百年の長きにわたり零落したままだった。

だが、大友親治は猛将戸次親家の武勇を頼みとし、戦で大いに用いた。不遇をかこっていた親家が世に出られたのは、ひとえに親治の取り立てによった。

ゆえに若き日からこれまで、親家は一貫して、親治の股肱《ここう》の臣であり続けた。勇猛な親家は、軍事面で親治の覇業をいちずに助けた。親治は愛息を養子として与えるほどに、誰よりも親家を信任した。その信頼を親家が一方的に裏切ったのだ。非は明らかに親家にあった。

「案ずるな、家続。これは、いっときのお怒りに駆られての仕置にすぎぬ。大殿が戸次を見捨てられるはずがない」

家続は黙したまま、何度も首を横に振った。

「実は入田殿にも、大殿へのとりなしを頼んである」

加判衆を務める入田親廉は親治の信任篤く、政務を一手に引き受けている最有力家臣であった。親治は、政では入田に、戦では戸次に信を置いてきた。親廉とは、ともに大友家を支え合ってきた仲である。

「よりによって、ひらめ殿に……？」

首を傾《かし》げる家続の気持ちは、容易に察しえた。

入田親廉は保身と出世のためには平気で汚い手も使うと、あしざまに陰口を叩《たた》かれこそすれ、親廉をよく言う人間はまれであった。入田と戸次では、まるで家風が違う。主君の顔色をうまく窺《うかが》いながら出世していく親廉に、陰で付けられたあだ名はひらめであった。ひらめはいつも上だけを見ている。地に張り付いて万全の保身の体勢にあるわけだ。むだな動きもしない。己のあだ名を知った親廉は「わしはひらめでも、大びらめじゃ」と笑ったそうだが。

「はたして入田が、戸次に手を貸してくれましょうか……」

近隣に所領を持つ入田家は、長らく戸次家と因縁《いんねん》の間柄にあった。

「何事も、真心をもってすれば、通ずる。家続よ、府内へ出向き、お前が入田殿に会《お》うてきてはくれぬか」

内海に近い府内は、年を通じて温暖である。九州の強国、大友家の首府として三百年の長きにわたり外敵の侵入を拒み続けた都には、恒《つね》なる平和が生み出した、どこか気だるいおだやかさが漂っていた。

†

庭に梅林さえ持つ、いたずらに広大な入田屋敷もその例に漏れなかった。

大都を行き交う人馬の喧噪《けんそう》も、母屋にはまったく届かない。府内にありながら、故郷入田の山さえ想《おも》わせる静けさと自然の営みが、屋敷にはあった。

梅林に無数に見える蕾は、早くもほころび始めていた。

「まだ寒さも残っておる。油断をせず、身体を大切にいたせ」

入田親廉は身重の若妻に声を掛けてやり、部屋から出ると、いつもの縁側に座った。

栄達を得た親廉が、糟糠《そうこう》の妻を病で亡くした後、己の眼で選んだ後室であった。所領にある大中寺《だいちゅうじ》の住職の娘で、見目よりも芯《しん》の強さを見込んで、親廉がぜひ後室にと望んだ娘である。齢の差がかえってうまく作用して、夫婦仲はすこぶるよかった。仕事以外に道楽のない親廉にとっては、後室との他愛《たわい》もないやりとりが、秘《ひそ》かな楽しみにもなっていた。

力ある入田家に取り入ろうとして、大友家臣たちが「ぜひ後添《のちぞ》えに」と娘を紹介してきても、親廉はすげなく断ったものだ。己の死後、入田家を他家にかき回されるのは御免だ。加えて、入田家が大友の重臣と結んでさらに力を持てば、痛くもない腹を探られ、主君から警戒されかねない。他家とは下手に交わらぬほうがよいのだ。

親廉は冬ざれの庭を見渡した。

入田屋敷の広い庭は、枯れ葉ひとつ逃さず、きれいに掃き清められている。

――戸次は、入田にとって鬼門《きもん》じゃ。

所領の方角だけではない。両家の諍《いさか》いの歴史が端的に示している事実だった。

親廉の信条は徹底した保身である。激動の乱世にあって、今の地位を守る保身は、何も恥ずべき真似ではない。保身とは確かな力であり、深い知恵なのだ。力も知恵もなき者に、保身なぞできはせぬ。戸次との諍いで没落した祖父の入田氏広《うじひろ》が良い例だった。氏広の遺言は「戸次家当主の首を、わが墓前に供えよ」だった。

――この際、戸次は完全に滅ぼしておいたほうがよい。大友宗家のためにも、むろん入田のためにも、だ。

危険は芽のうちに摘むに限る。入田に累が及ばぬように、戸次を滅ぼすのだ。

親廉は扇子を開くように、片手だけで文を開いた。

大友家にとって用済みの大駒、戸次親家からの手紙である。

字がひどく乱れているのは、利き手でない左手で書いてあるからだ。これで何通目だろうか、内容は読まなくても察しがついた。持参してきた家臣の由布家続が繰り返していたとおり、主君への取りなしを頼む内容だ。親治への文も同封してある。

親廉は一瞥《いちべつ》しただけで、放り捨てるように文を置いた。

家続には、戸次のために微力を尽くそう、と口先で返答はした。

だが、親廉にその気はない。主君宛《あ》ての親家の文も、握りつぶしてきた。

――さらに追い詰めて、戸次が牙《きば》を剝《む》けば、たやすく滅ぼせるのだが……。

親家は忠義者だ。主君に死を命ぜられれば、果てるだろう。叛《はん》するとは思えなかった。

親廉は大友宗家に深く食い込み、着実に力を付けてきた。親廉の処世術は単純明快だった。

主君と一心同体になればよいのだ。

——損か、得か。危なくはないか。大友宗家にとって、入田家にとって。

両者の利害を徹底的に一致させれば、切り捨てられぬし、共存共栄を図れる。物事の善悪は
この際、問題ではない。

たとえば吉弘親信《よしひろちかのぶ》という宿将がいた。剛直な好漢で、戦上手の忠義者だった。だが、主君を
凌《しの》ぐほどに信望を集め、力を持ちすぎた。ゆえに先年、親治と謀って戦死させた。軍事では手
痛い人材の喪失だが、大友宗家とそれに寄生する入田家にとって、邪魔になったからだ。

だが、今回はどうも親治の心が読めなかった。

親治が戸次に対する処断を後悔している節もあった。本来このような場合は、意見を求めら
れるまで、いっさい動かぬほうがよい。だが、それでよいか。

「父上。大殿がお召しにございまする」

親誠が縁側の端で、恭《うやうや》しく両手を突いている。

若い後室が男女いずれを産むかは知れぬ。だがいずれにせよ、生まれ来る子の命運を握って
いるのは、眼前の頼りない嫡男だった。

——親誠のためじゃ。多少の危険を冒してでも、戸次を滅ぼしておいたほうがよかろう。

親廉は立ち上がりながら、親誠に「ついて参れ」と声をかけた。

†

大野の戸次領に馬を入れると、紅白の梅花の蕾が膨らんでいた。

入田親廉は左の頰骨《ほおぼね》にそっと手をやった。痛みはさほどでもないが、腫《は》れは残っている。伴は連れているが、親誠は同伴させなかった。恨みを買う汚れ役は一人で足る。

今回の一件では、親廉にしてはめずらしく、主君の心を大きく読み間違えた。

星野攻めにかかる論功行賞の最終的な段取りを、ふだんのように手際よく取り決めた後だった。親廉は親治に向かい、両手を突いて付け足した。

――戸次殿が何度か文を寄越し、おそれ多くも大殿のご裁断を再考されたしと、願い出ておりまするが……。

親治は火鉢に手をかざしたままで、すぐには返事をしなかった。

深い怨念《おんねん》を残す仕置をするのなら、戸次家を残さぬほうが大友のためだ。権謀術数に長《た》けた親治にとっても、先を見越しての処断に違いないと考えた。

とはいえ、長年仕えてきた功臣に対し、過酷すぎる処断ではあった。親治は、迷える背を押して欲しいのではないか。

――おそれながら、こたびの仕置は遺恨を残しましょう。さればこの際、戸次を滅ぼし、後顧の憂いを断つべきかと。

親治が初めて親廉を見た。ぎらつく瞳《ひとみ》は怒りを含んでいた。

――控えよ、入田。

親廉が怖れて両手を突く前で、親治は立ち上がった。

近寄ってくるなり、親廉の顔を蹴り上げた。頰に激痛を感じながら、意味もわからず詫《わ》びの言葉を繰り返した。

大友親治は気性の荒い主君だった。親族や家臣への愛憎が激しく、手も早かった。返事が打《ちょう》擲《ちゃく》である場合も、時にはあった。

早まったわ、と親廉は蹴られながら、悔いた。

非情で知られる親治も、戸次家の取潰しまでは考えていなかったわけだ。

――大友家臣団にあって、戸次親家は余の第一の忠臣じゃ。打算で生きておるそちごときに、余と親家の心はわからぬ。わが前から疾《と》く失せよ、下郎めが！

親治の怒りは親家にではなく、親治自身と、仲睦《なかむつ》まじい主従二人に降りかかってきた運命に対して向けられていたらしい。

――はっ！

親廉は転がるように御前から逃れ出たのだった。

親誠にぶざまな父の姿を見せたのは、これが初めてだった。いや、愛息を失った親治は、親廉を嫡男の眼前で貶《おとし》めたかったわけか。力を持ちすぎた主君は、不機嫌になると、家臣に当たり散らすものらしい。そろそろ次の主君に代替りすべきころ合いだ。若い義長のほうが、親廉にも御しやすい。

頬を撫《な》でるうち戸次館の門前に着き、馬を下りると、家人たちが駆け出てきた。

さすがに猛勇で鳴る武家の者たちらしく、動きがきびしていた。戸次の零落後、路頭に迷えば、入田で召し抱えるのも悪くはなかろう。

「戸次殿の具合は、いかがじゃな？」

親廉が家人に馬を預けながら問うと、迎えに出た由布家続は苦い顔で首を横に振った。愚問だったろう。槍ひと筋で生きてきた男が、右腕を失《な》くしたうえに、ほぼすべてを奪われようとしているのだ。加減のいいはずがなかった。

「して、入田様。大殿よりの仕置は……？」

今度は親廉が神妙な顔を作ってかぶりを振る番だった。

一室に通されると、戸次親家が杖を突き、家続に助けられながら現れた。

運命に打ちのめされても、巨眼に太い鼻っ柱の精悍《せいかん》な表情は変わりない。

痛みのせいであろう、親家は顔をわずかにしかめながら着座した。親廉は、袖《そで》だけが空《むな》しく垂れている右肩に目を遣《や》ったが、すぐに逸《そ》らした。

「入田殿、ようお越しくだされた。かたじけのう存ずる」

親家は敵味方の将兵が怖れた往年の猛将である。残された左手を突き、深々と頭を下げる姿には、薄情を自認する親廉でさえ、憐《あわ》れみを覚えた。

†

戸次親家には、入田親廉の大きく離れた眼が、どこに焦点を合わせているのかさえ、わからなかった。いつも思わせぶりな策士の顔からは、何も読み取れなかった。

だが、親廉が軽く詫びるように頭を下げたとき、親家は不首尾を悟った。

親家が渇き切った喉《のど》で、ごくりと生唾《なまつば》を呑《の》み込むと、聞き慣れた早口がした。

「力及ばず、面目ござらぬ。寛大な仕置を懇願してはみたが、大殿のお怒りは凄《すさ》まじく、お聞き届けはなかった。ただし、大野の本貫地を除く全知行地の返上と引き換えに――」

親廉はいったん言葉を区切ると、左頬をそっとさすった。

戸次館のある大野の小領のみを安堵《あんど》し、他の全所領を召し上げるとの条件であった。詰城《つめじろ》の鎧ヶ岳城《よろいがたけじょう》さえ返上する形となる。親家が世に出る前の戸次家にすっかり戻るわけだ。そのぶん戸次家臣団も縮小せざるを得ない。

「……当然のご沙汰《さた》と存ずる。妻子の命さえお助けいただけるなら、ありがたき幸せ」

人の命は二度と還《かえ》らぬが、所領なら、いつの日にか取り戻せるやも知れぬ。

親廉は視線を落としたまま、苦い顔で続けた。

「四人のご息女のお命は助かった。すでに他家へ嫁いでもおわすからな」

長女と次女は、清田《きよた》、一万田《いちまだ》ら名門武家へ嫁いでいる。

「されど、他に、由布惟常の血を引く人間は赦さぬとの仰せであった」

「お待ちくだされ！」

お梅の命は救わぬとの仕置だ。大切な者を失う苦しみを、親家も、親治と同じように味わわねばならぬという意味か。

「いま一度、府内へ出向き、大殿にお願いして参る」

杖を突いて立ち上がろうとする親家に向かい、親廉が苦々しい顔でかぶりを振った。

「無駄じゃ。おやめなされ、戸次殿。大殿はかようにも仰せであった。隻腕の戸次親家にかつての武勇なし。戦は臼杵親連あらば足る。されば爾後《じご》、出仕に及ばず。追って沙汰するまで、大野にて蟄居謹慎《ちっきょきんしん》せよ、と」

親家は雷電に打たれたように、がくりと膝を突いた。

そうだ。親家はもう、以前のようには戦えぬのだ。槍働きのできぬ武将など、戦で何の役に立とうか。

「辛《つら》き役目なれど、わしが奥方の死を見届けねばならぬ。せめてと思い、梅の花が咲き始めるまでの間、ご猶予《ゆうよ》をいただいた。されば、残された日々、大切に過ごされよ」

親家は深々と頭を下げた。

「わが妻は身籠もってござる。薬師の見立てでは、産み月まであと四月余《よつき》りと……」

訪れた沈黙に親家が顔を上げると、親廉は顔色をわずかに変え、視線を落としていた。

「せめて赤子の顔を見てから、死なせてやってはもらえぬものでござろうか」

親廉は眼を合わせぬまま、低く唸った。

「すまぬが、大殿のご気性じゃ、四月もお見逃しになるはずがない。腹の子はあきらめられよ。されば、大野にある梅の蕾がひとつ残らず花開く日まで、待って進ぜよう。わしにできるのは、そこまでじゃ」

親家はくずおれるように左手を突きながら、言葉を絞り出した。

「……かたじけない。御礼を申しあげる」

†

戸次館の縁側を、温《ぬく》もりを帯びた晩冬の風がゆっくりと吹きすぎてゆく。

さわやかな梅香が鼻に心地よい。大野の梅林にはもう、咲いていない梅の蕾を見つけるほうが難しかった。

「この子こそ、戸次家を嗣《つ》ぐ男児でありましょう」

お梅は小さく膨らんだ下腹にそっと手をやりながら、慈しむように見ていた。連れ添って二十年以上になるが、丸顔に大きな眼、あどけなささえ感じさせる少女のような顔つきと、小柄で無駄のない身体つきは、昔とほとんど変わらない。風邪ひとつ引かぬ病知らずで、つわりなどにも悩まされた経験がなかった。

腹の子を愛《いと》おしむお梅が、親家には不憫《ふびん》でならなかった。

まもなく死を賜るのだ。決して生きては産まれえぬ子だった。

お梅とは何かで言い争ったりした憶《おぼ》えがない。いつも支えてくれた。親家はお梅を過ぎたる室だと思っていた。十年以上連れ添って、夭折した男児のほかに、続けて四人の女児をもうけたが、その後ずっと男児は産まれなかった。

五人の出産にあたり、お梅は性別を見事に言い当てた。動きでわかるのだという。四人目の娘の時も、生まれる数ヶ月前に「すみませぬ、お前様。こたびも姫です」と頭を下げたものだ。お梅が男児だと言うのなら、腹にいる子は男児に違いあるまい。

「そうか。こたびは男児か。そいつは楽しみじゃのう」

親家はまだ、主君の仕置をお梅に伝えられないでいた。

父の惟常も処刑されているのだ。せめて苦しみの少ない毒をお梅の気づかぬうちに服させて、眠るように死なせてやりたいと考えていた。最愛の妻を自ら殺《あや》めねばならぬ運命に、親家は内心、歯軋《はぎし》りしながら耐えていた。

己が命を断とうとも考えたが、娘たちや家族同然の戸次家臣のためにも、まだ生きねばならぬと思い直した。

「お前の子じゃ。きっとたくましく育つであろう」

お梅はゆっくりと顔を上げ、「お前様」と、視線を絡ませてきた。

「大殿からお赦しがあったとのお話は、偽りにございましょう？　すでに下された仕置を、大殿が軽々に覆されるとは思えませぬ」

覚えず視線を落とした親家に、お梅が優しくたたみかけてきた。

「生きるため、ときに嘘《うそ》は入り用ですけれど、お前様は昔から嘘の下手なお人でございました。嘘をつけぬまっすぐなお人ゆえ、わたしもお前様をずっとお慕いして参ったのです」

お梅は賢い女だ。親家の深い絶望と嘆きは、あらゆる挙措《きょそ》ににじみ出ていたに違いない。お梅を騙《だま》し通せるはずもなかった。

「……すまぬ。わしの力が足りなんだ。そなたを……守ってやれなんだ」

親家が観念して頭を下げた。戸次家に下された処分を途切れとぎれに伝えると、お梅が親家のそばへにじり寄ってくる気配がした。

「この乱世で、わたしはお前様と結ばれて幸せでした。お元気を出されませ」

温もりを帯びた手が、親家の傷ついた背を優しく撫でた。一つひとつの傷痕《きずあと》を癒《い》やすように、ふっくらした手だった。

「わが父、由布惟常は叛するも同然の過ちを犯したのです。されば、ひとり娘が父の責めを負うは当然至極の理。わたしが死んでも、戸次家が滅ぶわけではありませぬ。叛将《はんしょう》の血を引く室がおっては、戸次の将来に差し支えましょう。今日の戸次あるは、すべて大殿のおかげ。娘四人の命を救っていただいた温情あるご沙汰に、感謝申し上げねば」

女のくせに少ししわがれたお梅の声が、親家は大好きだった。

「惚《ほ》れた男のためなら、女子《おなご》は死など厭《いと》わぬもの。戸次親家の妻は、夫への愛のため、見事に果ててみせまする」

顔を上げると、すぐそばに、小柄なお梅の丸顔があった。

この小さな身体で五人の子を産んでくれたのだ。お梅はどんな時も親家を励まし、支え続けてくれた。惟常の血を引くお梅は、なかなかの策謀家で、親家の処世にあたり、いくつも正しい助言を与えてくれた。戸次家はお梅とふたりで作り上げてきた家だった。

家続の話では、津賀牟礼城の梅林はすでに満開になったらしい。まもなく入田親廉が府内から戻り、大野へ来る。通告があり次第、親家はお梅に服させるつもりで、秘かに毒も用意してあった。

お梅は親家のごつごつした左手を取ると、己の小さな手と重ね合わせて、下腹に置いた。まだ大きく膨らんではいない。育ちが足りぬのだ。

「戸次本家に産まれる男児である以上、お前は誰よりも強い子であらねばなりませぬ。母はお前を五ヶ月余り、腹の中で立派に育ててやりました。後は、己が力で生を摑み取り、父上の薫陶を受け、日本一《ひのもといち》の武士《もののふ》となりなされ」

親家はこみ上げてくる熱いものを、必死で呑み下した。

男は涙を見せてはならぬ。

いつ、いかなる時も泣かぬのが、戸次の流儀だ。

「わしはもう、槍も持てぬ。お前なしで、この憂き世をいかに生きてゆけばよいのか……」

歯を食いしばる親家に向かって、お梅が満面の笑みを浮かべた。

「戸次親家ほどの勇将に、泣き言ほど似合わぬものはありますまい」

お梅は小ぶりのやわらかい手を親家の小袖のなかへ入れた。しっとりとした手が、左の二の腕の力こぶをしっかりと摑んだ。

「何を潮垂《しおた》れておられまする？　お前様にはまだ、このたくましい左腕があるではございませぬか。戸次親家の左腕なら、そこいらの並みの将が両腕で挑んだところで、勝ち目などありますまいが」

親家は瞠目《どうもく》して、死へとおもむく愛妻を間近に見た。

「……片手で、戦えと申すのか？」

お梅は励ますように力強くうなずいた。

「さようです。今さら入田殿のように口八丁になって、政でもなさるおつもりなのですか。戦以外に、戸次の、お前様の取り柄はありますまい」

戸次勢は上も下も日々、武芸の鍛錬に励んだ。戦場でも、常に最前線で命のやりとりをする兵団だった。無骨で泥臭い、損してばかりの生き方やも知れぬ。だが、乱世が始まって以来、戸次家の将兵は戦で身を立ててきたのだ。

――わしはまだ、戦えるのか……。

お梅はもう一度、親家の手を取ると、己の下腹のうえに乗せた。

「これは鬼の子です。されば、鬼神の強さを持って育つでしょう。お前様の右腕となり、必ずや戸次の繁栄を築くはず」

お梅は満面の笑みを湛《たた》えて、正面から親家を見つめた。

「この子をお前様のもとに残して、逝きます。この命と引き換えに、必ず腹の子を生かしてみせましょう」

†

入田親廉の鼻を心地よい梅香がくすぐってくる。

親廉は、隣で堂々と駒を進める臼杵親連のほうへ、ちらりと目を遣った。

中背の若き偉丈夫《いじょうふ》は眉宇《びう》ひとつ動かさず、まっすぐに前を見ていた。涼やかな目元と薄い唇の端には、よく似合う冷笑を常に浮かべている。母親似なのであろう、臼杵家にはめずらしい細面の美男であった。固く引き締まった身体だが、親家のような豪傑とはまったく違う。派手な赤を好み、戦場でも赤い陣羽織を羽織るが、戦乱の世に場違いなほど着飾った身だしなみは、むしろ京の貴公子さえ思わせた。

「臼杵殿は、大野の戸次館は初めてであったな？」

話しかけたのは、道中ずっと続いている、そっけない若者との沈黙を嫌っただけだ。

言わずもがなの親廉の問いに、親連は前を向いたまま、無愛想にうなずいた。口八丁の親廉と違い、追従とは無縁で、いっさい無駄口を叩かぬ若者である。今回の戸次家に対する仕置についても、まるで関心がないように見えた。

親廉は長年の嗅覚《きゅうかく》で、臼杵親連が武将として大成するとすぐに見抜いた。わが子親誠に、親連のせめて半分の器があればと思うことしきりである。

「こたびは、なにぶん過酷な仕置じゃ。何事も起こらねばよいがのう」

だいたい所領の明渡しは、円滑に進まぬ場合のほうが多い。おまけに今回は正室の刑死まで見届けねばならぬ。忠義者とはいえ、追い詰められ、深く傷ついた猛虎《もうこ》が、破れかぶれになって反旗を翻さぬ保証はなかった。

それならそれで正規軍をもって滅ぼせばよいが、挙兵にあたり、死をもたらす使者を血祭りに上げるか、人質にでもされたのではかなわぬ。

大友家では、腹心の親廉が今回のように面倒な役回りを担って、泥を被《かぶ》るのが常であった。だが親廉はこの日、すこぶる厄介な任務の遂行に際し、不測の事態に備えるべく、主君の同意を得て、臼杵親連とその兵を同道させていたのである。

「心配はご無用。あの戸次親家が、見苦しい真似をするとは思えませぬ」

親連の飾りけのないさわやかな声が、遅れて返ってきた。

捉《とら》えどころのない若者だ。親廉のしたたかな保身でも、親家の熱い忠義でもない。まだ若いくせに、どこか世を達観したような寡欲さが、臼杵親連という男を不可解にしていた。

「お梅殿の腹の中には、お子がおわすとか。不憫《ふびん》じゃのう」

親廉は今回の仕置が、あくまで主君の命によるものなのだと、念を押してみた。

近ごろ親治の横暴が目立つようになってきた。星野攻めの勝利は、次代に政権を移行するよい契機ともいえた。そうなれば、これから大友家の軍事を預かっていく親連との連携が重要になってくる。

親連はわずかにうなずいただけで、前を向いたまま平然と馬を進めている。親連は群れぬ男であるし、戸次と臼杵が功の競い合いはしても、別段、仲が良いとは聞かなかった。だが、親連は親家とともに何度も戦場の修羅場をくぐっていた。戦友として、心を通い合わせる何かがあるのか。それとも、敗残者へのただの甘い同情なのか。

戸次館の門前に現れた由布家続は固い顔で、親廉らに頭を下げた。

今昼の正式な訪問予定は、すでに戸次家に対し通告済みだった。

館の庭では、八重咲きの梅花が抗《あらが》うそぶりも見せず、春嵐《しゅんらん》に散り始めていた。


入田親廉は大友宗家の正使である。案内されて堂々と上座につくと、戸次親家が片手を突いて平伏していた。親廉の隣には副使の臼杵親連が座した。

「館周辺を除く大野の全所領は、由布殿立ち会いのうえ、本日、宗家へ確かにお返しいただいた。他の飛び地領はすでに引き渡し済み。かかる苦境にありながら、万事に滞りなき手配、さすがに戸次家の面々よ。実にご立派な態度でござった」

親廉にしてはめずらしく、世辞ではなかった。親家は生粋の武人だけあって、ぶざまな足掻《あが》きはせぬつもりらしい。親廉が同じ目に遭《あ》わされたなら、一族郎党を連れて他国へ亡命しただろう。宿敵の大内家なら、大友家の内情を知る重臣を重宝するに違いなかった。

だが、何より最大の懸案《けんあん》は、正室お梅の賜死《しし》である。

「さてと、お役目なれば、お赦しくだされ、戸次殿。まことに不憫なれど、これも、乱世の習いなれば……」

口八丁の親廉でも、うまい繋ぎ言葉が見つからず、いったん間を置いた。

親家はゆっくり身を起こすと、どこか吹っ切れたような表情で応じた。

「今しがた、わが妻、梅は別室にて、見事に切腹を遂げてござる。ぞんぶんに、ご検分を」

「女子が腹を召された、と……？」

親廉が瞠目して尋ねると、親家がむしろ誇るように答えた。

「男勝りの女子にて、介錯《かいしゃく》も要りませなんだ。どうぞお検《あらた》めくだされ」

親家に案内された部屋に入るなり、親廉は強烈な血の臭いで、鼻頭をぶん殴られたような気がした。

大友宗家の正副使を出迎えたのは、真っ白な褥《しとね》に死んで横たわる小柄な女性だった。

親廉は覚えず目を背けた。

「何たる、烈女《れつじょ》か……」

かたわらでは、臼杵親連が眉宇ひとつ動かさず、お梅の亡骸を見つめていた。

親連の言葉に、おそるおそる視線を戻す。

お梅の顔は確かに死者の土気色をしていた。口もとには微笑みさえ浮かべ、上半身は穏やかな死をも思わせる。だが、右手は血で濡れた朱柄《しゅづか》の懐剣を握り、下半身は余すところなく、まるで運命に抗議するように、血の赤でぐっしょりと染まっていた。

「確かに、確かに……。されば、しかと大殿にお伝え申そう」

親廉はすばやく両手を合わせて頭を下げると、踵《きびす》を返した。戦場は苦手だが、ひどい血の臭いで嘔吐《おうと》しそうだった。

「戸次殿。問うまでもござるまいが、腹のなかの赤子は、助からなんだのう？」

四ヶ月もの早産なのだ。助かるはずもない。だが、もしも生きていて、後で親治から指弾され、責めを負わされたのではかなわぬ。

家続が片膝を突いて、頭《こうべ》を垂れた。

「あいにく余りの早産ゆえ、死産にございました」

自死したお梅の血は完全に乾いていなかった。死からさして時は経《た》っていないはずだ。もしや少しでも長く胎内で過ごさせたほうが、赤子も生きられると考えて、ぎりぎりまで遅らせたのか。服毒しなかったのは、赤子を守るためか。ならば……

親廉は、はたと気づいて戦慄《せんりつ》した。

――まさか、腹を割ったのは、赤子を生かして取り出すためなのか。

「さもあろう。念のため、赤子の骸《むくろ》を検めさせていただこう。これも、お役目なれば」

見たくもないが、五郎九郎の件では、どこで親治の逆鱗《げきりん》に触れぬとも限らなかった。入田が戸次に滅ぼされるとの老翁の予言も、親廉の頭をかすめた。

「いとも小さき、無惨な屍《しかばね》なれば、何とぞご容赦のほどを……」

なぜ隠すのだ。やはり生きているのか。

不憫ではあるが、親廉と入田の保身のためには、見過ごすわけにはいかぬ。

「されば せめて、手を合わせとう存ずる」

「……あまりに不憫ゆえ、すでに弔いを済ませてござる」

「母御《ははご》を弔わず、赤子だけ先に荼毘《だび》に付すとは、面妖《めんよう》な話にござるな」

「義姉《あね》の骸は検屍《けんし》に必須でございましたゆえ……」

家続が続ける苦し紛れの言いわけが途切れると、場に沈黙が訪れた。

戸次家は小領となった。入田と臼杵の手勢《てぜい》で、戸次館と周辺の民家をしらみ潰しに調べれば、簡単に見つかるはずだ。むずかって泣く赤ん坊を隠し通すのは容易ではない。

「戸次殿。これほどの烈女が、ただ無駄死になさったとは、思えませぬな」

場には似合わぬさわやかな声でつぶやいた男は、臼杵親連だった。

親廉は振り返って、親連の整った顔を見た。眼を閉じて、まだお梅に手を合わせている。この気まぐれな男が何を考えているのかは、親廉にも読めぬ。

「もうよい、家続。すべては運命なのじゃ」

観念したように親家がかぶりを振った。

「義弟《おとうと》が申し上げたは偽りにござる。八幡丸《はちまんまる》をこれへ」

親廉は勧められるまま、血の臭いが充満する部屋に腰を下ろした。いつまでも鼻が慣れぬ。

やがて、けたたましい赤子の泣き声が廊下を近づいてきた。

怨《うら》みを遺《のこ》しては、大友宗家にとって大きな禍根となろう。お梅の遺児の命を奪えば、戸次親家の大友家への忠義を打ち砕けはせぬか。親治に迷いがある以上、簡単には滅ぼせぬ。今、叛将に仕立て上げるのが、戸次を完全に葬り去る近道だ。赤子の命を奪って、背かせるのだ。

親家は家人が連れて来た赤子を片手で受け取ると、親廉に向かってそのまま差し出してきた。

親廉は息を呑んで、真っ赤な吉祥文様《きちじょうもんよう》の産着《うぶぎ》にくるまれた赤子を見た。いや違う、真っ赤に見えたのは血で染まっているせいだった。

人の子と呼べるかは知らぬ。それは仔猫《こねこ》くらいの大きさしかなかった。

「死んだお梅の腹を切り裂いて、取り出し申した。血の海より生まれし赤子は、戸次家待望の男児にござった」

親家とお梅は、周囲がうらやむ、おしどり夫婦で有名だった。

この男は、愛妻の自害を見届けた後、腹の中から血まみれの赤子を取り出したのか。

「はなはだ不憫なれど……男児なら、生かしておくわけには参るまい」

由布惟常の血を引く娘四人が命を許されたのは、女子だったからだ。憎んで止まぬ惟常の孫が戸次家を嗣ぐなど、親治の気が収まるまい。もともとお梅が身籠もっていると聞いたからこそ、親治はお梅の死にこだわったのだ。わが子を死なせた家臣が、子をなして慈しむなど、赦せなかったからだ。

「お待ちくだされ。大殿よりの仕置は、由布惟常の血を引く人間について下されし沙汰。しかるに、この赤子は人間ではござらぬ」

親廉の目の前に、親家は泣き叫ぶ血だらけの赤子を置いた。

「お梅が自害したとき、この子はまだ生まれておりませなんだ。死者はもはや人には非《あら》ず。お梅は死んで鬼となり申した。されば、鬼より生まれし赤子は鬼の子にして、人に非ず。この赤子は鬼でござる！　人に非ざれば、死を賜る理由はどこにもござるまい」

「鬼の子、じゃと……？」

「然《しか》り……」

親家は残された左手を突いて、正面から親廉を正視していた。親家の両眼からは涙がこぼれ出んばかりにあふれている。血涙であろう。

「八幡丸と名付け申した。大友家の忠臣、戸次八幡丸でござる。以後、お見知りおきあれ」

さような詭弁《きべん》が世に通用するはずがない。

知った以上は、見逃すわけにはいかなかった。

「気の毒でならぬが、この赤子の命は、あきらめられよ」

さしもの親廉も、親家を不憫に思いはした。内心、赤子を救ってやりたいとも考えた。だが、戸次のために火中の栗を拾ってやる義理はなかった。

「どれ、確かめてみますかな」

隣で黙していた親連は、手を伸ばして赤子を拾い上げると、腕に抱こうとした。

赤子は火が付いたように泣き喚《わめ》いている。が、親連が慣れぬ手つきであやすうち、赤子は急に泣き止んだ。

「なるほど、確かにこの赤子は鬼のような顔つきでござる。これから角と牙が生えてくるやも知れませぬぞ。ご覧なされ、入田殿」

親廉は横目で見たが、しわくちゃな小猿のようで、顔つきなどまだよくわからない。

「死ねば、人は鬼籍に入るもの。さきほどの戸次殿の話が、すとんと腑《ふ》に落ち申した」

むちゃくちゃな強弁だ。

「何を馬鹿な。さような屁理屈《へりくつ》が大殿に通用するとでも――」

「いや、なかなかに筋は通っておりまするぞ」

「待たれい、臼杵殿。大殿には――」

「私が責任を持って、お伝えいたそう」

親連と睨《にら》み合った。

睨み合いには負けぬ自信があるが、親連はしなやかな柳のような目つきである。

思案した。今ここで決着をつけて、戸次の怨みを買うのは損だ。

親連が強引に押し切ったのだと報告すれば、後は臼杵家の問題になる。それでもなお賜死の命が下されるなら、別の話であろう。

「大殿がお許しになるか、わしはとても請け負えぬが——」

「もしも大殿が鬼の子の命さえ奪うと仰せなら、耄碌《もうろく》されたのであろう。そろそろご隠居いただかねばなるまい」

臼杵親連は涼しげな顔で言ってのけた。

「いやはや鬼の子、戸次八幡丸が行く末、楽しみでござる」

親連が差し出した小さな赤子を、親家は左手で受け取り、しかと抱き締めた。

「筑前よりはるばる大野まで足を伸ばした甲斐《かい》がござった。入田殿、参りまするかな？」

促《うなが》されて親廉が立ち上がると、親家が深々と頭を下げていた。

「お二方のご厚情に対し、亡き梅にも代わり、心より御礼《おんれい》申し上げまする」

†

温もりを含んだ春の嵐が、戸次館の庭を容赦なく襲っている。八幡丸の誕生を祝福するかのように、梅花の花吹雪が舞い狂っていた。

そのなかに、戸次親家はひとり立っている。

いや、二人だ。

左腕には、生まれ出て間もないわが子を抱き締めていた。身体は軽く、玩具《おもちゃ》の人形のようだった。だが、間違いなく温かい。お梅の血が、流れている。

早産ゆえに、いつまで生きられるかは知れぬ。大野に住まう無口な薬師も、唸りながら首を捻《ひね》るだけだった。だがこれから先は、八幡丸の持って生まれた力だ。お梅は人の為しうるすべてを為して、逝ったのだ。

「お梅よ。わしは必ず、八幡丸を日本一の武士に育て上げてみせる」

あのとき、死を覚悟したお梅は、微笑みを浮かべながら言ってのけた。

――わたしが自害した後、すぐにこの腹を裂き、この子を取り出してくださりませ。

親家が絶句していると、お梅が言葉を足してきた。

――わたしの腹を裂くのはお嫌でしょうから、自ら裂いておきまする。

腹から取り出すのが少しでも遅れれば、八幡丸は母と共に死んでいたに違いない。

――名はもう決めてあります。柞原八幡宮にお参りして授かった子ゆえ、八幡丸と。

親家は、腕のなかのわが子に語りかけた。

「お前の母上は、日本一の烈女であった」

第二章 咲かぬ花

……………大永四年（一五二四年）

三　水の里

「何じゃ、老人？　俺の顔に何ぞ、くっ付いておるのか？」

痩身《そうしん》の老人が道端の大岩に座って、少年の顔を食い入るように眺めていた。

身体《からだ》はすっかり枯れているくせに、長すぎる白い眉毛《まゆげ》は、腫《は》れぼったいまぶたに覆い被《かぶ》さりそうな勢いである。

「まれに見る奇相じゃな。万人にひとりとおるまいて」

老人は古びた杖《つえ》に両手を重ね置き、そのうえに長いひげをたくわえたあごを乗せている。

「変わった面《つら》じゃとよう言われる。父にも母にも似ておらぬゆえ、俺が鬼の子じゃと申す者まで出る始末よ」

「人も鬼も、さして変わりはない。ともに、運命という波に浮き沈みする、一艘《そう》の小舟にすぎんからの」

「爺《じい》には、人の運命が見えるとでも申すのか？」

「見える。明日の空模様を知る者がおるように、運気が読める者も、世にはおる」

「俺は信じぬな。あらかじめ定められた道をただ生きるだけなら、人生にいったい何の意味がある？」

「近ごろわしもそう思うようになった。運命の前に敗れ去ってゆく人間の姿を、いくつも見ておるうちにな」

梅干しの漬《つ》かり具合でも確認するかのように、老人は相変わらず少年の顔をためつすがめつ眺めている。

「ふん、俺の運命でも、見ておるつもりか？」

「そのつもりじゃが、ようわからぬ。お前は本来、世に生まれるはずではなかった。……が、なるほど母を殺して生を得たわけか」

「爺の見立ては出だしから間違《まちご》うておるぞ。あいにく、わが母は病と無縁でな。頑丈な身体と子だくさんが自慢よ。俺と口喧嘩《くちげんか》をしても微塵《みじん》も動ぜぬわ」

老人は少年の言葉を聞き流すように、続けた。

「このわしにも未来がうまく見えぬのは、運命のほうがお前に手を焼いておるゆえじゃな。お前はこの地の領主の倅《せがれ》か？」

少年は短くかぶりを振った。

「隣の大野《おおの》じゃ。俺の名は戸次八幡丸《べっきはちまんまる》。武芸百般、通ぜぬものはない。今はうらぶれておるが、いずれ親爺《おやじ》殿とともに、戸次の名を天下に轟《とどろ》かせてみせる」

老人はむしろ憐《あわ》れむような表情で、小さく首を横に振った。

「お前は十四の齢《とし》に初陣《ういじん》で大功を挙げる。その後、生涯《しょうがい》にわたり数えきれぬ軍功を立てる。お前が采配《さいはい》する戦《いくさ》で、一度たりとも敗北はせぬ。戦でお前に勝てる者はついに現れまい。戦神《いくさがみ》と言うてもよい」

八幡丸は天に向かって放笑した。

「さようか。それはよき話を聞いた」

「だが、家族には恵まれぬ」

「おかしな見立てじゃのう。俺の父母《ちちはは》は健在じゃ。家族もすこぶる仲が良い。むろんたまには喧嘩もするが、互いにわかり合《お》うておるからよ」

「わしは未来を語っておる。戦に明け暮れるお前の人生は、苛烈《かれつ》で過酷じゃ。世のあらゆる災厄が次々と降りかかってくるであろう。お前が華々しく勝利する戦で、万《よろず》の人間が命を落とす。お前は鬼じゃ。その人生で母を殺し、父を殺し、兄を殺し、弟を殺し、妹を殺し、妻を殺し、子を殺す。あまりに深き罪業のゆえ、お前の血は後世に残らぬ」

「ふん。よき見立てだけ、信じてやるわ」

「皆、最初はさように申すがの。わしの見立ては外れたためしがない。八幡丸とやら、今ならまだ、間に合う。世を捨てて仏門に帰依《きえ》せよ。戦とは無縁の人生を歩め。されば、非業の運命を免れられよう。このわしのごとくな」

「ほう。爺はうまく運命から逃げ切れたのか?」

「わしは焼き殺されるさだめであった。が、どうやら天寿を全うできそうじゃ」

「それはよかったのう。されど、爺が独りめでたく悲運を免れて、それが何じゃと申す? 乱世に生を享《う》けたうえは、戦に背を向けて生きようとは思わぬな。何かから逃げる生き方も、俺の性には合わぬ」

八幡丸は何の未練もなく、踵《きびす》を返した。

「半人前の占者は、己の見立てが外れはせぬかと気に病む。不幸な運命が的中すれば喜ぶ。じゃが真《まこと》の占者は人の運命を読み、伝えながら、己の予言が外れるよう願い始める。人にも運命を打ち破る力があるのだと、信じとうなるからじゃ」

歩を進めているはずなのに、老人の声が間近に聞こえる気がした。

「運命に抗《あらが》おうとする若者に、運命を打ち破る秘訣《ひけつ》を教えてやろうか――」

――八幡丸どの、起きなされ！　危《あぶの》うございます！

何やら眼《め》を醒《さ》ました。たちまち天地が逆転した。

頭から落ちてゆく。とっさに手を突いたが、背から腰に衝撃を受けた。

「八幡丸どの！　しっかりなさいまし！」

やわらかい手に助け起こされると、目の前に端正な少女の顔があった。八幡丸は木の上で夢を見ていたわけか。

「何じゃ、なかなか面白い所であったに。いきなり声をかけては危ないではないか」

「木に登って居眠りをしているほうが悪いに決まっています。冬のさなかに梅林のなかで寝るとは、まったく八幡丸どのらしい」

入田《にゅうた》家の本貫地《ほんがんち》、入田の里にある居城、津賀牟礼城《つがむれじょう》には梅が多く植えられ、見事な梅林となっている。

そのなかに大きな梅の古木があった。老木ゆえに添え木で支えられているが、若木のころは威勢が良かったのであろう、北斜面にある大岩を砕いて立っていて、高くまで登ると、津賀牟礼城の主郭が見渡せる。

「お道《みち》殿は人の一生が運命によって、あらかじめ定められていると思うか?」

「藪《やぶ》から棒に運命とは、何かあったのですか?」

「夢のなかに、偉そうな老人が出てきおってな。運命が読めると言うて、自信たっぷりに講釈を垂れておった」

「父上は占筮《せんぜい》を気に懸けているようですが、わたしは信じませぬ。もしも天が運命を定めているのなら、神さまにたくさん文句を言ってやります」

お道は入田家の姫で、八幡丸とひょんな事情から知り合って以来の幼馴染《おさななじ》みだった。

八幡丸も親しくなってから、お道が文句を言いたくなる事情を聞いた。

お道の母は出産と引き換えに命を落としたのである。父の親廉《ちかかど》が後添《のちぞ》えも娶《めと》らなかったため、お道は結局、母を知らなかった。

「天も、お道殿にはお手上げじゃろうな」

「どういう意味なのです?」

お道が口を尖《とが》らせると、八幡丸が笑い、お道も声を立てて笑った。

同い齢で馬が合う。八幡丸が入田荘を訪れると、お道はいつも歓迎してくれた。八幡丸の愛馬、戸次黒《べっきぐろ》に乗って遠出したときもある。

だが一年ほど前から、八幡丸は屋敷で門前払いを喰《く》らうようになった。以来、入田に来たときは梅の古木に高く登り、腰掛けにちょうどよい枝ぶりの場所に陣取って、お道が気づくまで待つ習慣ができた。今日はうっかり冬の陽《ひ》だまりで眠ってしまったわけである。

「されば参るか、お道殿。遠出にはよき日和《ひより》じゃ」

お道の願いで、この日、戸次黒で白水《しらみず》の滝へ行く約束をしていた。

むろん入田家の姫君の外出は簡単でなかった。だが、城代の入田親助《ちかすけ》はお道の若い従兄《いとこ》で、お道のわがままを聞き届け、便宜《べんぎ》を図ってくれるらしい。

「急な話なのですが、実は今朝がた、父上が戻られたのです」

二人とも口には出さぬが、まもなく訪れようとする別れを感じていた。

お道が輿入《こしい》れする日は遠くない。

入田家は今や豊後《ぶんご》きっての大身《たいしん》である。零落《れいらく》して久しい戸次家とは釣り合わなかった。

「されば、明日はどうじゃ?」

「さようですね。昼下がりにお越し下さいまし。明日は父上も、領内の検分などされるでしょうから。その隙《すき》に抜け出して参ります」

お道は笑顔を作ると、くるりと踵を返して、小走りに駆け出した。

老翁から聞きそびれた運命を破る秘訣とは、何だったのだろう。

閉じられた城門を、冬日がやわらかく照らしていた。

†

お道は津賀牟礼城の露台へ出た。梅の古木が強風を浴びて、枝を揺らしている。

昨日、あの遠い枝の上に八幡丸はいた。今日も、戸次黒に乗って必ず来る。お道がもう入田を去ったのだとわかったとき、八幡丸はどんな顔をするだろうか。

父の入田親廉に促《うなが》されて主郭を出ると、贅《ぜい》を尽くした見事な輿が待っていた。府内《ふない》へ向かう。

この時代、武家の娘は政略のために育てられ、結婚する。ほどなく縁組みがあると、異母兄の親誠《ちかざね》からも聞かされていた。相手はまだ知らされていなかった。

どこぞで鹿《しか》が鳴いた。誰《だれ》かを憐れんでいるのか、己の悲運を嘆いているのか。あのときも、山道にもの悲しげな鹿の鳴き声がしていた……。


お道は三年前の夏に初めて入田へ来た。

それまで府内の入田屋敷で暮らしてきたお道にとって、そこかしこで湧水《ゆうすい》があふれる入田荘は、清々《すがすが》しくて新鮮だった。すぐに、大好きな故郷になった。

入田では清水を両手に汲《く》んで飲み、侍女たちと水しぶきをあげながら川遊びをした。府内では連日、稽古事《けいこごと》ばかりだったが、退屈でならなかった。夢のような夏が終わり、秋が深まると、お転婆《てんば》なお道は、緒方川《おがたがわ》を渡り小富士山《こふじやま》の麓《ふもと》で侍女たちときのこ狩りをした。食べられるきのこを教えられ、夢中で採った。

初めての経験にのめり込むうち、いつの間にか山道を深入りしてしまったらしい。侍女の姿もなく一人きりで、すでに辺りは薄暗くなり始めていた。

——誰か、おりませぬか？

返事はない。

お道が不安になって繰り返すと、後方から「騒ぐな。寝ておる熊《くま》を起こすぞ」と、つっけんどんな囁《ささや》き声が返ってきた。

振り返ると、ひとりの童《わらべ》が木陰から現れ、泥だらけで山道に立っていた。みすぼらしいなりいで、髪は逆立ち、眼も耳も口も、とにかく何もかもが大きい顔つきが異様だった。一度見たら忘れようのない顔だから、入田の者ではあるまい。

「俺の村は、所領が小さいくせに、人はめっぽう多い。食い扶持《ぶち》が足りぬゆえ、こうして遠出をしておる。入田は大身ゆえ、きのこを分けてくれい」

童が背負った籠《かご》のなかには、きのこがぎっしりと詰まっていた。

「それは、かまいませぬが……」

「入田に帰りたいのなら、方向が逆じゃ。ここからしばし山を降りると、大きな梅の木がある。耳を澄ませば、沢の音が聞こえるゆえ、沢へ降りて、ずっと下っていけば、早い」

童はすっかり辺りの山を知り抜いているらしく、何とはない様子で行く先を太い指でさした。

「礼を申します。お名は？」

「きのこ泥棒じゃ。勘弁してくれい」

童が気まずそうに苦笑いすると、鬼瓦《おにがわら》の頰《ほお》にえくぼができた。

何の未練も見せず、童は踵を返して歩き去ってゆく。

お道は心に引っかかりを感じたが、日暮れも近い。童に言われたとおりに、梅の大木を目指した。

だが途中、行く手に、一頭の黒々とした熊が道を塞《ふさ》いでいた。

熊はお道の姿を認めると、甲高《かんだか》い声を短く、何度も上げた。

お道は声も上げられず、後ずさった。

熊が獰猛《どうもう》な唸《うな》り声を上げたとき、背後に誰かが駆け寄ってくる気配がした。

「この大きさは雄《おす》の熊じゃな。俺の村でも何人か熊に襲われておる」

さっきのきのこ泥棒だった。

熊の唸りを聞きつけて、助けに来てくれたらしい。童は何のつもりか、背の籠を地面に下ろしていた。

「熊を相手にして生き延びられる、いちばんよい方法を知っておるか？」

辺りを見回したが、登れそうな木はなかった。坂道を下ればよいと聞いた覚えもあるが、下り坂は熊のいる側だ。

「死んだふりをすればよい、とか」

「さにあらず。生きたいなら、戦って、勝つしかない」

「されど、童が熊に勝てるはずがありますまい」

「素手ではな。されど、武器を使えば、勝負はわからぬ」

童は拳《こぶし》大の石と太い木の枝を手にしていた。

「お主は逃げよ。俺が奴《やつ》を惹《ひ》きつけているうちに、沢へ降りるがよい」

「なぜ、わたしを助けるのです？」

「俺のきのこ泥棒を見過ごしてくれた礼じゃ」

野生児は言い捨てると、お道の前に出、熊がたじろくほどの雄叫《おたけ》びを上げた。

熊は童の戦意を感じたのか、二本足で立ち上がった。小柄な童の倍ほどの背丈だ。

が、童はすでに、放たれた矢のごとく動いていた。

熊の懐《ふところ》に飛び込んでいる。手にした木の枝で力任せに熊の膝頭《ひざがしら》を叩《たた》いた。枝が砕け折れた。

童は石を使って殴り続ける。

お道は辺りを見回した。大きめの小石を見つけて握った。

熊が前肢《まえあし》を振り下ろした。童は両腕で受け止める。が、空《むな》しく地面に打ち倒された。そのまま熊が童に覆い被《かぶ》さる。黒い体毛で童が見えなくなった。

お道は手の石を熊めがけて投げつけた。当たったが、びくともしない。

熊が獰猛な眼を、お道に向けていた。

身体が恐怖で勝手に震えた。

熊が四本の足で、唸り声を上げながら近づいてくる。

首から何かがぶら下がっていた。童だ。

片手には、さっきお道が投げた石を手にしていた。

熊が前へ出ようとしたとき、童は熊の鼻面を、石で思い切り殴りつけた。

が、熊は怯《ひる》まない。童を噛《か》もうとするが、近すぎる。前肢で、童の背を引っ掻《か》いた。

「もう、おやめなさい!」

それでも童は、血まみれになりながら、熊にしがみついていた。

が、熊の前肢は何度も乱暴に振り下ろされる。その一撃が童の腹を痛打した。

ついに地に叩きつけられた童は、動かなくなった。

小さな敵を倒した熊が、お道に向かって歩んできた。

お道は死を覚悟した。

が、突然、熊は甲走った悲鳴を上げ、すぐに沢筋のほうへ一散に逃げていった。

山道には、血だらけでぼろぼろの童が大の字になって、横たわっていた。

お道が駆け寄った。

「だいじょうぶですか？」

「……見てのとおり、生きておる」

「実にお見事でした。いったいどうやって勝ったのです？」

「女子《おなご》にはわかるまいがな。雄には鍛えられん急所があるんじゃ。熊でも変わりはない」

お道が助け起こすと、童は己の腕を見ながら、苦笑いした。

「勝つには勝ったが、両腕を折られた。熊を味方につければ、戦も勝てそうじゃのう」

童は好敵手に賛辞を送るように、熊の去った方角を眺めている。

「わたしは入田親廉の娘、道と申します。おけがの手当と、命を助けていただいた御礼《おれい》、入田の城でいたしとう存じまする。お名は？」

「戸次八幡丸。今日のところはきのこ泥棒じゃが、いずれ日本一《ひのもといち》の武士《もののふ》となる男よ。信じぬやも知れんがな」

「いいえ、信じます。八幡丸どのは、暴れ熊を退治した勇士ですから」

その夜は入田荘の屋敷で、きのこ鍋《なべ》を楽しんだ。

八幡丸は手が使えないため、お道が箸《はし》で食べさせてやった。八幡丸はふてぶてしい態度のくせに、何やら照れるらしく、顔を真っ赤にしていた。

お道は熱いきのこをせっせと口の中に入れてやったのだが、八幡丸は猫舌で、実は舌をずいぶん火傷《やけど》していたらしい。だが、何も言わなかった。

危地を助けられたせいもあろうが、お道は八幡丸に好意を抱いた。

何事にも物怖《ものお》じせぬ度胸に感じ入った。たとえば父の入田親廉も立派な男だが、童のくせに胆力でひけは取らぬようにさえ見えた。

だが、宴《うたげ》は無事には終わらず、ひと波乱があった。

満足そうに鍋を平らげた八幡丸が追加の鍋の出来あがりを待っていると、戸次家から来客があったのである。お孝《たか》という八幡丸の母だった。息子を心配して探し回っていたらしい。安東《あんどう》家忠《いえただ》という若い戸次の家臣も伴っていた。

ひとりの女性が、山のような大男を引き連れて現れた瞬間、八幡丸は観念したように居住まいを正した。

お孝は八幡丸に近づくなり、その頬を張り抜いた。

「大野の皆にこれほど心配をかけて、何か申すことはないか！」

入田の家人も震え上がるお孝の一喝に、八幡丸は頭を下げながら、「面目ござらん。ちと急用ができたんじゃ」と詫《わ》びた。

お道から事情を聞いたお孝は、八幡丸を固く抱き締めて、誉《ほ》めた。

その後は家忠も交えて、にぎやかに鍋を食したのである。

以来、入田荘にいる間、お道はたびたび八幡丸と会った。戸次家は府内に屋敷を持っていなかったから、会えるのは入田荘界隈《かいわい》だけだった。

八幡丸は不潔ではないが、みすぼらしいなりをしていた。冬でも着る物がないのか、ひどく寒そうな格好であったため、一度、古着を渡そうとしたことがある。だが、「小なりとはいえ、俺は戸次の御曹司《おんぞうし》じゃぞ。確かに貧しいが、同じ大友《おおとも》家臣から施しは受けられぬ」と、受け取ろうとしなかった。

目耳鼻口が異様に大きい八幡丸の顔は、最初、会うたび子供心におかしな顔だと思ったものだが、見慣れてくると、八幡丸の性格も判断も行動も、ちょっとしたしぐさも、他の顔が考えられないほど、鬼瓦がよく似合っていた。

いつしかお道の心を、八幡丸の鬼瓦が占めるようになっていった。

お道は八幡丸に文を書くようになった。すると、書くたびに筆が潰《つぶ》れるのではないかと思うほどの筆圧のくせ字で、文が返ってきた。

ふたりはやがて終わる初恋の行く末を案じながら、時に木の上で、あるいは戸次黒に揺られながら、ともに時を過ごしてきた……。


小気味よい馬の闊歩《かつぽ》が聞こえてきた。お道は慌てて御簾《みす》を上げさせる。

入田家の一行は、最初の小休止を取るために、稲葉川《いなばがわ》のほとりへ降りていく最中だった。

川の向こう岸を疾走してくる黒馬が見えた。戸次黒だ。

馬上の少年は脇目《わきめ》も振らず、ただ前だけを見、入田荘へ向かって疾駆している。

お道は急いで身を乗り出す。

だがその前にもう、戸次黒は通り過ぎていた。

すぐに黒馬の蹄音《ていおん》は消え、やがて小さな黒点も、お道の視界から消えた。

†

明けて正月六日、豊後の国都府内に降る小雪が、町並みを白く染めていた。

――無礼者、控えよ！　筆頭加判衆《かばんしゆう》、入田相模守《さがみのかみ》様の御一行と知っての狼藉《ろうぜき》か！

入田親廉の乗る駕籠《かご》が止まった。

外が何やら騒がしい。位人臣《くらいじんしん》を極めた入田家当主の登城であり、警固の兵は相当数つけてある。身の危険はあるまいが、「正月の忙《せわ》しいおりに……」と、親廉は舌打ちをした。

しばらくすると、ぬかるみの泥を撥《は》ねながら近づいてくる足音がした。

御簾ごしに嫡男、入田親誠の甲高い声がした。

「父上。天下の公道のど真ん中で、一人の武士が平伏し、目通りを願い出ておるとか」

「どこの誰じゃ、さような真似《まね》をする阿呆《あほう》は？」

「それが、戸次……親家《ちかいえ》と名乗っておりまする」

懐かしい響きのする名だった。

死んだとは聞いていなかった。思い返すと、臼杵《うすき》親連《ちかつら》とともに大野の戸次館へ赴いたのは、もう十二年も前の話だった。

戸次親家に対する蟄居《ちつきよ》謹慎には、期限が付されていなかった。愚直な親家が命を守り続けるうち、大友親治《ちかはる》が逝去した。本来なら、新国主義鑑《よしあき》の守護職補任《ぶにん》のおりにでも、恩赦《おんしや》してやるべきであったろう。だが、戸次から赦免《しやめん》の願いも出されなかったし、昔の話であったために、親廉を始め、皆が忘れ去っていただけの話だ。

親廉の頭に浮かんだ疑問に答えるように、親誠が続けた。

「聞けば、数ヶ月前に、恩赦が沙汰《さた》されたとか」

入田親廉ほど位が高くなると、科人《とがにん》たちにまとめて与えられる恩赦など、いちいち承知していない。

「知らなんだな。戸次が、誰ぞに泣きついたのか?」

無情な歴史の波に呑《の》まれ、消えていったはずの男が、ふたたび世に出されたわけか。誰が、何のために出したのだ。面妖《めんよう》な話だった。

「存じませぬ。実は恩赦以来、当家にも何度か文を寄越しておりましたが、父上がお忙しいご様子ゆえ、お伝えしておりませなんだ」

数年ほど前から、政《まつりごと》を学ばせる意味もあって、親廉宛《あ》ての大量の文を、まずは親誠に処理させていた。

「屋敷のほうにも、たびたび面会の申し出があった様子。紹介もなく、家人の誰も知りませなんだゆえ、ずっと門前払いをしておったとか」

入田屋敷には日々、数えきれぬほどの人間がひっきりなしに訪れる。親廉に直接面会できる身分の人間は限られていた。無位無官の者が会えるはずもなかった。

「不涯衆《ふがいしゅう》(家臣団の最下層)は八日の府内参上と決まっておりまする。ひとまず追い払いまするか?」

かつての勇将がすっかり落ちぶれ、寒空の下、ぬかるみに平伏して、かつての同輩に天下の往来で直訴せねばならぬとは。天と地ほどに二人の境涯《きょうがい》は隔たっていた。戸次親家がひどく不憫《ふびん》に思えた。栄華は人に余裕を与え、少しくらいは情け深くするものだ。

「来客の合間にでも、少し、会ってやれぬものかの」

「今日はすでに、由布院《ゆふいん》の侍衆が屋敷で父上をお待ちしており、その後は大友館にて、鬼の豆と方違《かたたがえ》の予定でございまする」

鬼役の歳男《としおとこ》衆に豆を投げつけた後、方違では表番衆に物まねをさせ、昆布《こんぶ》を肴《さかな》に酒宴を開く習わしだった。恒例行事だが、ちょっとした乱痴気騒ぎになる。没落した将が来るには、あまりに場違いだった。だが、明日も早朝から、七日正月祝の行事が控えていた。

「日暮れに屋敷へ来るよう伝え、ひとまず立ち退《の》かせよ」

親誠が承知して引き下がると、しばらくして行列がふたたび動き始めた。


大友館における正月六日の全行事が終わった後も、宴は入田屋敷に場所を変えて続いた。広大な所領と家臣団を持つ入田家は、大所帯である。正月朔日《ついたち》からの諸行事が一段落し、裏方を務めてきた家人たちを労《ねぎら》う意味も、酒宴にはあった。

その宴もすっかり果てた後、入田親廉は千鳥足で厠《かわや》へ立った。

「父上、ここにおわしましたか！」

渡り廊下をあたふたと駆けてくる肥満体の親誠は、酔いのせいで色白の顔を、だぶついたあごまで真っ赤にしていた。

「うっかり失念しておりました。戸次殿が小書院にて、まだ待っておるとか」

すでに月は沈み、天の星々が、酔っ払いの親子を冷ややかに眺めていた。

酒好きの親廉は酒席が嫌いではない。にぎやかな宴で酒を注《つ》がれて飲むうち、戸次親家のことなど、すっかり忘れていた。

「ちと、ばつが悪いのう……」

日暮れから数えれば、すでに三刻（約六時間）以上も親家を待たせている計算だった。

「しばし酔いを醒まされてからになさいまするか？」

「いや、よい。会おう」

親廉は唇を丸めて白い息を吐いてみたが、己でも感じる強い酒臭に顔をしかめた。

書院に入ると、たくましい身体つきの武士が片手で平伏していた。

「お待たせいたした。ちと酒が入っておって、面目ござらぬ。なにぶん正月は行事も多く、いろいろとお役目がござってな」

「滅相もございませぬ。大友家のためにご多用の折、私事にてまかり越しましたる非礼、遠き昔の誼《よしみ》に免じて、どうかお赦《ゆる》しくだされ」

戸次親家は左手を突き、深々と頭を下げたままである。かつては黒々としていた剛毛に交じる白髪が哀れを誘った。

「お顔をお上げくだされ、戸次殿」

親家はゆっくりと身を起こし、正面から親廉を見た。

相応に齢を取っている。だが、枯れてはいない。なお筋骨隆々の肉体は、往年の勇将の名を辱《はずかし》めてはいなかった。眼光も鋭く、覇気に衰えはない。十二年に及ぶ無為の日々も、この男を腐らせなかったらしい。

「入田様に、折りいってお願いの儀がございまする」

親廉が表情だけで問うと、親家は用意してきた言葉なのか、朗々と続けた。

「風の便りに聞けば、豊前《ぶぜん》に不穏の動きありとか。されば、馬ヶ岳城《うまがたけじょう》の守りを固めねばなりますまい。ついては、番勢として戸次勢を加え、防備をお任せいただくわけには参りませぬか？あの城は堅固な双頭の山塞《さんさい》なれば、奪われてから取り返すのは至難の業。必ずや戸次が馬ヶ岳城を守り抜いて見せまする」

大友と大内《おおうち》は長年、豊前北部にある要衝《ようしょう》、馬ヶ岳城を巡って激しく争ってきた。今は大友が押さえているが、昨年暮れころから、周辺にいる大内方の不穏な動きが、府内へ秘《ひそ》かに報告されていた。馬ヶ岳城は若き日の戸次親家が陥落させた城だけに、思い入れでもあるのだろう。だが、大野の山間《やまあい》にいながら、親家はどうやって豊前の情勢を知ったのだ。

「その話は、どこで聞かれた？」

大友領内の事情で親廉が知らぬことはあまりない。親家の義弟、由布家続《いえつぐ》が時おり府内へ出ている動きは摑《つか》んでいた。だが、誰と会っているのかはわからない。

「家臣が旅の行商人より仕入れましてござる」

当初、親廉は戸次の復活を畏《おそ》れ、目配りをしてきた。だが、親家以下、戸次の一族郎党が大野でおとなしく暮らすうちに警戒心を緩め、日々の用務のなかで、戸次はいつしか忘却の彼方《かなた》に去っていった。

親家は左の拳を握ると、見せつけるように親廉の前に差し出してきた。

「隻腕とは申せ、この左腕に敵《かな》う将は、敵味方に五指もおりますまい。いま一度、功を立てる機会をお与えくだされ」

たしかに親家の左腕は太腿《ふともも》くらいに太く、粗末なきなりの薄い着衣の下で、まるで岩塊のように盛り上がっていた。浮き出た血管の筋は、雨後の激流のように滾《たぎ》る血を巡らせているに違いない。

敗残者のいまだ衰えぬ気迫に、親廉はかすかな怖《おそ》れを感じた。

思い返してみれば、いつかの白眉毛の老翁の予言はこれまで、ひとつとして外れていなかった。親廉は予言どおり順調に出世し続け、今や絶頂期にある。子の数も性別も、予言通りだ。

だが、まだ実現していない予言が、ただひとつだけあった。

――入田は、戸次に滅ぼされる運命じゃ。

似合わぬ情けは無用だ。親廉の目の黒いうちに親家の復活を阻み、戸次を滅ぼしておいたほうがよい。

「わしも五十を過ぎた。そろそろ隠居を考えておるが、戸次殿は幾つになられた？」

「四十七でござる」

「人生五十年。戦は若い衆の仕事じゃ。のう、戸次殿。もう、よいのではござらぬか」

親廉は猛虎《もうこ》を牽制《けんせい》するように、酒臭い息を大きく吐いた。

「このまま終わるわけにはいき申さぬ。もうひと花、咲かせたいのでござる」

親家は左手を突きながら身を乗り出してきた。なりふり構わぬ必死さが、親廉には不愉快なほど哀れだった。

「この十二年、われら戸次は上から下まで一日たりとて休まず、武技を練っており申した。戸次兵の精強は往時と変わっておりませぬ」

「さもあらん。されど、時は皆に平等に与えられておったのじゃ。干支《えと》がひと回りする間に、豊後も、大友も大きく変わった。臼杵親連は言うに及ばず、吉弘氏直《よしひろうじなお》、佐伯惟治《さえきこれはる》ら良将が出て参った。戦下手のわしなぞより、戸次殿のほうが、よう承知しておろう。真の精兵を作るのは鍛錬にあらず。血で血を洗う戦場じゃ」

親家は身を引き、唇を固く結んだ。

「戸次殿。倅《せがれ》の話では、大友館の祐筆《ゆうひつ》の下にひとつ、空きが出たそうな。よろしければ、わしから推挙してもよいが――」

かつて槍《やり》で出世した男だ。筆を使って立身はできまい。しかも隻腕だ。今度こそ腐らせる。祐筆の不手際でもあれば、詰腹を切らせればよい。いずれ戸次を滅ぼす口実を創り出すのだ。祐筆の見習いが嫌なら、別に構わぬ。すべての働き口を親廉の力で封じてやる。

親家は膝の上で、左手の拳をぎゅっと握り締めた。

「しばし……思案する時を、賜《たまわ》れませぬか？」

「急いでくだされよ。なり手はいくらでもござるゆえ」

†

寒空の下、大野にある戸次館の庭には、灼《や》けるような殺気が迸《ほとばし》っていた。

――何度見ても、見飽きぬ奇相じゃな……。

戸次親家は豊後刀を左手で構え、数え十三歳になったわが子、戸次八幡丸と相対している。

特異な出生のゆえか、身体こそ小ぶりだが、眼、耳、鼻、口がいずれも身体とは不釣り合いなほど大きく、巨顔からはみ出るほどである。生まれつき筋骨たくましいが、鍛錬の成果もあり、岩塊を思わせる筋肉のせいで、粗末な衣服がはち切れんばかりだった。

「親爺殿、家忠、参るぞ」

めっぽう強くなった。隻腕の親家ではもう勝てぬから、安東家忠と二人がかりである。安東家は約三百年の長きにわたり戸次家に仕えてきたが、当代の家忠は家中《かちゆう》一の剛の者で、親家の娘を嫁がせてもいた。山のように大きな若者である。

八幡丸はたいていの武具を扱えるが、今日は長さ七尺（約二・一メートル）ほどの金砕棒《かなさいぼう》を一本ずつ両手に構えていた。棒には無数の棘《とげ》が鏤《ちりば》められている。まるで、鬼であった。隻腕でも威力を発揮する武器として、親家は金砕棒を選んだが、八幡丸も実に巧《うま》く使う。

八幡丸は親家にも、死んだお梅《うめ》にも、いや、誰にも似ていなかった。角と牙《きば》こそないが、やはり鬼に似ている。

ずっと昔、お梅は柞原八幡宮《ゆすはらはちまんぐう》で「鬼の子でも構いませぬから、どうか男児を孕《はら》ませたまえ」と願ったと笑って打ち明けたものだ。そのせいだろうか。

刀の切っ先で牽制した。八幡丸の気迫は、触れれば火傷しそうだ。

親家は豊後刀の柄《つか》を握り締めた。武芸は、いい。

やはり、祐筆の見習いなど、親家には向かぬ。

八幡丸の背後で、家忠が気勢を上げた。が、すでに一瞬早く、八幡丸は動いていた。目の前、親家の懐に踏み込んでいる。気づけば、左手の豊後刀はすでに弾《はじ》き飛ばされていた。鼻先には左手の金砕棒の先が突きつけられている。

「考え事でもしてござったか。戦場では命取りじゃぞ、親爺殿」

いったい家忠は何をしていたのだ？

慌てて八幡丸の背後を見ると、家忠の巨体が仰向《あおむ》けに倒れていた。なるほど前へ踏み出す前に、八幡丸は右手の金砕棒を振り上げざま背後に投げつけ、家忠のみぞおちを痛打していたらしい。家忠ほどの猛者《もさ》が虚を突かれ一撃で倒されるとは、わが子ながら恐るべき武勇だった。前後の難敵をほぼ同時に倒したわけだ。

「見事じゃ、八幡丸。二人がかりではもう、稽古にならぬな」

「この家忠が不覚を取るとは。若には参りましたぞ」

家忠が苦笑いしながら身を起こし、丸坊主の頭を掻いている。

「戸次黒が待っておる。今日も付き合《お》うてくれぬか、家忠」

八幡丸は親家が与えた荒馬をすっかり乗りこなしていた。千里をゆく戸次黒は毎日、主《あるじ》の八幡丸を背に乗せて遠出しなければ、気が済まぬらしい。

「されば、親爺殿。本日の稽古はこれにて」

踵を返し、堂々と歩み去る八幡丸の後ろ姿には、すでに一軍の将たる風格さえ感じられた。鍛え上げたのは武芸だけではない。

親家は幼時から、八幡丸に用兵、戦術、戦略の要諦《ようてい》を叩き込んできた。数々の合戦を通じて会得《えとく》した親家の知識、経験から極意まですべてを伝授したつもりだが、はたしてその必要はあったろうか。親家は八幡丸の天賦《てんぷ》の軍才に、内心舌を巻いた。

親家は絵地図に配置した白黒の碁石を、敵味方の諸隊に見立てて戦術を講じてゆく。八幡丸は巨眼を見開き、絵地図を睨《にら》みながら聞いている。親家が説明を終えると、八幡丸は天候から地形、視界、時刻、各隊の編成と兵数、小荷駄《こにだ》の中身に至るまで尋ねてくる。過去の合戦の経験を再現したものはまだよい。だが、親家が仮に作った架空の合戦では、途中で答えに窮《きゅう》した。親家を質問攻めにした後、八幡丸は白黒の碁石を自在に動かしてみせる。そうすると、敵味方の碁石が、まるで命を得た生身の部隊のように生き生きと躍動し始め、所狭しと戦場を駆け回るのだ。

八幡丸は百眼でも持つように、戦場全体を一度に見渡せた。時々刻々千変万化する戦場にあって、万の軍勢を自在に操る将器は、はたして経験によって会得しうるものだろうか。それとも、八幡丸のごとく選ばれし者のみが持つ、業深き才能なのか。

――この乱世に、戦をするためだけに、八幡丸は生を享けたのではないか……。

親家が教えられる事柄は何もなくなった。

後は、実戦だけだ。

ならば、親家がなすべきことは、八幡丸を世に出すための舞台を整えることではないか。たとえ祐筆の見習いであろうと、大野でくすぶっているよりは、まだ復活に近づけるはずだ。大友宗家に誠心誠意仕えていれば、必ず道は開けよう。

父子で、戦場へ出る――親家の夢だ。

八幡丸を日本一の武士にする――お梅との約束だ。

巨大な黒馬が八幡丸を乗せて現れると、ひと声高く嘶《いなな》いてから勇躍、駆け始めた。

「八幡丸も立派に育ちました。正光院《しょうこういん》（お梅）さまも、さぞお喜びでございましょう」

縁側に出てきたお孝が、弾んだ声で話しかけてきた。

「お前のおかげじゃ。かたじけのう思うておる」

「わたしの力など、ほんのわずかです。放《ほう》っておいても、八幡丸は大樹のように、大きく育ってゆきまする」

継室のお孝は、八幡丸が物心つく前に嫁いできた。お梅とは対照的に身体は大柄だが、女ながらどすの利いた低めの声は、ときにお梅を思い出させた。親家との間にも子が生まれ、おかげで戸次家は賑《にぎ》やかな大家族となった。

縁側にできている冬のわずかな日だまりを浴びながら、お孝が器用に草鞋《わらじ》を編み始めた。没落しても、半数以上の家臣は薄禄《はくろく》でもよいと言い張って、どうしても戸次家を去ろうとしなかった。ゆえに大所帯に比して小さすぎる所領で、主従がともに貧窮してきた。上も下も皆、内職に精を出している。

「初めて会《お》うたときは、本当に鬼の子かと驚きましたが、今では大切な戸次家の長男です。それでも、やはり鬼の子なのではと思うときもございますが」

声を立てて笑うお孝に、親家も笑みで返した。

「そろそろ八幡丸も、元服させてやりませんと」

八幡丸の元服を先延ばしにしてきたのは、戸次家を再興した上で、主君から偏諱《へんき》を賜れぬものかと考えてきたためだ。

「家族を、皆を、守ってくれる頼もしい男子に育ちました。諱《いみな》は、親守《ちかもり》でいかがでしょう？」

「せっかくよき名を考えてやっても、八幡丸なら、己の名は己で決めると言うやも知れぬな」

笑い上戸のお孝がひとしきり笑いで返した後、場に沈黙が生まれた。

二人の間をおだやかな時が流れてゆく。

この優しい時はいつまで続くであろうか。

親家は、残された己の左の掌《てのひら》を見つめた。

——八幡丸のためにも、片田舎《かたいなか》でくすぶっているわけにはいかぬ。

「戦乱の世ですもの。八幡丸もいずれは戦に出なければ……」

いつの間にかお孝は笑みを引っ込めていた。物憂げに、冬芽のつき始めたばかりの梅の木を見つめている。

「すまぬ、な……」

詫びの言葉には、二つの意味があった。武家の嫡男でありながら戦に出してやれぬ不甲斐《ふがい》なさと、それでもいずれは戦に駆り出さねばならぬ申しわけなさ、である。

「何を仰せですか。わたしはお前様と夫婦《めおと》になれて、幸せでございまする」

お孝は大友の重臣臼杵長景《ながかげ》の娘であった。賢く、器量もよい。なぜお孝ほどの女が零落した戸次家に、隻腕の武将に嫁いできたのかと、世人も不思議がっていた。

かねて大友宗家は、筑前《ちくぜん》の飛び地領である怡土《いと》郡を、臼杵家に任せてきた。同家は期待に応《こた》え、博多《はかた》湾を臨む要衝の柑子岳城《こうじたけじょう》に、一族で最も軍事に秀でた者を配置して、大友領を守り抜いてきた。乱世の例に漏れず、お孝は筑前の豪族に政略結婚で嫁いだ。だが、ほどなく夫が大友に叛《はん》したために、これを殺害して里帰りした烈女であった。

心ならずも妻の命を奪った男と、夫を殺した女とが、運命の巡り合わせで夫婦《めおと》になり、何はなくとも幸せに暮らしている。

罪深き男女に、このままの幸せがはたして許されるのか。

「お前様。明日からの御嶽神楽《おんだけかぐら》の稽古が楽しみでございますね」

没落する前、戸次家は大野のほとんどを領していた。かつての所領、清川《きよかわ》で毎春行われるにぎやかな祭りには、今も戸次の一族郎党が参加して、五穀豊穣《ごこくほうじょう》を祈念していた。親家が荒神《こうじん》の役で登場して舞うと、民から大喝采《だいかっさい》が起こり、祭りは最高潮となる。

「実は、大友館で新たな職を得た。御館様《おやかた》のおそばにお仕えする」

最初は祐筆の見習いでもよい。一刻も早く府内へ出て、皆のために次の一歩を踏み出すのだ。

「それは……おめでとう存じまする」

「今日、大野を出る」

「昨夕戻られたばかりですのに。もう、行かれるのですか?」

急がねば、他の者が職に就くやも知れぬ。

「わしは大友家に求められておるのだ」

お孝はいったん草鞋を編む手を止めたが、それ以上何も言わなかった。

長きにわたる蟄居謹慎の間も、親家が親治の仕打ちを呪《のろ》ったことは一度もなかった。赦されざる失態を犯した当然の罰だと思っていた。責めの大きさを思い、赦免を願い出もしなかった。

大友親治は、親家が若い時分から仕えた、ただ一人の主君だった。親家はいつか赦《ゆる》され、復帰の機会が与えられると信じていた。山深い里で府内からの呼び出しをじっと待ち続けるうち、いつしか親家は世に忘れられていった。

お梅が処断されてまもなく、親治は嫡男の国主義長《よしなが》に実権を譲って隠居したが、義長に先立たれると、国政に復帰して若い孫の義鑑を後見した。

親治は親家に赦しを与えぬまま、二年前に逝去した。喪が明け、しばらく経《た》ってから、府内から恩赦を伝える文が届いた。

ひさしぶりに府内へ出た。大友家のますますの隆盛に伴って府内の町も大きく栄え、すっかり様変わりしていた。むろん戸次屋敷は他人の手に渡っていた。

お孝の身内であり、畏友《いゆう》ともいえる臼杵親連とも面会した。

親連は今をときめく大友最高の将である。会ってくれただけで良しとせねばなるまいが、わざわざ筑前まで出向いてきた親家に対して、親連は苦虫を嚙み潰したような顔で、ただひと言、

「微力なれど、私からも御館様に戸次殿の話をしておこう」とだけ述べて、短い話は終わった。

八幡丸を助けてくれた恩人ではあるが、ちょうど体調が優れなかったようで時も悪かったらしい。昔と変わらず愛想のない男だった。

知己を訪ね歩いてさまざま駆けずり回ったあげく、得られそうな職は結局、祐筆の見習いだけだった。二十四歳の若き国主大友義鑑は名君の片鱗《へんりん》を見せ、大友家はかつてない興隆へと向かっていた。そこには、入田親廉がたしなめたように、古き時代の武将の居場所など、ありはしなかった。

「では、遠からず、戦に出られるのですね?」

お孝の問いの意味に込められた思いを、親家は解していた。

蟄居謹慎のおかげで、貧しいながらも戸次の親族、家臣団は仲睦《なかむつ》まじく、つつがない日々を過ごしてきたともいえる。戦があれば、必ず誰かを失っていたはずだ。

だが、惨めに敗れ、隻腕となっても、乱世に男として生まれた以上、親家はやはり戦場の華となりたかった。かつて勇名を馳《は》せた男の誇りと意地があった。

「大友には忠義に篤《あつ》い精兵が要る。ひとたび事起こらば、わしが戸次の精鋭を率いて華々しい勲功を立ててみせる。いつまでもお前たちに苦労はかけられぬ」

むろん、祐筆の見習いなどで終わるつもりは毛頭なかった。親家とて、隻腕でも満足に戦えるだけの鍛錬を重ねてきたのだ。

「わしなど、戦以外で、大友家のお役には立てぬからな」

安東家忠に加え、八幡丸を最前線に用いれば、それだけで戸次勢は精強な戦力となる。大友軍の将として戦場に出ることさえ許されれば、戸次家はかつての威名を取り戻せるはずだった。八幡丸、お孝、家族と一族郎党、さらには亡きお梅のために、親家は何としても再起せねばならぬのだ。

親家は左の拳を握り締めながら、立ち上がった。

「ですが、お前様。その後、お身体の具合は？」

昨春ころから咳《せき》が出始めた。ただの風邪《かぜ》だと思っていたが、熱が引かず、ひどい寝汗を掻くようになった。身体がだるくなって、少し痩《や》せてきた。立合いで八幡丸に不覚を取ったのは、そのせいもあったろう。

だが、親家と戸次の復活は、今がまさに正念場だ。

「大事ない。それよりも、戸次勢の出陣は遠くない。心しておいてくれい」

戸次八幡丸は一陣の突風のごとく、大野の山間を疾駆した。

戸次黒はどの馬よりも速い。

戸次黒は、誰の手にも負えぬ暴れ馬だったために、二束三文で売られていた。最初のころは何度も落馬させられたが、取っ組み合いの喧嘩を繰り返すうちに仲良くなった。戸次黒は臆病《おくびよう》者《もの》を嫌っているだけだった。今では鞭《むち》も無用、乗るだけで心が通じ合っている。すっかり八幡丸の愛馬となり、他の者を背に乗せようとしなかった。お道だけは、例外だが。

鎧ヶ岳城《よろいがたけじよう》がよく見える高畑《たかはた》の砦《とりで》に馬を入れた。平時には番兵もいない。

「八幡殿にお教えすることはもう、何もござらんな」

遅れて着いた安東家忠は義兄にあたる。おそらくは豊後一の大きな体軀《たいく》を持ち、並外れて勇敢な男だが、戸次家の不遇が災いして、武功は立てていなかった。

「よい。これから先は、戦に勝って、学ぶ」

ふたり駒《こま》を並べて、故郷の山野を眺めた。行けども行けども、山また山である。

北を向いたとき、切り開かれた荒々しい山肌の中央に屹立《きつりつ》する鋭鋒《えいほう》が鎧ヶ岳だ。すぐ南の尖った山にある支城は八幡丸のお気に入りの山塁で、たまにいる番兵とも馴染みになった。小昼に握り飯を食べていたら、急な雷雨に遭った日もある。一分の隙もなく中腹に展開された支城群は実に壮観である。この山塞群はもともと戸次家の詰城だったが、八幡丸が生まれた年に大友宗家に召し上げられた。今では大友家有数の大身となった入田家の所領となっている。

八幡丸は鎧ヶ岳城に向かって太い腕を伸ばすと、鷲摑《わしづか》みにするように掌を握った。

「あの城を必ず、戸次の手に取り戻すぞ」

もともと戸次家は、大友宗家の第二代親秀《ちかひで》の次男、戸次重秀《しげひで》を祖とした。かつては国東《くにさき》の安岐《あき》、日出《ひじ》の真奈井《まない》、由布等をも領し、宗家と並ぶ武力さえ誇ったが、第六代直世《ただよ》の悲運と南北朝の争乱を経て、本貫地である戸次荘《へつぎのしょう》さえ失って久しい。親家が世に出て武功を上げ、所領を次々と回復したが、たった一度のひどい敗戦で、戸次はふたたび多くを失った。鎧ヶ岳城を冠に戴《いただ》く山塞も、親家が築き直した自慢の城だったらしいのだが。

「八幡殿と俺なら、十年もあれば足り申そう」

「家忠よ。われらはいつ、戦に出られる？」

「殿は入田殿の推挙を得て、大友館の警固の職に就かれたのでござるぞ。されば、近いうちに出陣の命が下るはず」

戸次親家は数日前、府内に出仕したが、隻腕となりながらもなお勇将だった。鍛え抜かれた左腕の打ち下ろす金砕棒を、まともに受け止められる者が、豊後に幾人いるだろうか。

「親爺殿と轡《くつわ》を並べ、戸次の皆とともに戦場へ出る日が楽しみでならぬな。されど、畢竟《ひっきょう》するに今、大友最強の将は、やはり臼杵親連か？」

十二年前の星野《ほしの》討伐戦以来、九州で親連の武名を知らぬ者はあるまい。

親連は臼杵家分家の出で、筑前の柑子岳城を居城として、敵味方が入り混じる動乱の北九州において、大友領の防衛を一手に担っていた。巨大な難敵、大内家と堂々と渡り合って所領を守り抜くなど、並大抵の将にはできぬ離れ業だった。親連は各地を転戦するたび、戦功を上げ続けていた。

「あいにくと左様でござる。派手な戦装束といい、実にいけ好かぬ男なれど」

今や臼杵勢の向かうところ敵はなく、親連の真っ赤な陣羽織と兜《かぶと》に輝く金獅子《きんじし》を見たとたん、敵は逃げ出すとさえ言われている。家忠はさんざん親連の悪口を並べ立てたが、まだ会ったことはないらしい。

「朋輩が負けてから勝ちをかっさらうなど、まことに嫌らしい男でござる」

親連は自ら率先して出陣したりはせず、たいていは求められて形勢不利な戦場へと出向く。だがひとたび参陣すれば、たちまち大友軍の劣勢を挽回《ばんかい》し、戦を勝利へ導いた。ゆえに、その武名はますます高まった。

「詩歌管弦にうつつを抜かす、飲んだくれの優男が大友最強の将とは、世も末でござる」

親連はふだん居城で海を眺めながら、酒を片手に管弦を奏し、詩歌を吟じているという。淡白清廉《せいれん》な性格で、家臣領民から慕われているらしい。

「お主はどうやら臼杵親連を好かぬようじゃな」

「当たり前じゃ！　戸次は、臼杵の踏み台にされたのでござるぞ。たとえ敵に負けても、臼杵にだけは負けられぬ。八幡殿も、親連にひと泡吹かせる戦をなされよ。星野谷《ほしのだに》の戦さえ、なければのう……」

口角泡を飛ばす家忠の毒舌には熱が籠《こ》もっている。

戸次親家の敗戦と没落で、大友軍の主役は臼杵親連に取って代わられた。悪く言えば親連は、戸次の不幸を足掛かりにして名声を不動とし、今の栄達を得たともいえる。実際、戸次家が失った筑前、豊前の飛び地の一部を、親連が得てもいた。

親家はといえば、親連の活躍を耳にするたび手放しで称賛し、八幡丸にも親連のごとき将になれと説いていた。

「お方様のお身内とはいえ、殺しても飽き足りぬ男でござる。噂話《うわさ》なれど、臼杵家にあって、親連はお方様と何やら因縁があったとか」

親連は八幡丸の母お孝の従叔父《いとこおじ》だが、二人の齢は大して違わなかった。恋し合っていたが、従姪《じゅうてつ》の間柄と政略ゆえに結ばれなかったのだと噂する者もいた。

八幡丸は右拳を眺めながら、幾度か強く握り締めた。

「わが肉体にも、同じ臼杵の血が流れておるのじゃ。俺もいつか、臼杵親連と武名を並べてみせようぞ」

八幡丸はお孝に連れられて、一度だけ親連に会った覚えがある。

家忠がけなすように、父の親家とは対照的で、とても歴戦の名将とは思えぬ風体をしていた。勇名などまるで似合わぬ中背の優男で、冷たささえ感じるほどに落ち着き払っていた。冷笑のよく似合う美男だった。

「なぜ臼杵親連は、それほどに強い？」

「ずる賢いのでござる」

家忠は二本指で禿頭《とくとう》をトントン叩きながら、吐き捨てた。

「運もすこぶるよい。わが殿は、あの大内義興《よしおき》と正面から渡り合われたが、親連は鬼の居ぬ間の洗濯をしておるだけよ」

宿敵の大内義興は今、東の尼子《あまご》家討伐にいそしんでいる。だが、並みの将では、混戦が常態化した筑前の防衛はできまい。

「それにひきかえ、万夫不当《ばんぷふとう》の勇を持ちながら、殿はまこと悲運の将におわした」

「俺が日本一の武士となってみせる。されば、父上の名も青史に残るであろう」

「ついでに、俺の名も残してくだされよ。ときに八幡殿。入田通いは、そろそろやめられよ。悔しいが、今の戸次に、大入田《だい》が姫をくれるはずがござらんでな」

例年なら、もうじきお道が入田荘に戻るころだった。

「あいにく俺は、生まれてよりこの方、物事をあきらめた覚えがない」

「それはまだお若いからじゃ。人はあきらめながら、大人になっていくものでござる」

「臼杵親連も、何かをあきらめたのであろうか……」

「さて……。何しろ運だけはよい男でござるからな」

「運もまた、己の力で摑むもの。お道殿の話では毎年、大友の御館が入田に足を運ぶ時期がある。そのときを狙《ねら》って、戸次の力を見せつけてやろうぞ。ついては家忠。お主も力を貸してくれぬか」

八幡丸は振り返って南西を見た。その方角には水の里、入田がある。

お道はもう、戻っているだろうか。

†

降り続く冬の雨が、府内、入田屋敷の庭の梅の木を濡《ぬ》らしている。

「臼杵、親連のう……」

入田親廉は振り返って、親誠の離れ眼を見返した。

親誠は二十代半ばだが、親廉が懸命に養育してきた成果もあって、多少は使える文官になってきた。小さな失敗をさせては学ばせ、親廉が「己の頭で考えてみよ」と繰り返してきたおかげで、無い知恵をふり絞って親誠が提案してくるときさえあった。

この日、親誠が鼻息荒く献策してきたのは、数え十三歳になった妹お道の嫁ぎ先であった。

「臼杵殿は、押しも押されもせぬ大友の宿将なれば、軍事に弱い入田の姻戚《いんせき》とするは、すこぶる好都合。臼杵殿は正室に先立たれて以来、長らく後添えを娶《めと》っておりませぬ。いささか齢は離れておりまするが、家臣領民の評判も上々でござる」

「親誠よ。臼杵と結んで、入田に損はないか、念入りに思案したか？」

「入田はより強く、足元も盤石《ばんじゃく》となりましょう」

「いつも言うておろうが。出すぎた杭《くい》は打たれる。入田はもう十分に大きゅうなった。政敵を討つのはよいが、これ以上己《おの》が力を持てば、宗家に目をつけられ、いずれは滅ぼされよう」

親誠が口を尖らせると、親廉は続けた。

「親連は、民にこそ慕われておるがな。人の感情の七分は妬《ねた》み嫉《そね》みと心得よ。親連は媚《こ》びぬゆえ、上からは嫌われる。人と群れぬゆえ、同輩とは疎遠じゃ。邪魔臭がって面倒を見ぬゆえ、下からも慕われておらぬ。大友家臣団にあって、臼杵親連は生涯、一匹狼《おおかみ》よ。あの男とは、つかず離れずが一番よいのじゃ」

臼杵家との縁組みは、すでに親廉も思案済みだった。親連についても色々と調べさせた。

親連はかつて従姪にあたるお孝と恋仲にあった。が、結ばれなかった。大友に背いた夫を殺してお孝が戻ると、親連の強い勧めで、お孝は戸次親家に嫁いだという。妻を死なせた夫なら、お孝の痛みがわかるとでも考えたのか。

親連の室は先年病没したが、後添えを娶らぬのも、お孝との恋に未練があるためらしかった。親連が居城で奏でる楽曲も、詠む歌も、破れた恋を想《おも》っての慰《なぐさ》みであるらしい。そんな男に娘をやるわけにはいかぬ。そもそも話を切り出したところで、あの変わり者の親連が小娘との縁談になど、首を縦に振らぬのではないか。

「お道の嫁ぎ先はもう決めた。この春には祝言を挙げたい」

口にこそ出さぬが、親廉はお道の幸せも考えていた。お道は後室が若い命と引き換えに産んでくれた、親廉のひとり娘だった。母親似で器量もよい。賢く芯《しん》の強い少女で、もし男なら親誠の代わりに入田家を継がせたいくらいだった。

「臼杵でないなら、吉弘でござるか？　あるいは佐伯か……」

「いや、わが一族に嫁がせる」

入田一族の絆《きずな》を深めるための婚姻であれば、大友宗家からも警戒されまい。親誠のために内をしっかり固めておくのだ。

「親助を入り婿として、娶《めあわ》せる。出ぬ杭は、打たれまいでな」

入田親助は、親廉の最初の室の妹の子で、甥《おい》にあたる。血の繫《つな》がりはないが、親廉が幼時から可愛《かわい》がってきた若者であった。武勇にも優れた親助は、必ず次代の入田家を支える武将となろう。齢も近く仲のよい従兄の親助こそが、お道の夫に相応《ふさわ》しい。

「親助には、お道とともに入田家を切り盛りし、支えてもらう。できのよい義弟がそばにおれば、お前も心強かろう」

親誠があまりに不甲斐なければ、親助とお道の子に、入田本家を継がせる腹づもりだった。

「さすがは父上。親助なら頼もしきかぎり。されど、なにゆえさように急がれまする？」

「実は内々、親助を見込んだ同紋衆から婿養子の話がいくつも来ておってな。お道にも縁組みの話が後を絶たぬ。断るたび相手の顔を潰さねばならんのは大損じゃ。遅らせれば、もろもろ不具合も出て参ろう」

お道は近くに住む童とねんごろな仲になっているらしい。相手はよりによって、戸次家の八幡丸だという。親廉はただちに八幡丸の出入りを禁じたが、それでもふたりは会っているらしい。まだ幼さも残る年齢とはいえ、色恋沙汰など御免だった。

「ときに、こたび戸次親家殿を大友館に入れられたは、何のゆえにございまするか？」

「わからぬか。飼い殺すためよ」

祐筆たちには、親家に失敗をさせるよう言い含めてあった。誇り高き親家は、理不尽な仕打ちと屈辱に耐え切れまい。遠からず職を辞して田舎へ戻るであろう。

庭のしだれ梅が、黙って雨に打たれ続けている。

†

まだ、日暮れまでは時がある。

葉を落とした冬木たちはあっという間に背後へ消えていった。

お道の長い髪が爽風《そうふう》で後ろへなびいている。

八幡丸のたくましい身体に後ろからしがみついて、戸次黒に揺られていた。白水の滝へ遠出した帰途である。

——この世で一番の速さじゃ、と八幡丸は胸を張る。きっとその通りなのだろう。

最初は怖かったが、いっしょに何度も乗るうち、今では心地よい速さになった。馬と一体になった気がする。

八幡丸の背に頬をつける。この汗の匂《にお》いが好きだ。

だが、これが、最後の遠乗りだった。

戸次黒が甲高く嘶いて、止まった。

なおしがみついていると、八幡丸が肩ごしに振り向いた。

「里に着いたぞ、お道殿。居眠りしておるのか？」

「こんなに揺られて、眠れるものですか」

八幡丸は先に馬から飛び降りると、お道に手を貸して下ろしてくれた。

水の里、入田はすっかり春を思わせる陽気だった。

国都府内から遠く離れ、肥後《ひご》にも近い直入《なおいり》郡の入田は、まれに見る豊かな湧水の里である。

里には、そこかしこで水の匂いがした。水が跳ね、流れる音が心地よい。

八幡丸は戸次黒と並んで、小川のほとりにいる。そのまま流れのなかへ、ざぶりと音を立てて頭ごと突っ込んだ。

清水をたっぷり飲んでから、顔を上げる。戸次黒と同時だった。

「うまい水じゃ！」

八幡丸が愛馬に大口を開けて笑いかけると、馬が気持ちよさそうに嘶いた。

その姿を見て、お道も笑う。

人間でも馬でも、裏表なく赤心で接すれば、相手は必ず心を開くものだと、八幡丸は断言する。そういえば、八幡丸はいつも断言した。自信たっぷりに生きている八幡丸には、挫折《ざせつ》がないのだろうか。この淡い恋が終わったら、八幡丸はどうするのだろう？　ものわかりよくあきらめて、お道など忘れてしまうのか。

「城門まで送ろう」

それから先、八幡丸は入れない。

ふだんはお道だけ戸次黒に乗せてくれて八幡丸は歩くが、お道はこの日、断った。八幡丸のそばで別れを告げたかった。

ふたりの後ろを、戸次黒がゆっくりとついてくる。木や門に繋がずとも、いつも八幡丸をおとなしく待っている馬だ。暴れ馬だそうだが、信じられない。主というより、友のようだった。八幡丸とともにいられる黒が羨《うらや》ましかった。

お道は勝手に進められてゆく縁組みへの抗議の意味も込めて、八幡丸とふたり、入田を闊歩《かっぽ》した。だが親廉は、さすがに大物だった。小娘の抵抗など物ともせず、小さな恋を黙殺した。同じ大友宗家の直臣《じきしん》ではあっても、ふたりの家はあまりにも違いすぎた。見事に、最高位と最低位に位置していた。

十三歳の小娘に何ができよう。

お道はこの恋を、あきらめていた。

「大中寺《だいちゅうじ》の梅を見ましょう。あそこはもう咲いているはず」

津賀牟礼城の西北にある大中寺は、入田家の菩提寺《ぼだいじ》である。

まだ疎《まば》らだが、山裾《やますそ》には申し合わせたように、梅が紅や白の花をつけ始めていた。

「よき香りじゃのう、黒」

八幡丸が肩ごしに話しかけると、戸次黒は長い顔を伸ばしてきた。

お道がたてがみを撫《な》でてやる。名うての荒馬も、八幡丸のほか、お道にだけは懐いていた。

やがて人気のない境内《けいだい》に着くと、ふたり並んで本堂の階段に座った。

境内の日当たりのよい場所にある紅白の梅だけは、ちょうど満開だった。

「八幡丸どのは、何色の梅が好きですか？」

「燃えるような赤じゃ」

八幡丸はたいてい即答する。まるで、それしか答えがないように。

「わたしは桜よりも梅が好きです。桜は潔く散るというけれど、梅は寒さに耐え、じっと静かに咲き続ける。その姿が貴いと思うのです。八幡丸どのは、咲き誇る梅花に雪が積もった、雪梅花を見たことがありますか？」

「あるやも知れぬが、ちゃんと見ておらなんだな」

「満開になったお城の梅林の花が、雪の華と入り乱れて散ってゆく姿は、わたしが一番好きな景色でした。八幡丸どのにも見せてあげたかったのですが……」

八幡丸の巨眼が城の梅林を見上げている。林は紅白の蕾《つぼみ》でかすかに色づき始めていた。

入田家の居城、津賀牟礼城は低山に築かれた山城である。

かねて入田家と戸次家は反目し合ってきた。その昔、入田の里に侵攻してきた戸次勢と睨み合いがあったらしいが、戦といってもその程度で、築かれてから一度も戦場になってはいなかった。

「あれだけ梅林があれば、敵に攻められても、しばし籠城《ろうじょう》できよう」

城に松竹梅が植えられるのは偶然でない。松葉、松皮、松笠《まつかさ》、竹の子、梅の実などは食糧になるし、薪《たきぎ》で暖も取れ、柵《さく》なども作れる。全部、八幡丸から聞いた話だ。

「八幡丸どのは戦の話ばかり。いつも戦のことをお考えなのですか？」

「今は乱世じゃからな。俺は親爺殿と母御《ははご》に約束をした。いずれ日本一の武士になってみせる。そのためには、まず親爺殿を超えねばならぬ」

かつて戦場に名を馳《は》せた戸次親家を知る者は少なかろうが、お道は数少ない例外だった。親家の戦場での経験をそっくり頭の中に引き継いでいる八幡丸から、始終話を聞かされてきたからだ。

「戦にさえ出られれば、戸次はすぐに手柄を立てられるんじゃ。たとえば津賀牟礼城を攻めるなら、俺は正面から力攻めする。むろん西側に回り込んだほうが攻撃は受けにくいが、いざ城へ突入するとき、掌のようになった細い尾根が厄介なんじゃ。あの地で三方から弓で射殺されるくらいなら、正面突破が正しい。うまい縄張りを考えたものよ」

「八幡丸どのはさようなことを考えながら、わたしに会いに来ているのですか？」

「守るためには、敵の攻め方も思案せねばならぬ」

「いったいこの城を誰が攻めると言うのですか」

内戦でも起こらぬ限り、津賀牟礼城が敵に攻められる事態は起こりえまい。

「この城は肥後に近い。豊後の西の砦じゃからな。争乱の世では何が起こるか知れぬ。されど案ずるには及ばぬ。この城が誰ぞに攻められたときは、俺が駆けつけて守ってやる」

もしかすると八幡丸は、お道を守るために、城の縄張りまで調べていたのか。

日はすでに陰り始めていた。

いつ、八幡丸に永遠の別れを告げるのだ？　いつ、言えるのだろう。

お道は明日、この水の里を発《た》つ。

何も知らぬ八幡丸は津賀牟礼城へ来て、梅の古木へ登り、お道を待ち続けるかも知れない。

いや、必ずそうするはずだった。

「寒うなってきた。そろそろ帰るとするか。あんまり遅うなると、母御に叱《しか》られる」

駿馬《しゅんめ》に乗るとはいえ、八幡丸は山間をいくつか抜けていかねばならない。

八幡丸の母の厳格さは、出会った日の事件でよく知っていたが、八幡丸は「日本一の母御よ」とよく自慢したものだ。以前、「お道殿の母親にしてやってもよいぞ」と何気なく口にした言葉には、どんな思いが込められていたのだろう。

——今しか、ない。

お道は決意を固めて立ち上がった。


林間にある大中寺の夕暮れには、もうわずかな日の光しか残っていなかった。

八幡丸に背を向けたまま、お道がぽそりとつぶやいた。

「いつか八幡丸どのに、津賀牟礼城の雪梅花を見せてあげたかったのですが、結局、叶《かな》いませんでした」

梅が満開となる三月に毎年、雪が降るわけではない。

「梅は逃げていかぬ。今度雪が降ったら見に来ようぞ。のう、黒」

「八幡丸どの。入田に来るのは、今日を最後になされませ」

「なぜじゃ？　誰ぞがお道殿を叱るのか？」

「あいにく八幡丸どのなど、誰も相手にしておりませぬ」

「ならば、よいではないか」

「来られても、わたしはもう、おりませぬゆえ」

　八幡丸にも、意味がわかった。お道が輿入《こしい》れするのだ。

　突然訪れた別れに、八幡丸は戸惑った。

　これでもう二度と、お道とは会えぬやも知れぬ。

　そう思うと初めて、お道の大切さが身に沁《し》みた。

　不覚にも泣きそうになった。いかぬ。

「されば、こいつをもらってくれんか？」

　八幡丸が懐から取り出したのは、つげ櫛《ぐし》である。歯が不揃《ふぞろ》いだが、試しに髪を梳《す》いてみると、感触は悪くなかった。本当はもう少し時があると思い、もっと仕上がりをよくしたいと考えていたが、とりあえずの試作品だった。

「これは……櫛？」

「みたいな物じゃな」

　大野をたまたま訪れていた旅の老いた木地師《きじし》に、教えを乞《こ》いながら作ったものだ。まだ下手くそなのはわかっているが、木地師に呆れられるほど何度も指を切り、百個以上も失敗を重ねて、作り上げた力作だった。

「また、しばらく会えんじゃろうと思うて、作ってみた。俺なら真っ黒の鉄扇が欲しいが、女子が何を喜ぶかわからんでな。気に入らなんだら、すまぬ」

暗い陽光の下、お道は驚いた顔で、ためつすがめつ櫛もどきを眺めている。その顔は喜びでも戸惑いでもなく、むしろ悲しげだった。

「どうして、これを？」

「お道殿が喜ぶと思うてな」

「どうして、わたしを喜ばせたいのですか？」

「なぜかのう……。そこまでは、あまり考えなんだな……」

お道は櫛らしき物を手にしたまま、震えているようだった。

「……どうしたんじゃ？」

お道はくるりと八幡丸に向き直った。

あたたかく、やわらかい身体が腕のなかに飛びこんできた。

いきなり八幡丸の唇を、柔らかくしめった感触が襲ってきた。

しばらくしてお道は、八幡丸を両手で突き放すようにして離れると、踵を返して駆け去って行った。お道は一度も振り返らなかった。

府内の入田家から、木箱に入った上等な漆黒《しっこく》の鉄扇が八幡丸のもとへ届けられたのは、それから数日後のことだった。

四　精いっぱいの嘘

大永五年（一五二五年）の秋も過ぎ去ろうとする時分、勢いを失った虫の音さえ耳に付くのは、入田親廉ともあろう者が、めずらしく苛立《いらだ》ちを鎮められぬせいか。

大友館主殿にある「公卿《くぎょう》の間」は、縦に長い五畳の部屋である。来訪した公卿など、貴人の待合いに使ってもらう小部屋だが、ふだんは加判衆がちょっとした面会に用いる場合が多い。

親廉の前に、かつての畏友ともいうべき隻腕の男が片手を突いている。

「精が出るようでござるな」

「一字一字、魂を込めて書いておりまする」

戸次親家からの建白書が加判衆に提出されたのは、三日前であった。親家はいちおう無位無冠ではない。下位の文官であるから、雲の上の上司にあたる加判衆への意見提出も可能であった。もっとも、親廉は差出人の名を見て気が進まず、すぐには文を開かなかった。

この日の朝に読んで、驚愕《きょうがく》した。「豊前北部の要衝、馬ヶ岳城の佐野親基《さのちかもと》に叛意《はんい》あり」との急報である。おまけに同地の諸勢力につき正確な情勢分析がされていた。ゆえに今宵《こよい》、館から大半の者たちが去った遅くに、親家を召したのであった。

「なぜ貴殿は府内にありながら、北豊前の事情に通じておられる？」

かつての同輩でもあり、親廉は乱雑な言葉遣いはしない。

「馬ヶ岳城はわが祖父親貞《ちかさだ》が戦死した因縁ある城にて、戸次は番勢として在城もいたしました。されば、知己も少なくありませぬ。馬ヶ岳城を失えば、大友が豊前を失うは必定。されば、義弟《おとうと》の由布家続を遣わし、情勢を探らせております」

親廉は思考を読まれぬよう、瞑目《めいもく》しながら目頭を押さえた。

戸次のような小身《しょうしん》が、なけなしの私費を投じて遠方の情勢を把握しているのは、単に大友家への忠誠のゆえか。それとも、本気で戸次の再興を願い、馬ヶ岳城の城番を願い出ているのか。

「臼杵親連殿には、報《しら》せたか？」

「いえ。まずは府内の加判衆にと」

「さようか。この件、わしから御館様に上奏しておこう。馬ヶ岳城に危機あらば、まず筑前にある臼杵殿が動くであろう。御館様の信任も厚く、軍事については臼杵殿の存念を多としておるゆえのう」

実際には、親廉は義鑑に伝えず、もみ消すつもりだった。後で露見しても、讒言《ざんげん》か否《いな》か、事の真否を確かめる必要があったと説明すればいい。

馬ヶ岳城の城番である佐野親基は、親廉の政敵である田原親述《たわらちかのぶ》の息のかかった男で、田原が推挙して同城主となった。佐野が叛乱を起こしてくれたほうが、親廉にとっては好都合だった。

「ときに……鬼のお子は息災かな？」

親廉は親家の子の名を失念していた。鬼の子として、鮮烈な記憶に残ってはいるが。

「おかげさまで、元気に育っておりまする」

「それはよい。さて、そろそろ帰られるか？」

「いま少し仕事をしてからにいたしまする」

親家が一礼して去った後も、親廉は公卿の間でひとり思案していた。

好機やも知れぬ。親誠に継がせる前に、ひとりでも多く入田の敵を滅ぼしておいたほうがよい。

田原親述は重臣の佐伯惟治と連携して、親廉に対抗しようとしていた。謀叛《むほん》の疑いありとして佐野を追い詰め、叛乱を起こさせる筋書きは悪くない。

「父上、まだおわしまするか？」

襖《ふすま》ごしに親誠の声がした。親誠は仕事が遅い。たいてい夜遅くまで大友館に詰めていた。能力がまだ仕事に見合っていないわけだ。「苦しゅうない」と入室を許す。

「実は今しがた、大友館の祐筆より、戸次殿について話がございました」

「やはり、使えぬか」

哀れな。やはり親家はもう再起できぬのだ。

平伏する親家の剛毛に交じった白髪が思い浮かんだ。

「さにあらず。祐筆がひとり、高齢と病を理由に職を辞したいと願い出ておりまする」

「よいではないか。ねぎろうてやれ」

なぜさような小事について伺いを立ててくるのだ。親廉は強いもどかしさを覚えた。

「はい。年功に応じその後を嗣ぐべき者が幾人かおるのですが、その者たちではなく、新参に後を任せたいと――」

まさか……親廉は背筋が寒くなるのを覚えた。

「戸次殿を推挙して参りました。お許しなされまするか？」

隻腕の男がまさかこれほど早く祐筆にまで出世するとは、親廉も想定していなかった。

祐筆は文官ながら、主君にお目見え可能な身分である。

嫌いな男ではない。大身となった入田家に対し、戸次家は見るも惨めな敗残者だった。大牛にたかる蠅《はえ》のようなものだ。

だが、戸次は昔から入田の鬼門だった。老翁の予言もある。やはり再起させてはならぬ。

「いや、年数に従って決めよ。皆、祐筆になるために努力を重ねてきたはず。親家とて、慮外《りょがい》の出世をすれば、心苦しかろう」

「承知いたしました」

「さような小事より、御館様を入田へお招きする一件、粗漏《そろう》なきよう計らっておろうな？」

「お任せくださりませ」

さいわい親誠は、決め事ならその通りにできる男だ。

親誠が畏《かしこ》まって去った後も、親廉はなお公卿の間で、灯明《とうみょう》皿の裸火を見つめていた。

†

入田親廉にとっては見慣れた秋景色だが、今日は主君大友義鑑を警固すべく、物々しい衛兵が入田荘へ至る街道に連なっていた。

一行が大野を通り過ぎようとしたとき、行く手にある沼から、雁《がん》の群れがいっせいに飛び立った。

慌ただしい羽音に、馬上の義鑑を始め、一行がいっせいに空を見上げた。

ざわめきのなかで、にわかに弦音《つるおと》がした。

雁たちが次々と落下してくる。

凄《すさ》まじい連射だった。

十数羽は射落《いお》とされたろうか。生半可な腕前ではない。

義鑑一行の前へ一騎、黒々とした大馬に乗った小兵《こひょう》が現れた。

まだ元服前の前髪立ちだが、憤怒の明王《みょうおう》像のごとく癖のある剛毛が、燃えさかる炎のように逆立っている。

焔髪《えんぱつ》の童はすぐに馬を脇へ寄せて下馬した。

「御館様に、うまい雁を献上いたしたく存ずる」

童は片膝を突いて、両手で一羽の雁を捧《ささ》げ持ち、馬上の義鑑を見上げている。巨眼は真夏の灼けつく太陽のごとくぎらついていた。

後ろからのっそりと現れた巨漢が、童の斜め後ろで片膝を突いた。

親廉にもすぐにわかった。

——この童が、あの鬼の子か。実にそれらしく育っておるわ。

どうだと言わんばかりに抜群の強弓《ごうきゅう》の腕前を見せつけ、全身からは自信があふれ出ている。

後ろに従えている大男は、戸次の若い暴れ者、安東家忠に違いない。だが、二人の粗末で薄汚れた着衣は、とうてい豊後国主と面会できる代物ではなかった。

「無礼者が！　豊後国主、大友義鑑公の御前であるぞ！　控えぬか！」

真っ青になった親誠が甲高い声で怒鳴りつけても、少年は身じろぎひとつせず応じた。

「鳥は礼節を弁《わきま》えぬもの。雁の群れが、豊後国主に糞《くそ》なぞ落としてはならぬと思い、慌てて射落とした次第でござる」

少年は親誠など端《はな》から無視してかかっている。

「受け取ってやれ」と、義鑑が馬で前へ出た。

「小僧、その弓をどこで覚えた」

「戸次の子弟は、生まれつき弓を扱え申す。戸次兵こそは大友最強の精兵。一朝事あらば、戸次に先陣を。戦に出るたび、大友のために勝利を摑み取ってご覧に入れ申す」

「そちは、何者か？」

義鑑の問いに、童は巨眼を剝《む》いて堂々と答えた。

「わが名は八幡丸。わが父、戸次親家は、大友館で大事なお役目を果たしてござる」

義鑑があごに手をやりながら、親廉を振り返った。

「戸次、親家か。聞かぬな……」

「祐筆の見習いをしておる男にて、御館様への目通りはかないませぬ」

八幡丸は驚いた顔をしているが、意外にも義鑑は心当たりがあるらしく、目をすがめて関心を見せた。

「もしや、あの隻腕の男か？」

「よくご存じで。今の職に就いて、まだ一年にもなりますまい」

親誠が答えると、義鑑はかえって腑《ふ》に落ちたように大きくうなずいた。

「あの者か。余はよき祐筆を得られると思うておったが、この小僧を見れば、どうやら祐筆で終わる男でもなさそうじゃ。小僧、いずれ元服した暁には、そちの父を助け、わが大友を盛り立てよ」

「はっ！」

八幡丸が大音声《だいおんじょう》で畏《かしこ》まると、親誠が驚いて飛び上がった。童は義鑑に視線をまっすぐに合わせたまま、地に両手を突いている。

うなずいた義鑑が手綱を引き、馬が激しく嘶くと、また親誠がびくりと身を震わせた。

†

「母御。親爺殿は府内で祐筆の真似事なんぞしておるのか？」

八幡丸は台所に獲物《えもの》の雁を並べながら、母に向かって口を尖らせた。

お孝はいつも、忙しそうにかいがいしく働いている。

貧窮《ひんきゅう》する戸次家では、当主の室自らが雑仕女《ぞうしめ》に交じって炊事まで手伝う習わしである。

「祐筆も立派な仕事です。父上ならきっと、力のこもった雄渾《ゆうこん》な字をお書きになるでしょう」

「そうではない。戸次は武で身を立つる家じゃ。文なぞ書いて、何になる？」

お孝は何食わぬ顔をして、竹の扱《こ》き箸《ばし》で穂を挟み、粟《あわ》の脱穀を続けている。

「叔父御（由布家続）に問うたが、祐筆でのうては、やはり御館様への目通りもかなわぬらしい。いったい俺の初陣はいつになるんじゃ。俺はもうすぐ十四じゃぞ」

八幡丸は雁の毛を乱暴に毟《むし》りながら、愚痴を並べ立てる。

「悔しければ、父上のお力に頼らず、己が力で立身なされ」

「されば、駆武者《かりむしゃ》でもやるかのう。家忠に連れて行ってもらうとするか」

「お前は戸次の跡取りです。誇りを持ちなされ」

「ならば、臼杵親連殿に頼んで、戦へ連れて行ってもらうのはどうじゃ？」

「戦は、物見遊山《ものみゆさん》ではありませぬ。命のやりとりです」

「母御の身内ではないか？　大友随一の将と聞いたぞ。口を利いてくだされ」

お孝はせっせと手を動かすだけで、答えない。

八幡丸がしつこく繰り返すと、ようやく返事が返ってきた。

「お前のごとき不心得者の世話なぞ、とても親連様には頼めませぬ」

お孝は八幡丸に背を向けたままである。

「俺が何を心得ておらんのじゃ？　俺は武芸百般――」

「わたしはお前を、人の心のわからぬ人間に育てた憶《おぼ》えはありませぬ」

「俺は戸次を大友最強にして、親爺殿と母御にうまいものを食わしてやりたいんじゃ。俺の心をわかってくれぬのは、母御のほうじゃろが！」

八幡丸の怒鳴り声に、お孝はさっと振り返った。

――いかん。また、怒らせてしもうた。

八幡丸は歯を食いしばった。瞠目《どうもく》し、まばたきもせずに受ける。

たちまち頬に、強烈な衝撃が走った。

お孝は返す手を振り上げ、八幡丸の頬をまた張り抜いた。お孝は昔から手が早い。そのうえ、思い切り力を込める。

血のにじみ出てきた唇を舐《な》めながら、視線をお孝に戻した。

お孝の両眼に溜《た》まっている涙に、八幡丸はたじろいだ。

初めて見る、強い母親の涙だった。

「八幡丸。父上はどういうお人じゃ?」

「真っ正直なお人じゃな」

「いつもお前に、嘘《うそ》をつくなと教えておられたはず」

「じゃから、俺はついておらんぞ」

「その父上が、嘘をついておられるのです。その意味が、お前にはわからぬのですか?」

八幡丸はハッと気づいて、歯を食いしばった。血の味がした。

「父上が、わたしたちに嘘をついてまで府内へ出て、来る日も来る日も、どのような気持ちで書き物をしておられると思うのですか?」

府内へ向かうとき、親家は八幡丸に、大友館の警固の仕事に就いたと胸を張った。それが、親家がつける精いっぱいの嘘だったのだ。本当なら親家は、鍛え上げた自慢の左腕を生かしたかったに違いない。だが、五十を前にした隻腕の男がやっとありつけた仕事は、祐筆の見習いくらいしかなかったのだ。それでも親家は、再起を賭《か》けて、筆を取る道を選んだ。おそらくは八幡丸のために。

「家続殿が心配になって、府内でこっそり調べてくれたのです。父上は入田家の長屋に間借りをして、筆一本で暮らしておられます。左手では時もかかります。父上は若い祐筆に叱られながら、何度も何度も書き直しておられると……」

かつて大友最強とも呼ばれた勇将が、どれほどの屈辱を感じながら、祐筆の下で働いているのか。

「戸次親家は何事も決してあきらめないお人です。もし祐筆として身を立てるとお決めになったのなら、そのために全身全霊の力を筆に込められるでしょう」

お孝は涙を流しながら、八幡丸を見つめた。

「わたしは、あの方を誇りに思います」

お目見え以下の身分であるにもかかわらず、義鑑は親家を知っているそぶりを見せていた。親家は何か主君の目に止まるほどの仕事をしているのではないか。

やはり八幡丸の父は、偉大な男だ。

「……すまなんだ、母御」

懸命に涙を堪《こら》えて詫びの言葉を口にすると、お孝は満面の笑みで、力強く八幡丸を抱き締めてくれた。

†

入田親廉は大友館の廊下を、音を立てて歩いている。

年明け早々、豊後に衝撃が走った。

豊前北部の要衝、馬ヶ岳城が宿敵大内家の手に落ちたのである。

城主の佐野親基が大友家を離反し、問田《といだ》重安《しげやす》が率いる大内軍を引き入れたためであった。両将は五千の兵で城の防御を固めている。豊前はかねて大友、大内両家の勢力が入り乱れる国であり、大友家が出方を誤れば、豊前の諸豪がいっせいに大内家へなびくおそれもあった。

寸刻を争う事態に、親廉は臼杵親連を府内に呼んで、遠征軍の総大将として推挙した。しかし、義鑑に召された親連は、色よい返事をしなかったらしい。

この昼下がり、親廉は主君大友義鑑の呼び出しを受けた。

行く手の襖を近習《きんじゅ》が開くと、親廉は「御前の間」に入って平伏した。

義鑑は主殿の上段の間で、豊前の絵地図を眺めていたが、親廉をすぐに手招きした。義鑑は無用の儀礼を好まず、すぐに用件に入る主君である。

「親連は持病の頭痛が最近ひどいそうでな。総大将の大任は果たせぬと言うて、代わりの男をひとり、推挙してきおった」

従兄の臼杵長景か、国東の吉弘氏直、あるいは佐伯惟治あたりか。勲功への寡欲が、親連という男の難しいところだ。一匹狼の親連には根回しも効かない。親連は直接、主君と談判する男だから、なおさら厄介だった。

「戸次、親家じゃ」

親廉は覚えずしかけた舌打ちを、咳払いでごまかした。

――親連め、いかなる料簡《りょうけん》なのだ。

これまでも親連は、病を理由に気の向かぬ戦をたびたび断ってきた。いずれ仮病に相違あるまいが、この重要局面で過去の男に大友家の命運を委《ゆだ》ねるなど、正気の沙汰ではなかった。

戸次が敗れた場合、臼杵を推挙した入田までが敗戦の責めを負わされよう。入田と臼杵を快く思わぬ同輩は快哉《かいさい》を叫んでいるはずだ。うまくこの叛乱を政敵田原の落ち度にできたが、鎮定の功を他に奪われかねない。

「おそれながら戸次は、大野に小領を持つ小身にすぎませぬ。動かせる兵もせいぜい三百。祐筆の見習いにすぎぬ端役の文官を、豊前一国の帰趨《きすう》を決する重要な遠征軍の総大将に任じたところで、諸将が従うとは思えませぬ」

「親連は、総大将を務められぬ代わりに、副将として補佐したいと言うておる」

「されど、親家は長らく野良仕事をしていた男。十年余りも戦に出ておらぬ隻腕の将には、荷が重すぎまする。戸次兵は近ごろ戦にも出ず――」

「いや。戸次の者たちは、いつか大友家の役に立たんと、この一年、駆武者となって諸国で幾つもの戦に参陣したと聞いた」

親廉の全身が粟立《あわだ》った。

親廉は一年前、親家に対し実戦経験の不足を指摘した。これを真に受け、戸次の将兵は誇りも何もかもかなぐり捨て、ただの一兵卒として実戦に出ていたのだ。

親廉は戸次家と親家に対し、恐怖に近い感情を覚えた。

この男を再起させてはならぬと、本能が叫んだ。

「おそれながら、あの者は十三年前、戦場で取り返しのつかぬ失敗を――」

「だが、実によい字を書く。あの者なら、必ずや余の期待に応《こた》え、大友を勝利へと導くであろう」

親廉が黙してわずかに首を傾《かし》げていると、義鑑は続けた。

「余は何かに迷うたとき、父祖から力を授かるために、早暁でも、深更でも、萬寿寺《まんじゅじ》へ足を運ぶ。これまで何度か、隻腕の男が墓参しておる後ろ姿を見た。住職に聞けば、男は必ず夜明け前に墓参に訪れ、墓前でじっと片合掌してから、誰よりも早く大友館に出仕するそうだ」

　大友家の菩提寺である萬寿寺にはむろん、大友親治が眠っている。

「一年ほど前、余は祐筆たちを何度か叱り飛ばした。仕事が急に遅うなったからじゃ。叱って早《はよ》うはなったが、読みにくいおかしな字が混ざっておったゆえ、また叱った。されど今では、その字はもう見んようになった。代わりに、余の好きな字が現れた。これよ」

　義鑑は懐から一通の文を取り出すと、親廉に示した。肌身離さず持っているらしい。

　ひと目でわかった。見事な般若心経《はんにゃしんぎょう》である。

「決して美しい字ではない。されど、誠心誠意、魂が込められた字じゃ」

　そのとおりだ。気迫のこもったその一字一字が、まるで途方もない時と手間をかけて彫り上げた千手観音《せんじゅかんのん》像のようだった。

「祐筆たちに問うたら、親家の字だと聞いた。あの男は最初、まるで使い物にならなんだ。利き手でない左手で字を書くのじゃ、下手で遅いに決まっておる。余が叱ったとき、祐筆たちは親家に、さんざん罵詈《ばり》雑言《ぞうごん》を投げつけた。ありとあらゆる嫌がらせをして、親家を辞めさせようとした。だが、どれだけ罵《ば》声叱声《せいしっせい》を浴びても、あの男はあきらめなんだ。聞けばこの一年、皆が寝静まった後、長屋の前の砂のうえに、木の枝を使うて、気の遠くなるほど、習字を続けておったそうじゃ。かつて戦場で暴れ回った四十八の男がな」

　裕福な入田屋敷の正門には、夜通し灯《あか》りがついている。その明かりを頼りに、親家は練習し続けたのだろう。

「今では、祐筆の誰ひとりとして、親家を誹《そし》る者はおらぬ。臼杵親連からは、かつてわが祖父が戸次に下されし沙汰と、親家の身の処し方を聞いた」

親連は昔、主君に八幡丸の出産を認めさせるために、星野攻めの恩賞で賜った知行地を返上していた。お梅の壮烈な死に胸を打たれた奇矯《ききょう》な行為だと思ったが、どうやら親連の戸次への肩入れは、気まぐれではない。親家の恩赦に手を回していたのも、親連だとわかった。由布家続は親連と会い、情報を得ていたのだ。

「余には、わが祖父が正しかったとは思えぬな。されば大友家の当主として、あの男に返り咲きの機会を与えてやりたいのじゃ。それに――」

義鑑はめったに見せない楽しげな笑みを見せた。

「あやつは生意気な息子を持っておる。八幡丸はなかなかに見所のある童であった。親連から、鬼の子の話も聞いた。あの齢で、余と一度も目を逸《そ》らさずに話をするとは大した器よ。親家が犬にすぎぬなら、子にあのような虎《とら》は出まい」

戸次親家、八幡丸父子は、見事に主君の心を摑んだというわけか。

親家の登用は主君の意思だ。それで敗北しても、入田の責任は少なくて済む。これ以上反対すれば、入田は損をする。とはいえ、筆頭加判衆としては、この戦に勝たねばならぬ。面倒だが、戸次に力を貸して、勝利を勝ち取るほかあるまい。

「たしかに将たる者、先陣で槍《やり》を振るわずとも、采配は振れるはず。されば、万を超える大軍勢をもって、馬ヶ岳城を確実に攻略いたしましょう。御館様より、宇佐《うさ》三十六人衆を含め、大友の諸将に出兵の大号令を賜りたく存じまする」

どうやら入田親廉は、戸次父子と付き合わねばならぬ運命らしかった。

†

戸次館奥座敷の当主の座に向かって、由布家続、安東家忠ら主立った家臣たちが居並んでいた。皆、出陣直前の物々しい甲冑《かっちゅう》姿である。

戸次八幡丸も、当主の座の脇に、離れて座っている。初めての軍議であった。

いかに零落《れいらく》しても、戸次家では甲冑だけは手放さなかった。八幡丸は甲冑を身につけての鍛錬も、数え切れぬほど家忠と繰り返してきた。

「いよいよ戦じゃのう。楽しみでならぬわい」

家忠が巨体を揺らしながら、笑っている。

八幡丸も、戦場へ向かう高揚感を抑えられない。

「やはり大友の御館は名君よ。家臣を見る目がある。急な話であったゆえ、俺の元服が出陣に間に合わなんだが、祝勝のついでに、偏諱《へんき》でもちょうだいするか」

「ついでとは何でござるか。若殿、言葉遣いが不遜《ふそん》にござるぞ」

由布家続がたしなめるが、仙人のように長いあごひげが似合う痩せ顔は笑っている。念願の総大将への抜擢《ばってき》は青天の霹靂《へきれき》だった。家続も動いたのだろうが、その苦労が実ってうれしいはずだ。

「叔父御も、固いことを申されるな。戸次の名がふたたび天下に轟《とどろ》くんじゃぞ」

八幡丸は目上の者に敬意を払っているつもりだが、仲のいい家忠の横着な言葉遣いに毒されてきたせいか、幼少のころから敬語が下手くそだった。

「轟くのは、あくまで勝ってからの話でござるがな」

「何じゃ、叔父御。五千の相手に、二万の大軍じゃぞ。戦上手の親爺殿と俺が負けるはずがあるまい」

「大友軍の総勢は三万になるとも聞いた。わが殿が、三万の大軍を指揮する総大将になられるとはのう。俺がその先鋒《せんぽう》じゃ」

家忠は感慨深げな顔で悦に入っている。

「待て。家忠が先鋒じゃなどと、誰が決めた。戸次家の嗣子たる俺に初陣の手柄を譲るのが、家臣の務めであろうが」

「俺が取った首を八幡殿に差し上げるゆえ、安心なされよ」

「己が手で取らねば、意味がないわい」

「弱ったのう。三万もおれば、一番槍は、誰か他の奴に取られるやも知れぬな」

「いや、殿を総大将とするご英断に承服せぬ輩《やから》も少なくない。宇佐三十六人衆がどれだけ兵を出すかもわからぬ。実際は二万に及ばぬ数となろう」

「それで十分じゃ。が、親爺殿は何をしておるのか、遅いのう」

ようやく廊下に鎧の音がし始めると、家臣がいっせいに両手を突いた。

戸次親家が漆黒の鎧に身を包んで現れ、上段の間に腰を下ろした。

「皆の者、面を上げよ」

八幡丸は身を起こして、かたわらの親家を見た。

何やら様子がおかしい。

親家は肩で息をしていた。顔は赤らんで、額には脂汗が浮かんでいる。

「こたび大友宗家は、この戸次親家を、豊前遠征軍の総大将に任ぜられた。ご恩顧に報いるには、百の勝利を要する。さればまずは、馬ヶ岳城を奪い返す」

力強い言葉ではあっても、声は途切れとぎれだった。

一年ぶりに大野へ戻ってきた数日前から、親家の様子はおかしかった。鋭い眼光こそ変わらぬが、頬はこけ、おかしな咳を時々していた。

「戸次はこの十三年、ただ、この時を待っていた。これは、戸次家再興の戦である」

家臣団がいっせいに喊声《かんせい》を上げた。

「皆の者、時は来た！　豊前へ出陣じゃ！」

親家が勇ましく立ち上がった。が、すぐに片膝を突いた。

「親爺殿！　何となされた！」

親家がとっさに左手で押さえた口からは、真っ赤な血がこぼれ落ちていく。

「大事ない。これしきの病で、夢をあきらめるわけには――」

親家は夥《おびただ》しい鮮血を吐いて、くずおれた。が、血まみれの片手を板の間に突いて、それでもふたたび立ち上がろうとした。

「殿！　もうおやめくだされ！」

親家が、家忠を左手で払いのけた。赤い飛沫《しぶき》が飛ぶ。

「八幡丸の初陣じゃ。戸次の、皆の未来が、この一戦にかかっておる。この機を逃さば、戸次はもう、二度と立ち上がれぬ。わしにはもう、時がない」

「親爺殿！　その身体では、無理じゃ！」

抱き止めようとした八幡丸に向かい、親家は血の雨を降らせて仰向けに倒れた。

戸次屋敷の寝室には、昏睡《こんすい》している親家の褥《しとね》の脇に、お孝と家続、家忠がいた。

「何です？　八幡丸、その鎧は……」

八幡丸は横たわる親家の脇に、音を立ててどっかと座った。

「こたび親爺殿は戦に出られまい。代わりに俺がこの鎧を使う。ずっと戦場に出たがっておったゆえのう」

かつて親家は、この漆黒の鎧を身にまとって戦場を駆け巡り、「黒き影」として敵に怖れられたと聞く。

「そうではありませぬ。出陣はもう、なくなったのです」

八幡丸はゆっくりとかぶりを振った。

「俺はようよう考えた。やはり戸次は、何としても出陣すべきじゃ。病ごときのために、せっかく手に入れた総大将の座を手放したとあらば、戸次は天下の嗤《わら》い者になる。二度と浮き上がれまい。俺が代わりに、全軍の指揮を執る」

「何を馬鹿な。たとえ嗤《わら》われようと、乱世では生き延びた者が勝つのです。元服前の名もなき童に従う将など、ひとりもおりませぬぞ」

「いや、いる。むろん、ほとんどの将が俺などに従わず、戸次の敗北を楽しみにしておろう。されど、勝ち目はある。入田が臼杵に委ね、理由は知らぬが臼杵が戸次を推挙した以上、負ければ責めを負わねばなるまい。入田は筆頭加判衆でもある。入田と臼杵は負けられぬ。必ず参陣するはずじゃ。叔父御、違うか？」

由布家続が、かすかにうなずいた。

「おそらくは。されど、それだけでは、兵が三千にも届きますまい」

「三千あれば、俺には馬ヶ岳城を落とす必勝の策がある」

「馬鹿も休みやすみ言いなされ。見たこともない城を簡単に落とせるなどと。馬ヶ岳城は難攻不落の山城と聞きまするぞ」

「むろん簡単ではない。命懸けじゃ。されど、俺はあの城をよう知っておる」

八幡丸は懐から絵地図を出すと、お孝の前に広げた。絵には、双頭の山に築かれた要塞《ようさい》が二つ、詳細に描かれている。

「これは……」

「馬ヶ岳城は、二代前の戸次家当主が戦死した因縁の城。父上にとって特別の城なんじゃ。幼きころより、城攻めといえば馬ヶ岳城であった。ゆえにこの城の堀切の位置も、土塁の高さも、横堀の幅も、何でも俺の頭に入っておる。むろん縄張りは変わっておろうが、俺には馬ヶ岳城を落とす秘策があるんじゃ」

「童が考えた策など――」

「俺だけではない。親爺殿とふたりで考えた策じゃ。もし馬ヶ岳城を大内に取られたら、どうやって奪い返すか。何度、論じ合うたか知れぬ。親爺殿は夢を語っておったのではない。必ず勝てるとわかっておったから、どうしてもこの遠征の総大将になりたかったんじゃ。なればこそ、俺たちの秘策で馬ヶ岳城を落としたと、親爺殿に報せたい」

「元服前の童が総大将などと、誰が聞いても、めちゃくちゃな話です」

お孝はゆっくりとかぶりを振り続けた。

「なにゆえ母御は反対する？　戸次がふたたび天下に名を轟かす好機なのじゃぞ」

「轟かせぬ場合を案じておるのです。母が子の身を思うて、何が悪い？」

「よけいなお世話じゃ。母御は俺に、俺の力で道を切り開けと言うたではないか」

「まだ早いと言うておるのです」

「わからず屋の母親を持つと、子も苦労するわい」

「何とでも言いなされ。命を懸けてお前を産んだ母の気持ちがわからぬとは」

「十四ともなれば、誰もが初陣を果たす齢ごろじゃ。俺だけではない。叔父御はこの日のためにずっと親爺殿を支えてきた。家忠は駆武者《かりむしゃ》になってまで腕を磨いた。親爺殿は皆のために、病をおして出陣しようとしておったんじゃ。今、俺たちの前には、行く手を塞ぐように、そそり立つ大岩がある。それを乗り越えられぬ障害とみるか、さらなる高みを望むための格好の踏み台とみるか。すべて、俺たち次第なんじゃ」

「お前はまだ若い。またの機会は必ず来るはず」

「いや。もう、来ぬ」

八幡丸が吐き捨てると、お孝が噛みついてきた。

「愚かな。なぜそう決めつけるのです？」

八幡丸は搔い巻きの中に手を入れると、親家の左手を両手で握り締めた。

「……親爺殿はこの一年でずいぶん痩せた。あの咳は労咳《ろうがい》じゃ。もう、助からんのじゃろう？　生きておるうちに、戦勝を報せたいんじゃ。この様子では、死に目にはもう、会えんやも知れん。じゃが、今、出陣せねば、戸次はせっかく手にした再興の好機を失う。戦が終わってしまう。どちらかを選べというなら、俺は戦を取る。親爺殿も喜ぶはずじゃ。俺にはたぶん、戦くらいしか能がない。俺は親爺殿に、何か孝行らしきものをした憶《おぼ》えもない。さればこれは、俺ができる、最初で最後の親孝行なんじゃ。頼む、母御！　俺を行かせてくれ！」

お孝は祈るように目を閉じた。

「俺も母御の血を引いておるゆえ、強情じゃ。明日の朝まで論じてもあきらめぬぞ。親爺殿はこの戦にすべてを賭けておったはず。それが出陣さえできず……」

八幡丸が言葉を途切れさせると、家忠もお孝に向かって両手を突いた。

「お方様。俺からもお願い申し上げる。われらを出陣させてくだされ」

しばらくしてお孝は目を開くと、小さくうなずいた。

「わかりました。どうしても行くと言うのなら、しかたありませぬ。いずれはこの時が来ると覚悟していましたが――」

お孝はいったん言葉を切ると、居住まいを正し、親家の枕元《まくらもと》にある刀袋を取った。

「初陣にあたり、これをお前に」

袋から取り出されたのは、朱鞘《しゅざや》の懐剣であった。

「女物……でござるな。これは？」

お孝は深い息を吐いてから、八幡丸を見た。

「お前の本当の母上は、お前を産むとき、この懐剣で、自らの腹を裂いたのです」

「母御、何の話じゃ？」

「わたしとお前は、血が繋がっておりませぬ」

お孝は寂しげだが、慈愛と威厳に満ちた微笑みを口元に浮かべていた。

八幡丸はごくりと生唾《なまつば》を呑んだ……。


——何もかも初めて聞く話ばかりだった。

戸次家としても、闇《やみ》に葬り去りたい不祥事だったのだろう。

話を聞き終えた八幡丸は、朱鞘の懐剣を両手で持ち、知らぬ生母を想った。

「俺はまことに、鬼の子だったわけか……」

八幡丸は涙を懸命に堪えながら、最愛の母に向かって、精いっぱいの笑顔を作った。

「俺を命懸けで産んでくれた母は日本一の烈女じゃろう。されど、俺を育ててくれた母御も、俺の自慢の、日本一の母御じゃ。されば俺は、ふたりの母親のために、日本一の武士《もののふ》となってみせる」

お孝はいつものように力強く八幡丸を抱き締めてくれた。

「八幡丸、出陣なされ。思うぞんぶん暴れて、天下に戸次の名を轟かしておいでなされ」

五　替え玉の総大将

大永六年（一五二六年）二月、豊前北部、生立《おいたつ》八幡神社の境内に敷かれた本陣で、入田親誠はやることともなく、寒さに手を擦《こす》り合わせていた。

気づかぬうちに冬の日は暮れていた。

大友遠征軍の総大将に任じられた戸次親家から、主君大友義鑑を通じて入田、臼杵、田原、田北《たきた》ら重臣に出陣要請があったのは、三日前である。

神速こそが勝利をもたらすとの理由で、各軍勢が大友領豊前を北上し、今日の夕暮れまでに生立八幡神社に着陣するよう、異例の指図があった。府内でいったん兵をまとめ、柞原八幡宮で必勝を祈願してから北上するのが、ごく普通の行軍であったろう。戦場が北辺にあるとの理由で、府内ではなく戦場の至近に集結せよとの指図に、諸将はまず面喰らった。

馬ヶ岳城から南へ半里（約二キロメートル）ばかりの地での布陣は、戦下手の親誠にも理解できた。

諸将が三々五々集い始める前に、戸次勢は真っ赤な抱き杏葉《ぎょうよう》の旗を掲げて、すでに生立八幡神社の境内に整然と着陣していた。だが、肝心の総大将、戸次親家の姿が見えない。

入田親廉は万一の敗戦に備えて、政治工作をするため府内に残った。

父子ともに戦場へ出て敗北したのでは後始末が面倒だが、親廉が戦場に出ないことで敗戦の責任を少しでも免れようとの肚《はら》でもある。同じ理由で弟の朽網鑑康《くたみあきやす》も出陣していない。

結局、遠征軍の席次では、筆頭加判衆の名代である親誠が最高であり、向かいには副将の臼杵親連が瞑目《めいもく》して端座していた。金獅子の前立ての兜に真っ赤な陣羽織は、大友諸将のなかで最も派手ないでたちである。

豊前の危機にあって、主命ゆえに諸将は兵を出し、集まりはした。だが、ひと昔前に活躍した戸次親家など皆、忘れ去っていた。不承不承、雁首《がんくび》を揃えているだけで、内心はお手並み拝見と冷笑し、親家に黙って従うつもりなどないだろう。

はばかりから戻ってきた将がいる。

太鼓腹を突き出しながら、親連の隣に座ったふてぶてしい将は、田原親述だ。食えぬ男である。

「総大将は何をしとるんじゃ。今さら念入りに神頼みでもしておるのかのう。戸次殿の入れる賽銭《さいせん》では心もとなかろうゆえ、わしがはずんでおいたがの」

場の笑いを誘うと、居並ぶ諸将が失笑した。田原は国東《くにさき》の実力者だが、総大将が惨めに敗れた後釜《あとがま》を狙う肚であろうか。

「はるばる佐伯の地から来たというに、さんざんわれらを急《せ》かしておきながら、寒い境内でこれだけ待たせるとは、祐筆の見習い殿も、えらく出世されたものよ」

佐伯惟治は親家を皮肉った後、田原の隣でなすび顔に口でへの字を書いた。佐伯は他紋衆の雄だが、臼杵家とは犬猿の仲だ。親連の初めての敗戦を心底期待しているようにさえ見える。

父の親廉なら、こうした海千山千の連中とも丁々発止渡り合えるはずだが、小心者の親誠には心の余裕がなかった。隣にいる義弟の親助は、戦でこそ頼りになるが、若すぎて重臣たちを押さえる力はない。

戸次親家の過去の栄光では、大友軍をまとめきれまい。むろん入田親誠にも無理だ。頼りは副将の臼杵親連だが、変わり者の一匹狼だけに、どれだけの諸将が従うか心許《こころもと》なかった。親誠の心配をよそに、親連はさっきから難しそうに眉を寄せて、瞑目したまま身じろぎもせず、落ち着き払って端座していた。

約一万五千の大軍が一致団結すれば、五千の兵が籠もる金城湯池《きんじょうとうち》の山塞を落とせもしようが、大友軍は完全にばらばらだった。いったい誰がどうやれば、この遠征軍をまとめられるのだ。親誠が口をすぼめて白いため息を吐いたとき、鳥居をくぐって帷幄《いあく》に向かってくる鎧武者たちの姿が見えた。自然、諸将の視線が集中する。

帷幄に現れた将を見たとき、親誠は覚えず、あっと驚きの声を上げた。

「ようやく揃ったようじゃな。早《はよ》うに着陣されたかたがたはご苦労でござる。されど主命に反し、日暮れの後、遅れて参陣せし者には、この戦に勝ち次第、追って仕置を伝えるであろう」

向かい合う諸将の間を、やかましい鎧音を立てながらずかずかと入ってきたのは、ひとりの小柄な将であった。漆黒の甲冑の上にまとった真っ白な陣羽織は、すでに返り血を浴びている。たしか安東家忠といったか、おそらくは豊後一の大男を後ろに従えていた。

「ちと見苦しいなりじゃが、時もないゆえ、お赦しあれ。城に近づきすぎて、小競り合いになってしもうた」

童は総大将の座るべき床几《しょうぎ》にどっかと腰を掛けた。その脇に巨漢が鎮座する。

「総大将、戸次親家が一子、八幡丸と申す。声変わりは済んでおるが、元服が間に合わず、失礼申し上げる」

ひび割れた八幡丸の濁声《だみごえ》は、雷が落ちるような大音声だった。

八幡丸はいきなり巨眼を剝いて、居並ぶ諸将をねめ回した。

「父が死の床にあり出陣できぬゆえ、俺が代わりに、こたびの総大将を務め申す」

歴戦の将たちが、呆気《あっけ》に取られて上座を見ていた。当然だろう。元服前の初陣の童が総大将を務めるなど、前代未聞の珍事であった。

「わが軍は敵の夜討ちに備え、今川《いまがわ》の流れを陣の前堀とし、川沿いに半里に渡って布陣する。総攻めは明昼。されば、これより夜明けの一刻（約二時間）前までに、陣割りを終えられよ。従わぬ者は斬《き》って捨てる」

長幼の序も弁えぬ八幡丸の口調に、親誠もそうだが、諸将は心中おだやかでないはずだ。だがそれにしても、何という風格なのだ。とても元服前の童とは思えなかった。鬼神が乗り移ったような覇気を、身体じゅうから発散させている。

「大友が豊前を守れるか、失うか。すべては、この一戦にかかっておる。俺には、馬ヶ岳城を落とす秘策がある。勝つ気のない将兵は足手まといじゃ。この八幡丸に賭け、ともに大功を上げんと望む将は一刻の後、今宵の軍議に参られよ。もし総大将が若年ゆえ、明日の勝利に疑念ありとするなら、俺が勝って戻るまで、ゆるりと己の陣にて待たれるがよい」

親誠は呆然《ぼうぜん》となった。

まるで喧嘩腰ではないか。はたしてこの童に、どれだけの将が従うというのだ。

大友軍が限界に近い強行軍で戦地へ急行したために、敵の援軍はまだ来ていないが、大内の援軍が到着すれば、もはや馬ヶ岳城は奪還できまい。

小身の戸次の行く末なぞに誰も関心はないが、飛ぶ鳥を落とす勢いの入田と臼杵のつまずきを、ここに居並ぶ諸将たちは今か今かと待ち望んでいるに違いなかった。

†

入田親誠は喜多良川《きたらがわ》に近い自陣にあって、何度も首を傾《かし》げてみたが、名案は浮かばなかった。

「義兄上《あにうえ》、そろそろ刻限でござる。参りましょうぞ」

親助に促されても、親誠はすぐに腰を上げなかった。

「元服前の童が大友軍の総大将だなどと佐野、問田が知れば、腹を抱えて大笑いしような」

「いかなる歴戦の戦上手も、かつては童でございました」

「人は場数を踏んで成長するものじゃろが」

かく言う親誠は、なかなか父のようになれぬ。府内の親廉に伺いの使者を立てたいところだが、間に合うはずもなかった。

「親助よ。父上の仰せゆえ、親家殿に従うつもりではあったが、まさか童が現れるとは。あの調子では、諸将が軍議に出るとも思えぬぞ」

「おそらくは。されど、八幡丸はなかなかに計算しておる様子。この地に布陣させたのも、心憎いやり方でござる」

馬ヶ岳城から半里の地なら、敵勢による夜襲もありえた。親助によれば、総大将が指図しようとしまいと、諸将も自然、警戒して自陣の防御を固めているという。

「あの童に従うのは、おそらく入田と臼杵のみ。当家の二千に、戸次の二百と臼杵分家の八百、あわせて三千の兵が寄せ手となりましょう」

臼杵勢は筑前を守る兵を残す必要があり、本隊の数は少ない。

「戦の話はお前に任せるが、あの城には、戦勝で士気上がる五千の兵が籠もっておるのじゃぞ。三千ではとうてい勝ち目はあるまい。うかうかしておるうちに、大内の援軍も来るはず。されば打つ手なしじゃ」

総勢二万を呼号する征討軍に対し、敵の二将は籠城戦の構えを見せていた。攻城戦には、攻撃側に最低でも守備側の三倍の兵が必要らしい。馬ヶ岳城は双頭の堅固な山塞だ。いったいどうやって落とすというのだ。

「普通に考えれば、勝機はございませぬが、わが軍には臼杵親連殿がおりまする。あの童の話も、聞いてみとう存じまするな」

「親助。なぜ、あの小僧を買う？」

「戸次八幡丸については、お道からよう聞いておりました。なかなかに見所のある童だと。わが妻の眼は確かでござる。実際会《お》うてみて、あの童の行く末を見たいと思い申した。お道の幼馴染みを、初陣で死なせとうはありませぬゆえ」

八幡丸の未来などに、親誠はむろん関心がない。親誠は次期当主として、入田家を守り抜かねばならぬのだ。それがすべてだった。

「お前がそこまで申すなら、ちと顔を出してみるかの」

その夜の軍議に顔を出した将は案の定、入田親誠、親助と臼杵親連だけだった。若すぎる替え玉の総大将の初陣に命を預ける酔狂な将などいない。当たり前の話だ。

「ようおいで下された。馬ヶ岳城攻略の手柄は、われらで山分けいたそうぞ」

強がりにしか聞こえぬ八幡丸の大笑を、親誠がさえぎった。

「八幡丸殿。まさか、三家の兵だけで城攻めをするわけではあるまいな」

「戦は神速を尊ぶ。あの城に大内の援軍が入らば、どれだけの兵を投入しても落とせまい。されば、落とすなら、今しかない」

「じゃが、いささか無茶な行軍であったゆえ、着陣したばかりの将兵には疲れがある。今、無理に攻めさせても戦果は上がるまい」

「いかにも。されど、早めに兵を入れた入田勢と臼杵勢は休みが取れたはず」

小心者の親誠は急いで戦地を目指し、戸次勢の次に着陣していた。居城が近い臼杵勢も、早めに豊前入りしていた。

「されば、三家の兵で、夜討ちを仕掛ける」

「何じゃと！　たった三千で、五千が籠もる城を攻めると申すのか？　敗北は目に見えておるではないか。わしからも諸将に頼んでみるゆえ、全軍で――」

「これだけの大軍なら、敵の間者も紛れ込んでおろう。されば敵は今、総攻めは明昼と思い込んでおるはず。寡兵ならすぐには気づかれぬ。この夜討ちは成功する」

「いかん。とにかく兵が少なすぎる。兵は多ければ多いほど、勝ちが得やすい道理は、童でも

――」

臼杵親連が片手を上げて親誠をさえぎった。これから管弦でも奏でるような手つきである。

「戦は摩訶不思議《まかふしぎ》な代物でござってな。およそ戦の勝ち負けは兵の多寡ではない、軍勢を率いる将によって決まる」

親連の言葉は春風駘蕩《しゅんぷうたいとう》、女に恋の言葉でもささやくように軽やかな口調である。紺と金で統一された甲冑は、ほれぼれするほどの武者ぶりであった。

「さいわい敵の二将はさしたる者ではない。私が総大将なら、この戦、三千で勝てる」

親連は値踏みでもするように、八幡丸を見た。

替え玉の総大将は片笑みを浮かべながら、巨眼をひん剝いた。

「敵の二将は、万を超える大友の軍勢がこの地に集って布陣する様子を、しかと目にしたであろう。大軍があえて寡兵で攻めるとは思わぬはず。万の味方は、たとえ動かずとも、いるだけで力を持ちうる」

「加えて夜討ちなら、やり方次第で、敵も兵の数がようわからぬ」

親誠の隣で親助が付け足すと、八幡丸が大きくうなずいた。

なるほど、大軍による夜襲だと敵に思い込ませるわけか。

「されど敵は、双頭の堅固な山城に籠もっておるのじゃぞ」

八幡丸は脇に置いていた城の縄張り図を広げた。使い古された絵図面には、何やら多数の線や書き込みがある。さらに書き加えたのであろう、矢印と部隊の侵攻経路が、赤で上書きされていた。

この日の昼下がりに着陣した親誠も、日暮れ前に城の縄張りを望見した。

切り開かれた二つの山上には、それぞれ本丸と二ノ丸が築かれていた。谷間を挟んで自在に行き来ができる構造で、一方を攻められれば、一方から援兵を送れる。あるいは各砦を独立させて、間にいる敵を挟撃もできる。守備兵を大きく上回る全軍で、二つの砦を同時に攻めぬかぎり、容易には落とせぬ縄張りであった。

「話は逆じゃ。敵に二将があり、馬ヶ岳城に二つの砦があるは、われらにとって僥倖《ぎょうこう》なり。聞けば、二将は肝胆相照らす友垣《ともがき》であるとか。他方のみを攻められれば、捨て置けまい。われらは三段構えであの城を落とす」

八幡丸は漆黒の鉄扇の先で、絵地図に赤く記された侵攻経路をなぞってゆく。

「入田勢はこの経路で一気に駆け上がり、南北より本丸を攻められよ。馬ヶ岳城の縄張りなら、軍事上、本丸と二ノ丸に何の変わりもないが、守将は本丸を落とされたくないもの。二ノ丸の兵も投入し、意地でも守ろうとするであろう。手薄になった二ノ丸を南から臼杵勢が、北からわが戸次が攻める」

さらに八幡丸が事細かに作戦の説明を終えると、臼杵親連と隣の親助が同時にうなずいた。

「よき策と存ずる」

親助の言葉に、親誠は慌てた。

「待たぬか、親助。本当にわれらだけで攻めるのか。まさか臼杵殿まで、この策で勝機ありとは言われますまいな?」

戦場では臼杵親連に従えと、親廉から指図を受けている。

「私が指揮する戦の勝敗は、やる前からあらかた決まっている。こたびも、そのようだ」

親連は家臣に指一本で合図をすると、一枚の絵地図を広げさせた。図上の部隊の動きと矢印は、八幡丸が描いた赤と見事に一致していた。

「私も、総大将と同じ策を考えておった。事の成否は、将兵の剛勇と采配による」

「されど、臼杵殿。もし負けたら、何となさる？」

「そのときに考えればよろしかろう。あいにくと私は負け戦を知らず、負け方も、負けたときの慌て方も弁えておらぬゆえ」

臼杵親連の人を食ったような冷笑を、親誠は信じるしかなかった。

†

戸次八幡丸は、馬ヶ岳城の本丸から上がる火の手を見た。

鯨波《げいは》とともに射込まれた火矢が城の所々に上げる、未《いま》だ小さな炎に過ぎぬが、確実に敵を動揺させているはずだ。

入田勢二千による力攻めの夜襲はひとまず成功と見てよいか。これを受けて、相当数の守備兵が二ノ丸から本丸の防御に回る様子が見えた。

「お若いが、入田親助殿はなかなかの御仁でござる。戸次も負けてはおれませぬな」

敵が警戒するのも無理はない。実際には二千の兵が突出したのみだが、守備側にとっては大友征討軍一万五千の先鋒なのである。

「すべて、八幡殿の言うとおりに敵が動いておる。気持ちよいのう」

安東家忠が饒舌《じょうぜつ》に笑いかけてくるが、八幡丸は小さくかぶりを振った。

「いや、本丸への引きつけが足りぬ。思うておったより、二ノ丸に兵が残っておる」

「無茶を言われるな。相手は味方の倍以上。しかも、城に籠もっておるのじゃぞ。入田勢も惰弱と馬鹿にされるわりには、よう戦うておるわい」

親助の受け持つ北側に守備兵が集中していた。おそらくは親誠の担当する南側が苦戦しているのであろう。

見えぬ南側で、ひときわ大きな喊声が上がった。

「いくらよう戦うても、負けたのでは意味がない。何か起こったようじゃな」

二ノ丸の北側には、本丸から兵が戻り、防御が強化されていた。大内家の唐花菱《からはなびし》の旗指物が整然と並ぶ。問田重安の軍勢である。

「まずいのう。本丸と比べても数が変わらぬ」

戸次勢二百は、山を大きく東側に迂回《うかい》し、二ノ丸北側の山中に潜伏している。入田勢による攻撃開始の直後に寡兵で動いたから、まだ敵には気づかれていない。

本丸防衛のために手薄となった二ノ丸を、南から臼杵勢が攻める手筈《てはず》であった。

だが、案に反して二ノ丸は今、二千ほどの兵が防衛している。八百の臼杵勢で敵の大軍を惹きつけられるだろうか。並みの将なら作戦は失敗したと考え、兵を引くやも知れぬ。

「これ以上待っても、今より戦況がよくなることはない。臼杵親連が評判に違《たが》わぬ名将なら、時を早めて攻め込んでくれようが」

八幡丸の言葉が終わらぬうち、突然、地響きのような鯨波が聞こえた。二ノ丸の南側、臼杵親連の持ち場である。

やがて二ノ丸北側の守備兵が急減した。戦いの様子は見えぬが、臼杵勢の猛攻に陥落の怖れを感じたのであろう。

やはり兵は数ではない。指揮する将ひとりで戦況は変わるのだ。

いよいよ戸次勢の出番だ。

八幡丸は弓に矢を番《つが》えて引き絞った。隣の家忠たちも同じだ。

遠く二ノ丸の物見櫓《ものみやぐら》に残っている敵兵三人に狙いを定める。

いっせいに放たれた矢は見事、敵兵に命中した。

「皆の者！　俺に続け！」

八幡丸は急峻《きゅうしゅん》な崖《がけ》をよじ登ってゆく。家忠たちが続いた。

急峻な自然の崖地を利用した土塁はあるが、堀切などはない。ゆえに北側を選んだのだ。

やがて土塁を乗り越えると、八幡丸は背から二本の金砕棒《かなさいぼう》を取って、両の手に握った。

城内の狭い空間でも自在に打ち振るえるよう、大太刀くらいの長さにしてあるが、太く重いため打撃力は抜群だ。

眼前に、敵の足軽《あしがる》がいた。

突き出された長槍を、左の金砕棒で払いのける。同時に踏み込み、雄叫びを上げながら、右の金砕棒を頭から振り下ろした。陣笠《じんがさ》の下で頭骨が砕ける鈍い音がした。

右、突き出されてきた素槍を叩き落とす。すかさず左の金砕棒で、敵の首筋を強打した。鍛え抜かれた八幡丸の金砕棒は、父の親家とともに作りあげた、一撃必殺の打撃兵器である。

八幡丸は荒ぶる武神のごとく、暴れ回った。

向かうところ敵なく、血煙が上がる。

少し離れて、家忠が自慢の豪槍《ごうそう》で敵兵を次々と屠《ほふ》っている。
精強な戸次兵の猛攻に押され、数で勝るはずの守備兵が後退していく。
敵兵のなかに、派手な鍬形《くわがた》の兜の将が見えた。問田重安に違いない。
八幡丸は吼《ほ》え猛《たけ》った。
両手の金砕棒がさらに幾人もの血を吸った。
だが、変だ。
前に進めぬ。いや、逆に押されている。
倒しても倒しても、新手の敵が八幡丸の前に現れた。
どれだけ八幡丸と家忠が暴れても、敵は刃向かってくる。
多勢に無勢、もともと不利な戦だった。さしもの戸次兵にも疲れが見えてきた。
脇を見ると、家忠も足軽の群れに襲われ、防戦一方だった。
敵将の姿が遠くに霞《かす》む。
金砕棒を高く振り上げようとした。が、上がらぬ。なぜだ。
両腕がだるい。金砕棒の重量に負けていた。
完全に押し込まれていた。
戸次勢は崩れかけていた。もう、止められぬ。
――俺は初陣で、負けたのか。母御に大口を叩いておいて、こんな所で死ぬのか……。
八幡丸が天を仰いだとき、にわかに前方の敵が崩れた。
篝火《かがりび》の炎に前立ての金獅子が輝いている。

鮮やかな赤い陣羽織を身にまとった、ひとりの中背の将がいた。

臼杵親連が前に歩み出ると、敵兵が怯《おび》えて散った。

敵将、問田重安が、八幡丸のいる戸次勢のほうへ逃げ出してきた。

八幡丸は歯をバリバリ言わせて、叫んだ。

「雑魚《ざこ》に構うな、家忠！　奴を狙うぞ！」

隣で荒れ狂う巨漢が、雄叫びで応じた。

再び全身に力が漲《みなぎ》ってきた。

二人を先頭に、戸次勢はふたたび怒濤《どとう》の激流となった。

恰幅《かっぷく》のよい鎧武者が現れた。何やら名乗っている。

「俺は、戸次八幡丸！　日本一の武士《もののふ》になる男じゃ！」

八幡丸は両の手を振り上げた。

渾身の力で金砕棒を打ち下ろし、兜ごと武者を潰した。

隣では、家忠がうなりを立てて豪槍を振り回す。敵の足軽が怯んで、道を空けた。

八幡丸が駆ける。

前に出た足軽を飛び越えた。

宙で、両の金砕棒を顔の前で交差させる。敵兵の群れに着地しながら、両手を思い切り左右に開いた。そのまま、手当たり次第に敵兵を乱打した。次々と上がる悲鳴とともに、八幡丸の回りに空間ができた。

敵将まで、あと少しだ。

そこへ、家忠の巨体が突入してきた。たまらず足軽が、脇へ散った。

八幡丸は猛然と踏み込む。

問田が槍を突き出してきた。

左で問田の槍を途中で叩き折る。すかさず、右で問田の脇腹を痛打した。

家忠が雄叫びを上げた。

「敵将、問田重安！　生け捕ったり！」

八幡丸と家忠の回りを、すぐに戸次兵が固めた。

「歯向かえば、うぬらの将の命はないぞ！」

八幡丸が一喝すると、敵兵はやむなく槍を下ろした。

「臼杵勢と合流せよ！　本丸へ雪崩《なだ》れ込め！　われらには人質がある！」

八幡丸と家忠は、臼杵親連と並んで敵勢に突入した。

「われらは先鋒じゃ！　間もなく総大将、戸次親家の本軍一万が攻め上がって参るぞ！」

実際には、童の総大将のお手並み拝見と、諸将は山の下の陣で様子見を決め込んでいた。だがそれでも、山麓《さんろく》に長大な陣を敷いているだけで、敵にとっては脅威に映る。ゆえに八幡丸はあえて今川沿いに、城からよく見えるよう味方を布陣させたのだ。

「すでに二ノ丸は落とした！　問田重安は捕えたぞ！　命惜しくば、降参せよ！」

八幡丸の怒号が、馬ヶ岳城本丸に轟いた。

†

雲ひとつ見当たらぬ、どこまでも透き通った大空に、足の遅い冬日がようやく昇ろうとしている。勝者と敗者がはっきりと分かたれるように、海と空が別々の色を持ち始めた。夜空が旭光《きょっこう》に屈して金に輝いても、周防灘《すおうなだ》はなおしばし、たゆたう時の流れに抗い、夜の名残《なごり》をとどめようとしていた。

八幡丸は馬ヶ岳城の本丸にいた。臼杵親連と並んで、南に敷かれた大友の陣を眺めている。万の軍勢を擁《よう》する長大な陣には、朝の訪れを知らぬ篝火が、神たちが遊ぶ庭の飛び石のように等間隔に並び、今川の川面《かわも》に光を投げ込んでいた。

たった一夜で、馬ヶ岳城は落ちた。

敵将、佐野親基は八幡丸の降伏勧告に応じた。

開城と投降後の段取りは、入田親誠と由布家続らに任せてあった。入田親助は激戦で負傷したらしく、先に山を下りていた。丸腰になった敵の将兵が、大友の将兵に指図されて、下山していく。

「史書は、戸次八幡丸を総大将とする三千の兵が、馬ヶ岳城を攻略したと記すであろうな」

一万余の大友軍は、ただ布陣していただけだ。

「なぜ臼杵勢で、問田重安を捕えられなんだ？」

「変わった小僧だ。手助けをして、文句を言われるとは思わなかったな」

「勝ちを譲られて、俺が喜ぶとでも思われたか」

「贅沢《ぜいたく》を申すな。どのような勝ち方でも、勝ち戦はよいものだ。負け戦が生む悲劇を、お主はよう知っておるはず」

親連はむろん、親家のことを言っている。

「総大将。二人で祝いの酒でもやらぬか。最大の軍功を上げた二人だ。誰も文句は言えまい。二ノ丸からはご来光を拝めそうだ」

八幡丸は、先に歩き出した親連についてゆく。

親連が指一本を立てて家臣に合図すると、心得た様子の家臣が笑顔で去った。

明け渡された二ノ丸の奥座敷からは、明けてゆく東の空が見えた。

まもなく戻ってきた先だっての家臣は、五、六本の瓢簞《ひょうたん》を抱えていた。水ではなく酒が入っているらしい。向かい合って座る親連と八幡丸の前に、酒瓢簞が並べられてゆく。

親連は瓢簞を一本、八幡丸に差し出すと、自らも取り、すぐに飲み干した。

八幡丸も真似て、手にした酒を一気に飲む。

が、苦い。何なのだ。この後味は。

激しく咳《せ》き込む八幡丸を見て、親連は怪訝《けげん》そうな顔をしている。

「酒は、初めてなのか？」

「戸次の家には、酒を買う金がなかった。元服の儀で飲むはずじゃったが」

「お主に酒を教えられるとは、私も幸運に恵まれたものだ」

「親連殿は、戦場でも酒を飲まれるのか？」

「酒は時も所も選ばぬ。飲まずにおると、手足が勝手に震え出すのでな。が、私のような生き方は勧めぬ。長生きしたければ、お主は飲みすぎぬほうがよい」

八幡丸がさっそく二本目に口をつける様子を見ながら、親連は苦笑を浮かべている。

「ときに、親家殿の加減は相当優れぬのか？」

「立ち上がることもできず、死に目に会えるかどうか、わからぬ」

「もし会えたなら、親治公のいまわの際の言葉を伝えてくれぬか。大殿は『すまぬ、親家』と、確かに仰せになった。ゆえに亡くなられた後、恩赦がされたのだ」

親連の計らいで、親家の蟄居謹慎《ちっきょきんしん》も解かれたわけか。

「なぜ親連殿は、わが父を総大将に推挙された？」

「昔、恋し合ったが、結ばれなんだ女がいた。不幸な境涯にあったその女を、ひとりの信じられる男に託した。昔、戦場で、私の命を救ってくれた男でもある。それだけの話だ。詳しく知りたければ、お孝殿に問うがよい」

親連は視線を逸らせると、ついに昇り始めた陽光に眼を細めた。抵抗をあきらめた周防灘が、今度は天空と競うように一気に橙《だいだい》色に燃え上がっていく。

刻一刻と変わる空と海のはかない共演を酒肴《しゅこう》にしながら、親連は、武将にはあるまじき淡麗かつ典雅な物腰で常勝の美酒を味わっていた。天がこの男のためだけに日輪を昇らせ、空と海に役作りを命じたとでも確信しているかのように、親連の表情は満足げである。

女と見紛《みまが》うほどの美男だ。中背で細身の身体つきは引き締まっているが、筋骨隆々の豪傑ではまるでない。だが、この男こそが、大友最強の将なのだ。

戦には勝った。だが、臼杵親連にはまだまだ及ばぬ。完敗だった。負けたのに不快と思わぬのはなぜだ。この男に惚れたからか。

「命を救われ、勝ちを譲られたままでは終わらせぬ。この借りはいつか、お返しいたす」

親連は不惑を前にして、すでに武名をほしいままにしていた。向こう二十年は親連の後塵《こうじん》を拝し続けるわけか。

「後生畏《おそ》るべし。大友は、次代によき将を得た」

親連は華奢《きやしや》とさえいえるほっそりした二本指で額を押さえてから、また瓢簞を取った。

「今日は戦でちと疲れが出た。こういうときは、飲むに限る」

「ひとつ、教えてくだされ。わが戸次勢は少数なれども精鋭。その精強さにおいて、臼杵勢には勝るとも劣らぬ自信がある。戸次の前に敵は怯え、何としても死を免れんと襲いかかってきた。だが、臼杵勢の前では死を怖れて逃げ出した。この違いは、どこにござる？」

臼杵親連は飲み干した瓢簞を、上品な手つきで並べ置いた。

「簡単な話よ。率いる将が、違ったからだ」

八幡丸は唇を嚙んだ。

「親連殿、俺と勝負されよ。俺の金砕棒は――」

「試してみるまでもない。酒仙のなまくら刀よりもよほど強かろう。だが、将の力は武勇だけではない。私には、お主にはない、武威があるのだ」

「武威、じゃと……？」

そうだ。臼杵親連は、他の将にはない特別の覇気を放っている。その正体は、何だ。

「あせるな、八幡丸。お主はまだ初陣ではないか」

八幡丸は手にしていた瓢簞を投げ捨てると、親連に向かって両手を突いた。

「教えてくれ！　臼杵親連のごとき武威を身にまとうには、いったい何とすればよい？」

「むきにならずとも教えてやる。もっとも、方法は単純だが、容易ではない」

親連はわずかな陣羽織の乱れに気づいて、それをていねいに直すと、八幡丸に微笑んだ。

「己の指揮する戦で、私は生涯一度も負けた憶えがない。それが答えだ」

八幡丸は瞠目《どうもく》して、うまそうに次の酒を啜《すす》る優男を見た。

「生涯、あらゆる戦で、勝ち続けよ、と……？」

親連は最後の酒瓢箪を手に取りながら、ゆっくりとうなずいた。

「筑前は長年荒れ放題だが、私がいるかぎり、大友領は安泰だ。柑子岳からは、荒削りだが、藍《あい》色が見たら羨《うらや》むような紺色の海原を眺められる。魚も美味《うま》い。一度、戸次の荒くれ者たちとともに来るがよい。博多津《はかたのつ》の美酒とともに、馳走《ちそう》してつかわそう」

臼杵親連は終始、一片の粗野《そや》も見せず、あくまで優雅な挙措《きょそ》で酒を飲み尽くすと、自嘲《じちょう》するように、美貌《びぼう》に似合う冷笑を浮かべた。

†

戸次八幡丸は大の字になって、天井を眺めていた。

場所は、間借りしている府内、入田屋敷の長屋である。

戸次の将兵は由布家続に委ねて、先に国元へ帰らせた。自らは親誠に頼んで、泊めてもらっている。間もなく主君大友義鑑に呼ばれ、戦勝を正式に報告する段取りだ。

昨夜、凱旋《がいせん》したばかりだが、若さゆえであろう、戦と行軍の疲れはほとんど取れていた。

いずれは府内に、自前の屋敷を買いたいものだ。

「八幡殿！　一大事じゃ！」

安東家忠が駆け込んできた。

「騒々しいぞ、家忠。戸次家臣が簡単に動ずるな。由布岳でも火を噴いたのか？」

「さにあらず。臼杵家より使者があり……親連公が身罷《みまか》られたと」

八幡丸は慌てて身を起こした。

「何じゃと！」

臼杵親連はまだ四十にもなっていない。先だって、親しく酒を酌み交わしたばかりではないか。あれが最初で最後になったのか。

見ると、家忠が金獅子の前立ての兜を手にしていた。親連愛用の兜である。

柑子岳城へ兵を帰す途中、親連は頭痛を訴え、川縁《かわべり》に兵を休めた。床几に腰掛け、多々良川《たたらがわ》の流れを眺めながら酒を飲み始めたが、そのまま逝ったという。

「末期の酒だったわけか。……あの優男らしいわ」

「すでに死を覚悟されていたらしく、飲み始める前に、兜と陣羽織を外され、戸次八幡丸に、と……」

臼杵家臣の話では、親連は生来の頭痛持ちで、かかりつけの博多の薬師《くすし》からは戦などもってのほか、当面は安静にするようにと、強く出陣を止められていたらしい。今回の出陣前には、側近に遺書を託していたという。

八幡丸は兜を受け取ると、金獅子に向かって語りかけた。

「俺はいずれ、お前の主を超えてみせる。それが、お前を託された意味じゃ」

「……風変わりな御仁でございましたな」

最初は親連を嫌っていた家忠も、実際に親連と会い、戦を通じて惚れ込んだらしい。

「勝って、死ぬとは……実に天晴《あっぱ》れな武士《もののふ》だ」

親連は病をおして出陣し、鮮やかに勝利し、軽やかに逝った。

勝ち逃げされては、もう勝てぬではないか。いかにも親連らしい心憎い死に方だった。

「いつの日か、俺も臼杵親連のごとく、陣中で死にたいものよ」

八幡丸は手渡された真っ赤な陣羽織を、固く握り締めた。

†

大友館は夕刻になっても、主殿に出入りする者たちのせいで、なお喧噪《けんそう》をとどめていた。

「親廉よ。あやつは恩賞に何を望んでくる?」

主君大友義鑑は上機嫌で、入田親廉に尋ねてきた。

「知行地の手配は、心づもりをしておりまするが」

今回の論功行賞については、すでに思案済みであった。八幡丸が奪還した馬ヶ岳城を要求してきてもおかしくはないが、戸次にそれほどの力を持たせるわけにはいかぬ。大身の田原親述に叛乱の責めを一部負わせ、召し上げた肥後の飛び地領を渡す処断を考えていた。田原もいい気はすまいが、戸次といがみ合ってくれれば好都合だ。

「ありふれた恩賞で、あの鬼が満足すればよいがのう」

主殿の廊下を渡ってくる荒い足音がした。

やがて御前の間の襖が開くと、焰髪《えんぱつ》の童が姿を現わした。

親廉はいきなり面喰らった。

何と、漆黒の鎧に真っ赤な陣羽織をまとっている。

「戦が終わったに、甲冑姿でお目見えとは、無礼ではないか！」

親廉がたしなめても、八幡丸はどこ吹く風といった様子で堂々と座し、義鑑に向かって両手を突いた。

「武具の用意に怠りはなけれど、戸次は長きにわたる貧窮のゆえ、無礼に当たらぬ礼装の持ち合わせがござらぬ。いずれ戸次は、大友を守る武家の筆頭となる所存。されば、武に生きる戸次家の次期当主として、むしろ甲冑姿こそが相応しいと思うた次第」

「大友は、頼もしき武神を得たものよ」

義鑑が笑いで、親廉を制した。

「さて、八幡丸よ。かくも速やかなる馬ヶ岳城の奪回、実に見事であった。豊前を失っておれば、府内の近くまで敵の南下を許したであろう。こたびの勝利が持つ意味は計り知れぬ。されば、恩賞は思いのままぞ。何でもよい、望みを申してみよ」

八幡丸が改めて両手を突くと、鎧のこすれが放つ鈍い金属音がした。

「父、親家宛《あ》てには、感状を一通。加えて、次の戦の総大将は、この戸次八幡丸にご下命ありたし。他に望みはあらず」

親廉は、義鑑と同時に唸《うな》った。

恩賞の代わりに、さらなる勲功を立てる機会を与えよとは、予期せぬ要求だった。この若さで、すでに大友の宿将たる地位を手に入れんと欲しているらしい。

「こたびの大勝に対する恩賞が、それで足ると申すのか」

うなずく八幡丸を見て、義鑑は「変わった報奨じゃのう」と、親廉をかえりみた。

「あいにくじゃが、元服前の童を総大将にはできぬな」

八幡丸が眼を剝くと、義鑑は愉快そうに大笑した。

「次の戦でそちに敗れる敵将が、あまりに哀れではないか。されば、余が烏帽子《えぼし》親《おや》となるゆえ、この館で元服せよ。実はそちに相応しき名を、余がじきじきに考えた。親家とわが祖父との縁に思いを致し、あえて亡き大殿より親の一字を賜る。爾後《じご》、親守《ちかもり》と名乗れ」

「おそれながら、気に入りませぬ」

主君がじきじきに授けんとする諱《いみな》を拒む家臣など、聞いた憶えがない。

義鑑はわずかに目を見開いて、八幡丸を直視した。

「控えんか、八幡丸」

親廉が呆れ声で諭《さと》したが、八幡丸は巨眼をひん剝いて、義鑑を見返した。

「わが主君はあくまで現大友家当主。戸次をふたたび世にお出しくだされたも、義鑑公なれば、鑑の一字を賜りとう存ずる」

「そちが望むなら、むろん構わぬ。されば、鑑守はどうか」

またもや八幡丸はかぶりを振った。

親廉が無礼な童に「控えい！」と一喝《いっかつ》しても、八幡丸は一向に動じない。

「わが名はすでに決めてござる。こたび大友家は病のために、類《たぐ》いまれなる名将を失い申した。その御仁から一字を賜りたく」

義鑑は腑《ふ》に落ちたように、ゆっくりとうなずいた。

「なるほど。鑑に連の字で、戸次、鑑連《あきつら》か。良き名じゃ。されば、臼杵親連のごとき将を目指すと申すか？」

八幡丸は傲然《ごうぜん》と首を横に振った。

「さにあらず。あの臼杵親連を超えて見せ申す。わが名に恥じぬよう、これよりすべての戦に勝ち続け、日本《ひのもと》最強の将となってご覧に入れまする」

義鑑はしばらく八幡丸と睨み合っていたが、やがて、うなずいた。

「その意気や、よし」

戸次鑑連の誕生であった。

†

「三段構えの三方面作戦は、大成功じゃったぞ。あれは親爺殿と俺が考え出したんじゃ」

戸次鑑連の報告を、病床の親家は始終、笑顔で聞いていた。

まもなく親家に訪れる死を、戸次家の皆が悟っていた。親家の褥の回りには、家族に加え、家臣団が勢揃いしていた。

「これが、親爺殿あての感状じゃ。馬ヶ岳城を落とした遠征軍の総大将なんじゃからな。ついでに、俺と家忠も感状をもろうた」

鑑連が感状の束を親家に見せると、由布家続が苦言を呈した。

「紙切れは何枚もろうても、食えませぬ。次はしかと食える恩賞を頼みまするぞ、若」

親家が力なく笑うと、お孝がそっと顔を逸らした。

「鑑連よ、最後に伝えおく。わが戸次の家風は三つである」

親家が小刻みに震える左手を上げ、指を三本立てた。

「ひとつ、当主は常に陣頭に立て。それこそが戸次の強さの秘密じゃ。ひとつ、法に従え。法を破る者は真の信を得られぬ。ひとつ、主家である大友家に対し、理由なき忠誠を尽くせ。忠誠に、理由は要らぬ」

理由のある忠誠は、理由がなくなれば、失われる。それは本物の忠誠ではない。

「わしは志半ばで逝かねばならぬ。後はお前に委《ゆだ》ねる。たとえ半身を失おうとも、大友の戦神《いくさがみ》となりて、わが遺志を継げ」

「承知した。親爺殿、安心なされよ。俺は日本一の武士《もののふ》となる。戸次を再興し、大友を守る」

親家は涙を浮かべながら、一族郎党一人ひとりの顔を見てうなずいてゆく。

鑑連が親治の遺した詫びの言葉を伝えると、親家の眼から涙が溢《あふ》れそうになった。

「世に、わしほどの幸せ者はおるまいて……」

やがて永遠に閉じられた親家の両眼から、ひとすじの涙が頰を伝っていった。

†

戸次鑑連は戸次黒にまたがって、新緑まぶしい入田の里に入った。後ろには、由布家続と安東家忠が続く。

そこかしこで心地よい水音を立てる湧水群は、まるで大きな鏡を野にいくつも敷き詰めたように、初夏のまばゆい陽光だけでなく、萌《も》えいずる山川草木の勢いを、いくぶん荒々しくはあっても、さわやかに訪れる者たちに伝えていた。

天を映す大鏡の向こうに、見慣れた津賀牟礼城と梅林が見えた。どこぞへ嫁いだお道も、姿を見せるだろうか。

「亡き殿といい、臼杵親連公といい、よきお人は早うに亡くなりまするな」

安東家忠が誰にとはなく、嘆いてみせた。

馬ヶ岳城攻略戦で受傷した入田親助は、長湯《ながゆ》温泉で療養を続けていた。傷は意外に重く、一時は小康を得ていたそうだが、先日、容体が急変し、帰らぬ人になったと報せがあった。まだ二十歳《はたち》すぎの若さであった。

「親助殿がおらねば、われらは馬ヶ岳城で負けて、死んでおりましたな」

敵の大勢を本丸に惹きつけるには、激闘が必要だった。途中、本丸から二ノ丸へ兵が戻ったのは、親助が負傷したためだった。だが受傷にもかかわらず、親助は陣頭でなお指揮を執り続け、戦闘を続行したという。

親助の死には、総大将たる鑑連にも責めがある。

入田家から届いた弔報に接し、鑑連は慣れぬ裃《かみしも》姿で葬礼の儀に向かった。

筆頭加判衆として権勢を振るう入田家の入り婿の若死とあって、豊後じゅうから多くの弔問客が訪れていた。津賀牟礼城にほど近い大中寺は、さながら夏祭りのような人混みである。

鑑連は馬を降り、入田家の家人に手綱を渡すと、本堂へ向かった。

お道と何度も訪れた懐かしい境内だ。

焼香をあげるために、弔問の列に並ぶ。

「親助殿には妻子があったのか?」

「はて。家続殿はご存じか?」

「一年ほど前に祝言を挙げられたが、まだ子はなかったはず」

僧侶《そうりょ》と親廉の間で、ひとりの喪服姿の少女が端座し、弔問客に答礼していた。

「まさか、叔父御……」

「まだお若いが、立派に喪主を務めておられまするな。入田親助様のご正室でござる」

お道は輿入れ先を告げなかった。鑑連も知りたいとは思わなかった。大野の片田舎に引っ込んでいた鑑連は、入田家の事情など知らなかった。

やがて焼香台の前へ進み出た鑑連に向かい、喪服姿のお道は、無言で頭を下げた。

第二章

力攻め

天文三年（一五三四年）

六　鬼の恋

夏の日はすっかり傾いて燃え、入田《にゅうた》屋敷の白壁を赤く染め上げている。

中庭をゆっくりと吹き過ぎる夕風が、涼しさをわずかに帯びてはいても、蒸し暑さを和らげるほどの力は持っていなかった。

「親誠《ちかざね》よ。いつからあの男を待たせておる？」

「何と！　鬼はまだ待っておりまするか？」

入田親誠は仰天しながら、父の親廉《ちかかど》を振り返った。

その男は、西日がじかに当たって蒸し風呂《ぶろ》のような小書院で太い腕を組みながら、彫像《ちょうぞう》のごとく鎮座していたという。

早朝、戸次鑑連《べっきあきつら》は約束もなく、屋敷に一番乗りで面会を求めてきたが、親誠は多忙を理由に「もしも会う時間ができれば」と、後回しにさせた。十数人もの人間と面会して、いくつもの談合を重ねるうち、そのまま鑑連を忘れていた。

入れ替わり立ち代わり、入田家の用人や来客が小書院を出入りする間も、鑑連はじっと黙って呼び出しを待っていたわけだ。

親誠は鑑連に対し、呆《あき》れよりも怖れを抱いた。

大友《おおとも》家の筆頭加判衆《かばんしゅう》にまで上り詰めた親廉も、還暦を過ぎ、この年の初めに入田家当主と加判衆の座を、嫡男の親誠に譲った。が、なお府内にあって親誠を後見しながら、主君大友義鑑《よしあき》のご意見番として君臨していた。

他方、親誠はといえば、才能に見合わぬ地位と不慣れのせいで仕事に追われ、心に余裕のない日々が続いていた。

「何ともあきらめの悪い男でござるな。父上もご同席くだされ。――最後の客人を、通せ」

会わずとも、鑑連の用件はわかっていた。

やがて廊下を踏み砕くような荒々しい足音がした。

親誠の眼前に、一人の若者が現れて着座し、巨眼を見開いた。

「鬼」というあだ名に、鑑連本人もまんざらではない様子だが、実際、角と牙《きば》さえつければ、鬼と言われて何人も疑うまい。

双頭の馬ヶ岳城《うまがたけじょう》を攻略した八年前の華々しい初陣以来、鑑連の率いる戸次勢が出陣しない戦《いくさ》はほとんどなかったはずである。そのすべての戦で、鑑連はめざましい軍功を立てた。今や大友家で最大の力を持つ入田家でも、邪険に門前払いはできぬ筋合いであった。

「お主も、肥後《ひご》の騒擾《そうじょう》は見聞しておろう。とにかく立て込んでおってな」

入田家当主が人を待たせるのに理由は不要だが、鑑連が座しているだけで放ってくる威迫が、親誠に申し開きを強いた。

戸次鑑連という男は、一度会ったら生涯忘れえぬ男で、しばらくの間、夢にまで顔を見せるくらい強烈な印象を与えた。あまりに奇相で、人離れした顔の作りは眼《め》だけでなく、何もかもが大きい。むろん美男ではないが、醜男《ぶおとこ》と片づけてしまうのは早計だった。出来不出来はともかく、神が特別念入りに作った顔に違いなかった。成功したとはいえまいが、手をかけすぎたために、放擲《ほうてき》するには忍びない出来の不動明王《ふどうみようおう》像、とでもいうべきか。人間にしておくにはもったいない顔だと言った者もいた。

親誠は音を立てて扇子で顔を扇《あお》ぎ始めたが、少しも涼しさを得られなかった。この逃げ出したくなるような暑苦しさはすべて、鑑連が全身から発する熱気のせいではないのか。

「わが正室として、お道《みち》殿を賜《たまわ》る一件、ご返答をいただきたい」

庭で機嫌よく鳴き喚《わめ》いていた蟬《せみ》たちも度を失って飛び去るほどの強烈な濁声《だみごえ》である。館も振動したのではないか。地声であって、怒鳴っているわけではない。だが、心労で疲れ果てている親誠の耳には、痛みを感じるほどにギンギンと響いた。

鑑連が憎々しいまでの巨眼をぎらつかせている。この若者に睨《にら》まれれば、憤怒の形相の明王像でさえ、つい眼を逸《そ》らしてしまうのではないか。

「さようか。なるほど、お道の件か……」

親誠は意味もなく繰り返しながら、ひとまず瞑目《めいもく》して、天を仰いだ。

異母妹であるお道は、十三の齢《とし》で身内の入田親助《ちかすけ》に嫁した。だが親助は、翌年の馬ヶ岳城攻防戦で受けた戦傷が原因で没した。一年の喪が明けたとき、鑑連はお道をもらいたいと申し入れてきた。夫を死なせた責めと、幼馴染《おさななじ》みの恋心からの発意《ほつい》であったろうか。

このときは当主であった親廉が峻拒《しゆんきよ》した。目をかけていた甥の死を踏み台にしてのし上がろうとする鑑連への嫌悪もあったろう。

巷《ちまた》では、親助が鑑連の無理な作戦の犠牲になったと言われているが、実際には親誠に大きな責めがあった。戦が不得手な親誠は、緒戦で敵の猛反撃に遭って、撤退命令を出した。その場にいた入田兵に聞けばわかる話だが、作戦を台無しにしかけた不甲斐《ふがい》ない義兄を守るために、親助は身を挺《てい》して不利な戦場へ出、深傷《ふかで》を負ったのだ。親廉も事情を弁《わきま》えているからこそ、やり場のない怒りを鑑連に向けているのだろう。

お道は出戻りとはいえ、大《だい》入田家で唯一の姫である。女の武器である美貌《びぼう》も持ち合わせていた。実際、大友家の重臣たちからも再嫁の話がいくつも持ち込まれた。当時はまだ小身《しょうしん》の奇顔の男にくれてやるよりも、よい使い道があったわけだ。落飾《らくしょく》したいというお道の願いを、親廉が許さなかったのも同じ理由だった。

「戸次殿。その一件はあきらめてくれと、言うたはずじゃがな……」

親誠が口ごもりながら、救いを求めるように父を見やると、親廉も同じように瞑目して天を見上げていた。

この七、八年で事情は変わりつつあった。

主君大友義鑑の信を得た戸次鑑連は、出向く先々で華々しい戦功を立て続け、大友軍で着実にのし上がりつつあった。とりわけ、この四月に行われた決戦では、宿敵の大内軍を勢場《せいば》ヶ原《はる》で迎え撃ち、苦闘の末に撃退した。宿将たちを失い、国都府内《ふない》の至近にまで肉薄されながらも、大友家は最大の危機を脱したのである。

負け知らずの鑑連は、戦に出れば必ず勝利を収めた。悪びれずに堂々と恩賞を求め、着実に封土を広げた。

鑑連もお道も、同齢の二十二歳である。鑑連がそれほどに妹を妻として望むなら、入田が鑑連の出世の後ろ盾になり、姻戚《いんせき》となる戸次家を利用するのも悪くあるまいと、親誠は考えていた。だが、親廉は始終、煮え切らない態度だった。理由を尋ねると、親廉は入田家が打つ次の大きな一手を、親誠に明かしたのである。

親廉がようやく口を開いた。

「相済まぬが、お道は近々、輿入れ《こしい》をする」

相手は主君の大友義鑑であった。

義鑑が宿敵の大内家から迎えた正室は、三人の子をなしたが、若死にした。その後、親廉の提案した政略結婚で、義鑑は継室として菊池《きくち》家の血を引く阿蘇《あそ》大宮司の姫を迎えた。親誠も大宮司の分家から正室を迎えていたから、入田家を幾重にも大友宗家と結びつける肚《はら》であった。

だが、阿蘇家中の政変により、事情は変わった。

阿蘇大宮司の本家が、分家との政争に敗れて没落した結果、義鑑の継室は用済みとなった。子にも恵まれていなかったため、重臣たちがこぞって主君の側室の座を狙《ねら》い始めたのである。継室を追い払えば、正室の座に横滑りもできよう。才色兼備のお道が側室に上がれば、入田家の栄達は盤石《ばんじゃく》になると、親廉も考えたわけである。

「お道は御館《おやかた》様の側室となる。当家としても、大友宗家の御意に背くわけにはいかぬでな。あきらめて、他を探すがよかろう」

主君の側室に差し出すと聞いても、あにはからんや、鑑連はみじんも動揺する様子を見せなかった。

「俺は昔からあきらめるのが、苦手でござってな。されば、御館様からお許しを得れば、よいのでござるな？」

鑑連の大きな口もとには、笑みさえ浮かんでいた。

†

翌昼、大友館から戻った入田親廉は、すぐに親誠を呼びつけた。

「鬼もやりおるわい。誰《だれ》ぞに出し抜かれたのは、何年ぶりかのう……」

広い庭では、蟬たちが理由もなく喧《やかま》しく喚いている。

「と、申されますと、お道の件で……」

「さすがに、鑑連は喧嘩《けんか》上手よ。先手を打って御館様に手を回しておった。次の戦でも必ず大功を立てるゆえ、恩賞を前借りしたいとほざいたそうな」

大友義鑑は男気のある名君であった。

鑑連の傲岸《ごうがん》な申し出を意気に感じて承諾したという。義鑑は女よりも領地を好む。勝てば、お道を譲ってやると笑って応じたらしい。

「肥後が荒れておりますれば、また戦もありましょうが、鬼が戦で負けるとは思えませぬな。されば、お道は戸次に嫁ぐ――」

「わしが簡単に負けるとでも思うてか。鑑連は親助を死なせた仇《かたき》ぞ」

親廉は小さくかぶりを振りながら、庭の梅林を睨んだ。焼けつくような真夏の油照りも、樹影のおかげで地までは届かない。取るに足らぬ草いきれを不快と感じ、樹間を吹きすぎる風にいつもの涼しさを感じないのは、苛立《いらだ》ちと焦燥のゆえか。

あのときは大野《おおの》で梅が咲き乱れていた。

死ぬはずだった赤子が、長じてこれほどの漢《おとこ》になろうとは、泉下の親家《ちかいえ》も瞠目《どうもく》していよう。

鑑連には遺恨がある。可愛《かわい》がっていた婿を死なせてのし上がった男だ。妻まで取られたとあっては、親助が浮かばれまい。

「されど、父上。まんざら悪い話でもありますまい。鑑連は難しき男なれど、今や大友家の軍事の要《かなめ》。姻族として、おおいに利用できましょう」

——いや、だめだ。

親廉は、親誠の左右に大きく離れた眼を凝視した。

同じ離れ眼でも、見えている物がまるで違う。親誠なんぞの代わりに、親助が生きてあればと何度嘆いたか知れぬ。

戸次鑑連は一代の英傑だ。人を利用するには、利用する側に相応の力がなければならぬ。親廉でさえ持て余しかねぬのだ。親誠ごときに御しうる男ではない。

長年の因縁がある戸次には気をつけよと、常々注意してはきたが、白長眉毛《まゆげ》の老人による予言を親誠に伝えたことはない。小心者に伝えれば、親誠の行動に影響が出る。妙に気を病んで、寝込みかねなかった。

「まだ勝負はついておらぬ。当家が今、打つべき手は二つ、ある」

親誠は口をつぐんで親廉を見ていた。

返事がないのは、親廉の思考についてきていないためだ。

「鑑連は勝ちすぎた。これ以上勝つのはうまくない。次の戦で、必ず戸次を負けさせる」

「さような真似《まね》がいったい——」

親廉の横睨みに、親誠が口を閉ざした。むろん親誠では仕組めまい。

「およそ戦は、戦場だけでやるものではない。政《まつりごと》こそが、戦の勝敗を決する。危ない橋ゆえ、お前は渡らずともよい。わしがやる」

「いま一つの手とは？」

「お道は孝行娘よ。当の本人が断れば、あの男は身を引く。戸次鑑連とはそういう男じゃ」

今、戸次を滅ぼしておかねば、悔いを千載《せんざい》に残す。攻め時だ。

†

水の郷、入田に湧《わ》く清水の冷たさが、近づいてくる秋の気配を感じさせた。

「畏《かしこ》まりました。もし戸次さまが見えたときは、父上の仰せの通りにいたしましょう」

主君義鑑への側室入りの話が出て以来、お道は望んで入田荘の津賀牟礼《つがむれじょう》城に住まっていた。輿入れすれば、もう二度と故郷の地を踏めぬと覚悟したせいやも知れぬ。

父娘はこの日、入田の湧水《ゆうすい》群で、野掛けを楽しんだ。

「わしは長生きをしとうないゆえのう。されば お前は、大友宗家に凜《りん》としてあり、入田を守って欲しいのじゃ」

親子に生まれても、気の合う間柄とは限らぬが、もともと親廉はお道と馬が合った。親思いの娘が、親廉の願いを断ったことは一度もなかった。己の命と引き換えに生母を死なせた負い目を、お道が感じている節もあった。

お道が数え十四歳で前夫と死別した後、すぐに嫁がせなかった理由には、政略のほか不憫《ふびん》ゆえもあったが、愛娘《まなむすめ》を手元に置いておきたいという、わがままな気持ちが手伝ってもいた。

「微力ながら、父上のご期待に添うようにいたしましょう」

わが娘ながら、親廉はお道ほど賢い女に会った憶《おぼ》えがなかった。一を聞けば十を知る。語らずとも親廉の心を読んでいた。

肝もしっかり据わっている。もしもお道が男児であったなら、入田家と親誠を任せて、親廉は隠居の段取りをしていたはずである。側室として主君のそばにあれば、お道なら、大友宗家の中枢に君臨できよう。親廉の死後も、入田家の安泰は保証されたも同然だった。

何としても、お道を大友宗家に送り込まねばならぬのだ。

「加えて、わしの目がまだ黒いうちに、戸次を滅ぼしておく」

親廉の無粋な宣言など気に懸けず、尽きぬさざ波のように、湧水の清音がさわやかな調べを奏で続けている。

白長眉毛の予言を、お道には伝えてあった。馬鹿にするでもなく、神妙な顔をして聞き終えた後、お道は何も言わず、優しい笑顔で返しただけだった。

「お前は戸次鑑連という男を、どう見ておる？」

お道はどこか懐かしげな表情で、湧水を眺めていた。

「たとえ父上といえども……はたして簡単に滅ぼせる相手でしょうか」

この入田親廉が、あの若造に負けるというのか。心中おだやかでなかった。

「人は皆、運命に縛られて生き、死ぬ。神話を紐解《ひもと》けば、神々でさえ、運命に翻弄《ほんろう》されておるではないか」

「なかには一人くらい、運命を打ち破れる者もいるのではないでしょうか」

お道が親廉に向かって、うやうやしく両手を突いた。

「父上、ひとつお願いがございます。もし、この賭《か》けで、父上がお負けになったなら、わたしは鬼に嫁ぎとう存じまする」

親廉は心の中で大きく呻《うめ》いた。

打てると思っていた手をひとつ、打ち損ねた。

だが、もともと鑑連が戦功を上げたなら、お道を譲ると義鑑が約したのだ。そこに親廉の出る幕はあるまい。

「されば……なおさら負けられぬな」

頭では勝てると確信していた。だが、お道さえも離反しようとする今、相手が鑑連であるというだけで、ふだんは揺るぎない自信が揺らいでくるような気さえした。

湧水を渡ってくる冷たい夕風に、親廉は軽く身震いした。

†

府内もすっかり秋めいて、大友館主殿の奥、「御前の間」の畳もひんやりとしていた。

「肥後でまた、大友に背く者が現れたか」

入田親廉の言上に、大友義鑑は嫌悪を隠そうともせず吐き捨てた。

「いささか大掛かりな叛乱《はんらん》にて、赤星《あかほし》、隈部《くまべ》、城《じょう》、鹿子木《かのこぎ》ら旧菊池家臣がいっせいに呼応し、大いに気勢をあげておりまする」

大友領となったはずの肥後では小競り合いが頻発していた。

「十郎《じゅうろう》ごときでは、とうてい押さえられまいのう」

先々代親治《ちかはる》のころから、大友家は肥後に触手を伸ばしてきた。義鑑もこれを引き継ぎ、謀略で実弟の十郎重治《しげはる》を菊池家当主の養子に送り込み、肥後の名門を嗣《つ》がせた。肥後の混乱に乗じて、ついには実力支配に成功した。政略の勝利だった。

だが、菊池義武《よしたけ》と名乗った弟には兄ほどの器量がなく、肥後では混乱が続いた。菊池の重臣たちも、国人《こくじん》衆も、義武の命に従わなくなった。肥後に騒乱が起こるたび、豊後《ぶんご》から派兵して鎮めてやらねばならなかった。

「やはりこたびも、援軍を送らねばなりますまい」

所領が肥後に近い戸次鑑連は、しばしば菊池義武を助けて、肥後における叛乱《はんらん》軍鎮圧の役回りを担ってきた。負け知らずの鑑連の武名は高まる一方だった。義鑑にお道を所望して許された背景には、肥後戦線における鑑連の活躍があった。

「まったく肥後は、人と金を食いおるわい」

「安上がりで必勝を期すなら、鬼を使う手もございまする」

「あやつめ、そちの出戻りの娘を欲しがっておったからのう」

あの後、鑑連は案の定、津賀牟礼城にお道を訪《とぶら》ってきた。だが、お道は、前夫を死なせた男を夫とする気にはまだなれぬと、殺し文句ですげなく求婚を断ったと聞いていた。

鑑連は「十年も待ったんじゃ。一生待っても、変わりはない」と応じたそうである。簡単にあきらめる男でもあるまいが、お道を大友宗家へ送り込むためには、肥後遠征における戸次の敗北が不可欠だった。

「親廉。鬼に肥後を鎮めさせよ」

「はっ」と平伏しながら、親廉は内心ほくそ笑んだ。

入田家は、本家を駆逐《くちく》して大宮司となった分家の阿蘇惟将《これまさ》と姻戚関係にある。親誠の義弟にあたる惟将から届いた密書で、親廉は変転著しい肥後における重要な情勢の変化を摑《つか》んでいた。だがあえて、義鑑には告げなかった。

いかな名将であっても、今回の肥後遠征で勝利は得られぬ。

戸次鑑連はこの戦で、初めて敗北を知る。

いや、鑑連の気性なら、主家に殉じるのではないか。鑑連の戦死により、今度こそ戸次は滅ぶであろう。滅びの宿命から、入田を守れるのだ。

親廉も齢を取った。近ごろは腰も膝《ひざ》も痛んだ。眼が疲れて、文を読むのもおっくうになってきた。お道の側室入りを機に、政の一線から身を引くのだ。向こう二十年の入田家の栄達に道筋を付けた後は、入田荘へ戻る。道楽に鉢木の世話をするのが、親廉の年来の小さな夢だった。

親廉が御前の間を出ると、中門廊には親廉への面会を望む者たちの行列ができていた。

「白梅の鉢木は、まだまだ遠き夢物語じゃな」

親廉がひとりごちたとき、カワラヒワの軽やかな地鳴きがどこぞから聞こえてきた。他愛《たわい》もないさえずりを繰り返す、ありふれた小鳥の生き方を親廉が羨《うらや》ましく思うようになったのは、それほど最近の話ではなかった。

七　車帰《くるまがえり》

天文《てんぶん》三年（一五三四年）秋、異国肥後の夜空には月もなく、厚い雲にさえぎられて、星ひとつ瞬いてはいなかった。天にあるはずの光という光が、地を照らすことをあきらめたかのように、ぬばたまの夜が罪業深き人間たちを、音もなく包んでいる。

戦はまだ始まってもいないのに、大友軍の陣が静まり返っているのは、兵たちが抱く不安と殺気が、場に重く澱《よど》んでいるせいか。

戦場の一隅を照らす焚《た》き火の爆《は》ぜる音だけが、そこかしこで物悲しげに響いている。

「お主は遠くから来たのか？」

森下釣雲《もりしたちょううん》は、隣で暖を取る鎧《よろい》武者に話しかけた。若い男は閉じていた眼をゆっくりと開いた。眉間《みけん》には目立ついぼがある。

鋭い眼光だが、炎を見つめたままで、視線は寄越さなかった。

「由布《ゆふ》の阿南《あなん》荘だ」

見るからに、並みの兵とは身体《からだ》つきが違った。武芸者として相当鍛え上げた釣雲でも、怖れを感じるほどの覇気を帯びている。

「俺は森下釣雲と申す。ご先祖に守ってもらおうと思うて、祖父《じい》様の法名を勝手に使っておるだけじゃがな」

森下家は祖父の代まで戸次家に仕えていたらしい。が、連戦のために親族の討ち死が続き、年寄りと女ばかりになった森下家はたちまち零落した。幼いころから体格がよく、喧嘩《けんか》も強かった釣雲は、一族の期待を一身に背負って育ち、この戦場へ来た。武具を工面するために蓄財も使い果たし、家宝の茶器まで売り払った。一族の浮沈は釣雲の槍《やり》働きひとつに懸かっていた。

「この甲冑《かっちゅう》も、借金して手に入れた。俺は是が非でも功を立てねばならん。さもなくば、妹たちが身売りをせねばならんでな」

釣雲が自嘲《じちょう》気味に笑っても、鎧武者は真顔のままだ。

「ここにおる者は皆、同じだ。鑑連公のもとには、立身出世を志す者が集まる」

負け戦で戦功は立てられまいが、戸次鑑連は必ず勝った。鑑連の眼に止まれば、武人としての道が開けるのだ。ゆえにこの時代、腕に覚えのある男たちは競って、真っ赤な抱き杏葉《ぎょうよう》の軍旗の下に群がった。

「たしかにそれらしき連中ばかりじゃ。が、俺の見たところ、名もなき兵で大手柄を立てうる者があるとすれば、お主と俺だけじゃな」

「さようか。あいにくと、周りは気にしておらなんだ」

「ふん、他の者を出し抜かねば、手柄を横取りされるぞ。されば、俺と組まぬか。一人より、二人掛かりのほうが手柄も立てやすかろう」

「別段、断る理由はない」

釣雲が手を差し出すと、若者はがしりと手を握り返した。

「お主の名を聞いておこうか」

「小原神五郎《おばらじんごろう》。鑑連公のもとで死ぬ覚悟はできておる」

思い詰めたような表情には、悲壮感さえ漂っている。

「こたびも勝てる戦ゆえ、皆、戸次勢に加わっておるんじゃろが」

「いや、肥後の誰も大友に味方せぬのなら、いかに鑑連公とて勝ち目があるまい。おかしいとは思わぬか。菊池勢は何をしておる？　なぜ肥後の国人衆がまったく動かぬ？」

むろん、戸次鑑連が罠《わな》にかかったからだ。

釣雲は入田親廉に仕官を許されて、ひとまずの窮状を救われた。

親廉の意を受けて、この戦場へ来た。

この戦は大友が負ける。鑑連を敗軍の中で確実に戦死させるのだ。成功すれば温泉のある長《なが》湯《ゆ》に知行地が与えられる約束だった。鑑連の本隊では、小原神五郎が邪魔になると見た。ゆえに油断をさせて、必要なら討ち取る腹だった。必ず使命を果たしてみせる。

「われらが思案せずとも、鑑連公がお考えであろうて」

だが、今さらあがいても遅い。

夜が明ければ、大友軍は孤立無援で、敵のまっただ中にいると気づくはずだった。名もなき兵卒たちが、この車帰《くるまがえり》の地で数多く命を落とすだろう。

戦では生き残った者だけが勝つ。名誉など遺《のこ》されても、遺族の食い扶持《ぶち》にはならぬのだ。

†

夜風には、ひりつくような殺気が交じっていた。

戦の前にはたいてい、こんな風が吹くものだ。

大友軍の左翼を守る戸次直方《なおかた》は、異母兄の鑑連がいる本陣へ急いでいた。

――兄上の作戦どおりにはいかぬ。速やかに退《ひ》くべきだ。

直方は慎重すぎるとよく批判されるが、話は逆だ。戸次家中には、直方が止めないとどこまでも突き進んでしまう危うさがある。

鑑連を兄に持ったために、直方の人生はずいぶんな割を食ってきた。

直方には、並みよりも上の武将だとの自覚はあった。だが、ひとつ違いの兄ながら戸次鑑連は別格の武将だった。偉大な兄を持つ弟は皆、同じなのだろうが、常に直方は鑑連の陰にあって、一度も輝いたことはない。まったく損な役回りだった。

ずっとそう、思ってきた。

だが、今はよくわからなくなった。

今回の出陣に先立ち、直方は生母のお孝《たか》の部屋に呼ばれた。

鑑連の継母でもあるお孝は、息子たちの元服を見届け、娘たちが嫁ぐと、落飾して「養孝院《ようこういん》」と号した。それでも当主の鑑連が敬ってやまぬ養孝院は、「戸次の母御前《ははごぜ》」として、なお家中で重きを成していた。

お孝は直方にひとつの秘密を明かした。

――お前たち兄弟のことで、ひとつ言うておかねばなりませぬ。

――何を怖い顔をなさっておいでか。昔から仲睦《なかむつ》まじゅうしておりましょうに。

お孝は厳しい表情を変えないままで、残酷な真実を告げた。

——お前たち兄弟は、血が繋《つな》がっておりませぬ。

この年の四月に行われた勢場ヶ原の決戦が、まれに見る激戦になったと聞いたお孝は、いつか訪れるやも知れぬ戦死の危機に備えて、告白すると決めたらしい。

——異腹《ことはら》であることは承知しておりまするが……。

直方は以前、お孝が長男の鑑連を贔屓《ひいき》していると誤解したものだが、お孝と鑑連に血の繋がりがないと知って驚いたものだった。

——母だけではありませぬ。父も、違うのです。わたしは継室として戸次に嫁いだとき、先夫の子を孕《はら》んでいました。お前は、わたしが最初に嫁ぎ、大友に叛《はん》したため、わたしが討ち果たした将の子なのです。本来、産んではならぬ子ですが、親家さまのお情けにより、お前は生かされたのです。さればお前は、戸次家当主を支え、鑑連の代わりに死ぬ覚悟で、戦場へ行きなされ。

兄とは顔も形も、何もかも似ていない理由が、初めてわかった。

直方は本来、戸次の姓を名乗るに相応《ふさわ》しくない血筋の人間だった。お孝の従叔父《いとこおじ》にあたる臼《うす》杵《き》親連《ちかつら》の策により、身重のお孝は戸次親家に輿入れすることで、直方を出産できたのだという。

——兄上は……それを？

——まだ、知りませぬ。

仮に鑑連が戦死しても、直方に戸次家は嗣がせない。命懸けで鑑連の身を守れ。

それを言いたいがために、お孝は秘密を明かしたのだった。

兄と慕ってきた男が、実は兄でなかったと突然明かされても、直方にはうまく心の整理ができなかった。わだかまりが胸に残ったまま、直方は戦場にいる。

——不安でならぬ。

この戦で、不敗を誇る戸次鑑連が初めての敗北を喫するのではないか。

直方が本陣に顔を見せると、鑑連はいつもの真っ赤な陣羽織を着て、床几《しょうぎ》にどっしりと構えていた。

「兄上、何やら面妖《めんよう》でござる。なぜ菊池勢がかくも遅れておりまする?」

「俺にも、わからぬ」

大友軍は菊池義武の居城である隈本城《くまもとじょう》の救援に向かっていた。ここ車帰《くるまがえり》の地で叛乱軍を前後から挟撃する段取りのはずが、義武はまだ動かない。

「このままでは、敵は後顧の憂いなく、出撃して参りましょう」

「肥後の四将も、なかなかに戦のやり方を弁《わきま》えておるゆえな」

——申し上げます! 合志《こうし》勢、蛇尾城《じゃのおじょう》を動きませぬ!

伝令のもたらした報《しら》せに、直方は内心怯《ひる》んだ。どうやら大友遠征軍は今、敵中で完全に孤立しているらしい。

「ご苦労。引き続き北の監視に当たれ」

鑑連も、事態を把握すべく、懸命に物見を放っているのであろう。

「合志勢も動かぬとあらば、敵は全軍で攻めかかって参りまするぞ。兄上、ここはひとまず兵を引き、様子を見るべきではありませぬか」

鑑連お気に入りの金獅子《きんじし》の前立てが、左右に動いた。

「様子見をしておれば、戦況が多少はましになるのか？　合志は今、味方ではないが、敵でもない。されど、ここでわれらが引けば、必ず敵に回る」

肥後の有力国人、合志高久《たかひさ》は大友軍への合力を約していた。だが、合志勢はまだ居城を出ていない。肥後における大友軍の主力たる菊池勢が戦場に到着しないため、合志勢も逡巡《しゅんじゅん》しているに違いなかった。

「されど、兵を引くなら、今しか――」

鑑連が太い腕でさえぎってきた。

「もう手遅れじゃ。ここで引けば、もう勝てぬ」

「他の誰も言えぬであろうゆえ、身どもが申し上げまする。兄上はお道殿の件で、御館様と取引をされたとか。女子《おなご》のために勝ちにこだわり、将兵の大切な命を捨てるおつもりか」

「勝ちにこだわって何が悪い。俺はある男に約した。わが生涯、あらゆる戦で勝ち続けるとな」

「されど、いかにして勝つと仰せか！　敵はわが軍の三倍。地の利も敵にござる」

「当初の作戦は一度ご破算じゃ。全軍に新たな指令を与える。この戦、先手を取らねば、われらに勝ちはない」

立ち尽くしている直方の背を、鑑連が乱暴に叩《たた》いた。

「案ずるな、直方。俺は勝ち続ける。が、相手も命懸けでわれらに勝とうとしておるのだ。いつでも思い通りに勝たせてはくれぬわ」

人は常勝の戸次鑑連を名将と呼ぶ。だが、たいていは不利な戦況での薄氷の勝利だった。いや、劣勢でも勝つから名将なのか。

「ここで死んだら、いつでも阿蘇が拝めそうでござる」

「俺がいる限り、お前を守ってやる。安心して無茶をやれ」

鑑連が大口を開けて大笑した。

兄の鬼瓦《おにがわら》を見ていると、今日も勝てる気がするから、不思議だ。

†

夜明け前から阿蘇の裾《すそ》野で繰り広げられていた無粋な命のやりとりは、すでに二刻（約四時間）余りも続いていた。

晩秋の戦場を覆い、兵たちの視界を奪っていた雨霧が、一気に晴れ上がろうとしている。

大乱戦の中で、阿蘇山は鎮座している方角さえ定かでなかったが、どうやら背後にあったらしい。

安東家忠《あんどういえただ》は自慢の豪槍《ごうそう》で、またひとり、敵将の体軀《たいく》を貫いた。返り血をまともに浴びた。今しがたまでは、降り続く雨のせいで、返り血もすぐに洗い流せたのだが。

「家忠よ。すまんが、最右翼を頼むぞ」

馬を寄せてきたのは、由布《ゆふ》家続《いえつぐ》である。

「待たれい、家続殿。気軽に申されるな！」

戸次勢を主力とする大友軍二千余は、異国肥後の車帰なる地で、敵の大軍に三方から攻め立てられていた。

「殿から新たな命令が届いた。鹿子木隊が背後に回り込む気らしい。されば、後ろはわしの隊が支える」

家忠の背筋を怖気《おぞけ》が襲った。このままでは、包囲殲滅《せんめつ》されるではないか。

「話が、ぜんぜん違うではござらんか！　義武公はいったい何を考えておるのじゃ！　味方の援軍を全滅させるつもりか！」

もとより戦上手の戸次鑑連が勝ち目のない戦をするはずがなかった。赤星ら叛将たちの背後、隈本城には大友義鑑の実弟、菊池義武が約七千の兵で籠《こ》もっていた。援軍を率いる鑑連の肥後侵攻と時を合わせて、叛乱軍を前後から挟撃、殲滅する手筈《てはず》だった。

だが結局、義武は隈本城からまったく動かなかった。

結果、戸次鑑連を総大将とする大友軍は、三倍する敵との正面決戦を強いられた。地を知る叛乱軍のほうが、地の利において遠征軍よりも圧倒的な優位にある。

菊池義武の約定違背により、挟撃作戦の破綻《はたん》と危地を察した鑑連は、逆に攻めに出た。鑑連は守っても勝機はないとみて、全軍で敵本陣へ突撃をかけたのである。

「わしにも、わからんわい。とにかく今は戦よ」

「されど、俺はもう、疲れましたぞ！」

どれだけ倒しても、敵は減った気がしなかった。冷雨で身体《からだ》が冷え切り、苦戦の連続に戸次兵でさえ士気は低下していた。特に敵本陣にいる弓兵隊が厄介だった。数に任せて矢を放ってくる。弓の斉射によって、幾人もの将兵が傷ついていた。

「この戦、いったん四分六分で、引き分けに持ち込めとのお指図じゃ」

数と地の利で勝る敵が全方位から殲滅しようとしているのだ。引き分けは高望みだろう。

「家続殿、気安う言われるがな――」

「殿を見よ」

はるか前方、すっかり霧の去った戦場の最前線を見て、家忠は目を疑った。

そこには、漆黒の甲冑に身を固め、真っ赤な陣羽織を着た将が、黒馬に乗って猛然と突撃する姿があった。

この日、何度目になるであろうか。戸次騎馬隊による苛烈《かれつ》な波状攻撃である。

「わが主《あるじ》ながら、まったく何という男じゃろうな」

兵の数などまるで問題にせず、赤星、隈部の軍勢を正面から押し込んでいた。

「指揮する将次第で、兵は惰弱にも、精強にもなる」

「承知した。右翼はぜんぶ任せられい！」

家忠は右手の槍を握り締めた。鑑連の勇姿を見て、熱い血が猛烈な勢いで家忠の全身を巡り始めている。

「安東隊も遅れを取るな。押し返せ！」

†

森下釣雲は激戦場にいた。

敵のほうがはるかに数は多い。厳しい戦いになるのは当然の話だった。

いかに鑑連でも、味方に対しては油断しているはずだ。釣雲は敗戦時の混乱に乗じて鑑連の命を奪おうと思っていた。だが、戦とはわからぬものだ。明らかに戸次勢が敵を押している。

気を許せぬ一進一退の戦場とはいえ、兵力で劣る側が明らかに優勢なのだ。

なぜ戸次兵はこれほどに強いのか。

戦いの中で、釣雲にはその理由がわかった。

戸次の騎馬隊による波状攻撃は峻烈《しゅんれつ》を極める。

戸次の長槍隊が繰り出す槍衾《やりぶすま》を喰《く》らって、生還できる者はまずいない。

だが、おそらくそれは表面的な強さだ。

ふつう、戦場では兵が将を守ろうとする。だが、戸次勢では将も当たり前のように兵を守る。戸次の将兵は戦友なのだ。常に厳しい戦場ばかりを勝ち抜いてきたからこそ築きえた関係なのか。将兵がたがいに命を預け合い、力を合わせて、敵に打ち克《か》つのだ。現に釣雲も、鑑連の槍に救われて命を拾った。

鑑連の濁声が、今でも耳に残っていた。

──生き抜け。死ぬにはまだ早い。

唸《うな》りを立てて突き出される鑑連の豪槍は、敵兵に恐怖と不安を与えるが、味方には限りない勇気と自信をもたらすのだ。

「油断するな、釣雲！　前に出るぞ！」

釣雲の背後に回っていた敵を小原神五郎が討った。

「すまぬ」

槍を手に雄叫《おたけ》びを上げながら、戦友という関係も悪くないと、釣雲は思った。

†

大友軍は、激戦地となった車帰の北に広がる樹林帯に布陣していた。

戸次直方の全身は疲れのせいで、鉛のように重い。舌も同じだった。

「今日は実に長い戦でござったな。かたがた、ご苦労であった……」

戸次家当主の鑑連は、将兵をねぎらうと言い置いたまま、戻らない。当主の弟である直方が代わりに口を開いたわけである。

鑑連の本隊がついに敵本陣深く突き入ると、敵はやむなくいったん兵を引いた。大友軍は辛勝したといえるかも知れない。だが、なお敵が優勢な局面に変わりはなかった。

「食い物が、足りませんでな。食い詰めて、せいぜい三日がよいところでござろうか。まこと、面目ござらん……」

兵站《へいたん》を預かる由布家続は後方で小荷駄《こにだ》隊を守ったが、大軍に囲まれて兵糧《ひょうろう》をあらかた奪われた。今夕だけは「疲れた将兵にたらふく食わせてやれ」との鑑連の指図だが、明日からはどうするのだ。腹が減っては戦もできぬ。鑑連からは常々「兵糧よりも将兵の命を重んぜよ」と言われてはいたが、己の不始末について、ひと言、詫《わ》びたかったのであろう。

「とにかく敵が多すぎた。致し方ござるまい。後は豊後へ帰るだけじゃ。何とかなり申そう」

直方が家続をねぎらったとき、何やら騒がしくなった。

「皆の者、待たせたのう」

割れ鐘のような大音声《だいおんじょう》と、荒々しい足音の持ち主はひとりしかいない。

家臣団の起立に合わせて、直方も立ち上がった。見ると、鑑連は二人の若者を伴っている。

「苦しき戦であったが、こたび大友はよき将を得た」

鑑連は床几にどっかと腰を下ろすと、左右に若者たちを親しげに座らせた。

「先陣でわが軍が一度も崩れなんだのは、この二人の奮戦があったからよ」

遠征軍には、われこそは功名を立てんと、豊後各地から集まってきた若武者たちが合流している。間諜《かんちょう》の潜入もありうるから留意が必要だが、広く人材を求めたい鑑連の思惑とも合致していた。

小原神五郎と名乗る精悍《せいかん》な表情の若者は、なかなかの好男児である。もともとは他紋衆の名門で、父は加判衆まで務めた家柄だったらしいが、父兄が戦死して以来、零落していたという。鑑連は己の境涯《きょうがい》と重ね合わせているのやも知れぬ。

もうひとり、森下釣雲と名乗る浅黒い顔で中背の若者は、目と眉が釣り上がって、抜け目のない烏《からす》のような顔つきをしていた。

「死と隣り合わせの苦戦にあってこそ、武士の真の値打ちがわかるものよ。両名の戦いぶりは実に見事であった。されば、次の戦ではわが軍勢の一手を率い、ぞんぶんに戦え」

若武者二人が目を輝かせて鑑連を見ていた。

鑑連は上手に家臣の心を摑む。天才的といってもよい。激闘のなかでも、賞すべき将兵をきちんと見極めていた。鑑連に見られているから、さらに将兵は奮い立つのだ。

「直方よ。こたびは難しい戦であったが、よう最後まで左翼を持ちこたえた」

「これで何とか豊後に帰れまするな、兄上」

鑑連の金獅子が、無愛想な顔でかぶりを振った。

「われらが逃げ帰った後、肥後はどうなる？　下手をすれば、完全に大友の手を離れるぞ」

「ではまさか、まだ戦う……と？」

「むろんじゃ」

軍議の場に、おだやかな水面《みなも》に広がる波紋にも似た、静かなざわめきが起こった。

「されど、小荷駄隊が襲われ、兵糧もわずかでござる」

「食い物の心配はない。戦場にうまい肉がたくさん転がっておるではないか」

今日の戦では馬が多く死んだ。その馬肉を食うという。

「栗林《くりばやし》に布陣したは、栗を食うためじゃ。されば、明日は栗を集めよ。残っておる米をぜんぶ使《つこ》うて、豪華に栗飯を炊《た》くぞ」

「何を悠長な。敵が攻めて参れば、何となさる？」

「案ずるな。明日は攻めて来ぬ。栗は美味ゆえ、喧嘩になってはいかん。されば、勝手放題に取らぬよう、受け持ちを決めた」

鑑連が始めたのどかな栗拾いの提案に、直方が家忠に目で合図を送ると、家忠もわかりやすく首を傾《かし》げてみせた。

†

葉を落とした木々はすべて、細い枝先まで影絵のように色を失っているが、晩秋の秋空にはまだかすかな日が残っていた。

栗林では、確かな甘みを含んだ栗の香ばしい匂《にお》いが、贅沢《ぜいたく》に満ちている。将兵は各所で焚き火から暖を取りながら、なかなかに豪勢な腹ごしらえに舌鼓を打っていた。

「この馬肉には、鑑連公の愛馬も交じっていると聞く。鑑連公も、むごい殿様じゃな」

森下釣雲が火で炙《あぶ》った串刺《くしざ》しの馬肉を眺めていると、隣の小原神五郎が応じてきた。

「俺はそうは思わぬな」

神五郎は遠慮なく馬肉を頬張《ほおば》っている。

大友軍二千余は十六の組に分けられ、栗林を割り当てられた。釣雲と神五郎もそれぞれひとつの組を束ねよと命ぜられて、隣合わせの組となった。

将を射んと欲すればまず馬を射よ、の定石どおり、敵は昨日、陣頭で騎馬突撃を繰り返す鑑連の愛馬を執拗《しつよう》に狙って、無数の矢を浴びせた。敵を撃退して帰陣したとたん、鑑連の愛馬は倒れた。鑑連は瀕死《ひんし》の愛馬を己《おの》が手で殺《あや》めたという。

「愛馬が助からず、苦痛に喘《あえ》いでおるのなら、俺も息の根を止めてやるだろう」

「だが、それを喰らうとは……」

「激戦で敵味方、何頭もの馬が死んだ。兵糧のないわれらの前に、手ごろな食糧が転がっておるのだ。腐らせる手もあるまい。嫌がる者もおろうが、将自らが率先して己の愛馬を喰らえば、誰も文句は言えぬ。『黒《くろ》』と親しく呼んで慈しまれ、戦場で長年、生死をともにされてきた愛馬であったそうな。『わが愛馬なれば、必ずやわが意を解してくれよう』とその馬を殺め、笑いながら食ってみせる鑑連公の心中は、いかばかりであろうか」

なるほど神五郎のように鑑連の心を知る将兵は、なおさら鑑連に心酔するという寸法か。

「なぜ敵は今日、栗拾いにのんびり精を出すわれらを攻めなんだのであろうな?」

敵は半里(約二キロメートル)ほど兵を引いて阿蘇の西麓《せいろく》に陣を敷いていた。

敵の将兵も相当死傷したはずだが、数と地の利を考えれば、大挙して攻めてくるおそれは多分にあった。

「通常の戦場では、まさか栗拾いなぞやりはせぬ。敵はおおいに面喰ろうたはずじゃ。まだお若いが、鑑連公の武名はすでに轟《とどろ》いておる。戸次兵がこれ見よがしに栗拾いなぞ始めれば、誘い込む策と疑っても無理はない。われらは実際、十六の部隊に分かれて、馬の骨やイガを捨てる落とし穴を掘っていた。これは、どの方向から攻められても、すぐに迎撃できる方円《ほうえん》の陣を敷いているに等しかったのだ」

神五郎はなかなかに戦術の心得があるらしい。

「明日はわれらから討って出るのであろうか？」

「いや、鑑連公はこの栗林をそのまま戦場にするお考えであろう。馬もなく矢も尽きた寡兵のわれらが勝てる場所があるとすれば、この林だけだ」

なるほどようやく釣雲にもわかってきた。

林の中なら、馬の機動力も弓の威力も減殺される。それだけではない。

鑑連は今日、各部隊の持ち場を固定し、他の場所への移動を禁じていた。そのため釣雲以下、将兵は皆、木の位置、土地の起伏、岩場などの地形をすっかり身体で覚えている。目を瞑《つむ》っても歩けるほどだ。鑑連は栗拾いにかこつけて英気を養うとともに、地の利を作ったわけか。入田親廉が鑑連を葬り去っておきたい理由は知らぬが、恐れる気持ちは釣雲にもわかった。

――戸次鑑連は必ず大きくなる。親廉より、鑑連に仕えたほうが得やも知れぬ。

栗林の真ん中に置かれた仮本陣には、各部隊の将が集まっている。

「話がまるで違いまするな。いったい義武公はいかなる料簡でおわすか。後詰め（援軍）のわれらが負けて帰れば、己が困るだけ……」

戸次直方が途中で口を閉ざすと、由布家続があごひげをしごきながら重く続けた。

「さよう。どうやら、それが義武公の狙いのようでござるな」

鑑連も、太い指で栗の皮を剝《む》きながら、無愛想にうなずいた。

義鑑の実弟である菊池義武が、大友家から独立する。そんな噂《うわさ》が一時、九州《きゅうしゅう》を駆け巡ったことがある。義武は府内に出向いて、菊池旧臣らによる離間の計だと申し開きをし、そのときは義鑑も義武を信じた。だが、義武の真意はどこにあるのか。反菊池と大友を戦わせて共倒れを狙っているのではないか。

この日、由布家続が一手を率いて隈本城へ出陣要請に出向いたが、義武は仮病を使って会おうとしなかった。

「兄上。菊池勢まで敵に回るとなれば、引くほかありますまい」

「四将は義武公の悪政に抗して、反菊池の旗を揚げたのじゃ。菊池勢が動かぬのは、漁夫の利を得んとの腹もあろうが、手打ちが済んでおらぬからよ。大友のため、われらはこの戦に勝ってから、引かねばならぬ」

赤星らは菊池に背後を衝《つ》かれ、挟撃されれば敗北する。そこで赤星らは菊池に兵を動かさぬよう求め、他方、菊池は、赤星らの窮地を利用して和睦《わぼく》と戦後の協力を取り付け、大友から独立しようと肚を固めたのではないか。

赤星らとて、菊池に屈したのでは挙兵した意味がない。菊池を騙《だま》して動かぬようにし、寡兵の援軍を破った上で、当初企てたとおり、菊池を滅ぼす道も選択肢に入れているはずだった。

他の様子見の肥後国人衆は、この両勢力のいずれに付くか、あるいは大友に味方するか、固《かた》唾《ずの》を呑んで見守っているはずだ。

赤星らと菊池はこの今もなお、ぎりぎりの駆け引きをしている最中だとみていい。

いずれにせよ肥後国人衆の前に、大友軍の急先鋒《きゅうせんぽう》たる不敗の戸次鑑連が敗退したとき、肥後では反大友の火がいっせいに燃え広がる。そうなれば、義武は反大友を旗印に肥後をまとめ、独立するに違いない。肥後にある大友宗家と家臣団の知行地を没収して分け与えれば、赤星ら反菊池との融和もじゅうぶんに可能であろう。

この大叛乱は戸次勢だけでは鎮定できまいが、勝って引くのと敗退するのとでは、その後の展開がまるで違う。

「吉報じゃ、八幡《はちまん》殿！　合志勢が同心を申し出て参ったぞ！」

安東家忠が飛び込んでくると、諸将から喊声《かんせい》が上がったが、鑑連は浮かぬ顔で栗の実を大口へ放《ほう》り込んだだけである。

「何を今さら。願い下げじゃな」

「気持ちはわかるが、つむじを曲げなさるな。兵は一人でも多いほうがよいではござらんか」

「いや、同心無用じゃ」

鑑連は掌上の栗の残り全部を大きな口の中に放り込むと、かたわらの由布家続を見た。

「叔父御。合志の陣に出向き、合志高久にかくお伝えくださらんか。遠路ご苦労。気遣い無用にて、阿蘇の雄景とともに、大友軍が勝利をゆるりとご覧あれ、とな」

「待たれい。何を血迷うておられまする？　一兵でも欲しいときに援軍を断るなぞ、正気でござるか！　戦に負ければ何となさる？」

　直方も噛みついたが、鑑連はどこ吹く風と次の焼き栗をつまんだ。

「戦は必ず勝たねばならぬ。だが、ただ勝てばよいというものではない。勝ち方にもわしの流儀がある」

　鑑連が太い指で手の栗を捻《ひね》ると、小気味よい音がして、殻が割れた。

「よいか、皆の衆。合志は、隈本城の菊池勢が動かぬと知るや、われらが負けると見て動かなんだ。昨日の戦ぶりを知って損得勘定を働かせ、こたびわれらに合力するという。さような者は、われらがふたたび不利となれば、また離反するであろう。大友軍は肥後勢の助力なく、単独で肥後叛乱軍を撃破できると世に示さねば、また背く者が出る。それに、日和見《ひよりみ》の将に武勲を与えるくらいなら、豊後の次代を担う神五郎や釣雲に手柄をくれてやりたいのよ」

　家忠は口を尖《とが》らせながら、鑑連に示された隣の床几に巨体を下ろした。

「……俺は戦場で敵を討つしか能がないゆえ、任せる。が、八幡殿は面倒くさい戦ばかりする。いつも苦労するわい」

「誰がやっても勝てる戦など、勝ったところで、酒の上の武勇伝にもならぬ」

「されど、次の戦にどうやって勝つ？　もう、馬入れ（騎馬突撃）もできんぞ。敵の弓兵が厄介じゃ。昨日のようにはいかぬ」

「この戦、われらの勝ちじゃ。すでに手は打ってある」

「何と……。今日はただ、皆で栗を拾い、馬肉と栗飯を食っておっただけではないか！」

「敵もそのように見て、勝てると思うておるはず。ときに家忠、腹ごしらえは済んだのか？」

「いや、まだ腹八分でござるな」

「早《はよ》う平らげておけ。今宵、敵がこの栗林に総攻めを仕掛けてくる。合志勢を加えぬのも、この栗林で戦がしたいからじゃ。寡兵でのうては、敵が攻め迷うからの」

直方にも、鑑連の意図がわかってきた。

四将からは合志勢に調略の手が伸びているはずだが、不仲の合志高久は応じていない。由布家続の隈本城行きも四将と他の国人衆への牽制《けんせい》だ。四将は、菊池義武が逡巡して隈本城を動かず、合志勢が南下しないうちに勝負を決したいに違いなかった。敵を尻目《しりめ》に戦場の宴を楽しむ大友軍将兵の姿は四将を愚弄《ぐろう》するようにも見えたろう。

「わが必勝の策を、今より伝える」

鑑連がお気に入りの漆黒の鉄扇を閉じると、家臣団がいっせいに身を乗り出した。


森下釣雲は胸の高鳴りを抑えられなかった。

本当に敵は夜襲を仕掛けてくるのか。戸次鑑連が指図したとおりに戦って勝てるのか。

――負ければ、鑑連公に死んでいただくだけの話か。

入田親廉との約定では、別に鑑連の首を持ち帰る必要はなかった。ただ、鑑連を死地に追い込んで、死なせれば褒美はもらえる。

それにしても、親廉はなぜ鑑連の謀殺《ぼうさつ》を企図しているのか。

釣雲などには及びもつかぬ政《まつりごと》の思惑があるのだろうが、近くで接しているうち、釣雲も鑑連の人物に惹《ひ》かれる己を感じていた。

夜の闇《やみ》に馬蹄《ばてい》と鯨波《げいは》が響いた。夜襲だ。

「各自、持ち場につけ！」

敵がいっせいに攻め寄せてきた。

だが、敵の騎馬兵はたちまち落馬した。各所で木々の間に張り巡らされた荒縄に引っかかったためだ。

木の陰に隠れていた者たちが、すかさず飛び出す。次々と落馬する武者を討った。

それでも敵の足軽が荒縄を切って突入してくる。が、落とし穴に落ちた。そこを討ち取る。

数に任せてなお敵は攻め寄せてきた。

その上に、幹に切り込みを入れた樹木を倒してやる。

「討ち取れ！」

釣雲が真っ先に出て、木の下敷きになった敵兵を長槍で屠《ほふ》った。

時おり押されている部隊を見つけると、方円の中心にいる鑑連が現れて、自ら槍を入れに来る。鑑連が来るたび、各部隊の将兵は奮い立った。

かくて方円の陣はどこも破られず、戦局は一刻ほどの間、大友軍有利に展開した。

だが、仕掛けてあった罠も尽き、ついに敵の兵団が突破してきた。

事前の指図どおりに、方円の陣を縮小してゆく。

「ころ合いじゃ！　参るぞ！」

釣雲は陣頭に立った。配下の者たちが続く。

同じ目的のために命を預け合うのも、悪くない。

――討った敵の旗指物を奪い、敵兵になりすまして敵軍に突入せよ。掻《か》き乱したらすぐに兵を引け。さすれば敵は同士討ちを始めるであろう。

鑑連から与えられていた最後の指図だった。

方円の陣を急に狭めたために、殺到した敵は混乱に陥っている。

隣の小原隊も成功したらしい。同士討ちをする敵に側面から痛撃を与えた。敵もこの栗林の地形までは知らない。狭い戦場での地の利はあくまで大友にあった。

やがて、北から騎馬の馬蹄が聞こえ、鬨《とき》の声が上がった。

――合志勢じゃ！　援軍が来たぞ！

方円の陣の各所で流れた虚報に、敵は浮き足だった。

実際にはなけなしの馬で構成した由布家続の小勢だが、敵は合志勢の先行騎馬隊だと誤信したはずだ。

背を見せて逃げ始めた敵に、戸次兵が襲いかかった。

†

「何じゃと？　戸次が勝ったと、申すのか……」

入田親廉は、森下釣雲からの戦勝報告に言葉を失った。

にわかには信じられなかった。

戸次勢を破った肥後勢が、余勢を駆って豊後に侵攻してくるおそれもあった。肥後と国境を接する入田荘の防衛のために、親廉は数日前、津賀牟礼城に入っていたのである。

――菊池義武に確たる叛意あり。

姻戚の阿蘇惟将からの密使により、親廉は義武の野望を最初から知っていた。

義武は兄義鑑に反旗を翻し、反大友勢力を取り込んで、肥後での独立を目論《もくろ》んでいた。赤星らとの和議交渉を進め、共通の敵である大友遠征軍を見殺しにすることで、戦後の助力を取り付けようと画策していたのである。菊池が動かぬ以上、肥後には大友の敵しかいなかったはずだ。その肥後で敵を蹴《け》散《ち》らして凱旋《がいせん》する将がいるなど、信じられなかった。

だが、目の前の釣雲は戸次軍に属し、肥後の勝ち戦からひと足先に戻ったのだ。

「敵は戸次の三倍はおったはず……。なぜ戸次は負けぬのだ？」

「寡兵ゆえに、血で血を洗う激戦でございましたが、鑑連公以下、戸次の将兵は怯まず奮戦を続け……」

釣雲は興奮冷めやらぬ様子で、誇らしげに武勇伝を語っている。親廉が無言で睨んでいると、気づいた釣雲が両手を突いた。

「何とぞご容赦を。惨憺《さんたん》たる負け戦ならいざ知らず、赫々《かくかく》たる武勲を挙げる戸次鑑連は、それがしごときが討てる玉ではございませなんだ」

親廉は敗戦の混乱に乗じて鑑連を始末するよう、釣雲に命じていた。前提が狂ったのだから、やり遂げずとも責められる謂《い》われはないと言うのであろう。

「それがしは鑑連公より、足軽頭に取り立てられましてござる」

なるほど謀殺指示の秘密を知る釣雲は、親廉を揺さぶる腹なのだろう。抜け目のない男だ。だからこそ役に立つわけだが。

「上々じゃ。されば、釣雲よ。戸次にあって、入田のために尽くせ」

今回の勝利で、戸次鑑連の勇名はさらに轟《とどろ》く。釣雲を間諜として戸次家に忍ばせる必要もあった。

「畏《かしこ》まって、ございまする」

二重に扶持《ふち》が得られるとは大出世ではないか。釣雲の得意げな顔が少し親廉の癪《しゃく》に障った。

「されど、釣雲よ。人間、図に乗ると、足を掬《すく》われる。気をつけるがよい」

親廉の警告に、釣雲は無言で両手を突いた。


四将の軍勢を撃破した戸次鑑連は、隈本城の菊池義武に使者をやって戦勝を伝えると、合志高久を南下させて牽制に残し、自らは速やかなる撤退を開始した。

その日のうちに国境を越え、豊後に凱旋した大友軍が入田荘にさしかかったときには、晩秋の日はすっかり傾いていた。

鑑連は軍勢を止めると、突然、進路を南に変えるよう指示した。

「何となされた、八幡殿？」

驚いて馬を寄せてきた安東家忠に向かって、鑑連は言ってのけた。

「ちと寄り道をして、最後にもうひと合戦やりたい。俺のわがままにつき合《お》うてくれぬか」

「合戦と申しても、ここは豊後ではござらんか」

「あの城を、囲む」

鑑連は、最後の夕照を浴びて立つ津賀牟礼城を指さした。

「時はかからぬ。姫をひとり、奪い取るだけよ」

鑑連の意を察した様子の安東家忠は笑いながら、大きくうなずいた。

「承知いたした。指図いたそう」

「家忠、いまひとつ頼みがある。馬を取り替えてくれぬか」

鑑連は敵から奪った馬に乗っていたが、半日乗ってみて、駄馬と知れた。

「迎えに参るのに、黒馬でのうては、どうもかっこうがつかぬ」

家忠の巨体を乗せる愛馬も、戸次黒と同じ漆黒の良馬であった。

馬を下りて手綱を渡しながら、家忠がいたずらっぽく笑った。

「ところで、最後を飾るこの一戦、勝ち目はあるのでござろうな？」

「この俺が、負ける戦をするとでも思うてか」

鑑連は乱暴に手綱を取ると、ひらりと黒馬にまたがった。


——姫、一大事にございます！　討ち入りにございまする！

暮れなずむ晩秋、入田荘を覆っていた静けさを、突然、無粋な鎧音と馬の嘶《いなな》きがぶち壊し始めた。侍女たちが慌てふためいている。

「落ち着きなされ。肥後では大友が勝利したと聞きます。誰が入田を攻めるのですか」

——されど、軍勢が！　あれは、真っ赤な杏葉旗。戸次にございます！

お道は城北面の露台に出て、戸次主従による大掛かりな余興の一部始終を眺めた。

津賀牟礼城はまたたく間に、赤地に金の「抱き杏葉」の軍勢によって包囲された。

整然と包囲を終えた将兵の間から、漆黒の鎧、真っ赤な陣羽織に金獅子の兜を被《かぶ》った小柄な将が堂々と現れた。

荒武者は黒馬にまたがり、手には槍でも金砕棒でもなく、漆黒の鉄扇を握っている。

「いったい、何事じゃ？」

慌てて露台へ現れた親廉の問いに、お道が笑いを含んだ声で答えた。

「大友最強の将が、この城を取り囲んでおりまする」

「何とも……あの男らしい、大仰な求婚じゃな」

「でも、実に立派ではありませぬか」

ただ一騎、荒々しく駒《こま》を進めてきた武将は、正門の前で城の露台を見上げた。

大友家が誇る若武者の雄姿に、お道は見惚《みと》れた。

ふたりの眼が合った。

――鬼の戸次鑑連じゃ！　花嫁をいただきに参った！　降伏されい！

雷鳴轟くがごとき濁声に、お道は心が奥底から震えるのを感じた。

きのこ泥棒としてお道の人生に現れた童《わらべ》は、十数年の後、いつか宣言した通り、日本一の武《も》士《のふ》となって、お道を迎えに来た。

どれだけ障害があっても、鑑連はあきらめなかった。

今、鑑連らしく力尽くで、お道を手に入れようとしている。

これほどに想《おも》われて、心に響かぬ恋が世にあるだろうか。

「あやつめ。断れば、まこと攻め込んで参るやも知れんのう」

「もう、誰も勝てますまい、あのお方には……。父上、わたしは鬼に、嫁ぎます」

「お前たちは賭けに勝ったのじゃ。完全にわしの負けよ。やむを得まいて」

お道は露台から身を乗り出すと、馬上の鑑連に向かって言葉を投げた。

「戸次鑑連さま！　お見事な力攻めにございます！」

†

木枯らしが府内を駆け抜けても、入田親廉はさして寒さを感じなかった。酔いのせいだ。ひどく手狭な戸次館で鑑連とお道が祝言を挙げた夜、親廉はほろ酔い加減で輿に揺られていた。

家人に助けられながら輿を降りると、親誠が肩を貸してくれ、寝床まで運んでくれた。

「父上が過ごされるとは、めずらしゅうございまするな」

屋敷に戻っても、お道はもういない。寂寥《せきりょう》を感じたくないためか、年甲斐《としがい》もなく飲みすぎたらしい。

「わしも老いた。されば、親誠よ。わしは今年かぎりで致仕《ちし》すると決めた。これよりは、入田荘でゆるりと鉢木をいじって暮らす。後は頼んだぞ」

鉢木は人と違い、思いどおりに育てられるはずだ。失敗したら、捨てればよい。親廉はいつか、鉢木で見事な白梅を咲かせたいのだ。

「……覚悟は、しておりました」

親誠は硬い表情で、褥《しとね》に横たわる親廉に向かって両手を突いていた。

すでに三十代半ばである。独り立ちをさせるのが遅すぎたくらいだ。

お道の輿入れが決まってから、親廉は打てる手をすぐに打った。

「事ここに至っては、わしも考えを改めるほかない。これからは戸次を使え」

戸次鑑連はとてつもない男だ。いずれ大友随一の宿将となる。かつて臼杵親連に対して感じた以上の確信、いや畏怖《いふ》をさえ、親廉は抱くに至っていた。

入田が戸次と固く結べば、戸次に滅ぼされる運命は回避できるはずだ。

お道が戸次家に入った以上、戸次が入田を滅ぼすことはありえない。お道のいる戸次を立て、利用し、入田を守っていけばよいのだ。なぜもっと早く気づかなかったのだ。なかなかに名案ではないか。

だが、凡庸《ぼんよう》な親誠が入田家を守ってゆくには、それだけでは足りぬ。いくつも手立てを講じておかねばば危うかった。

「お道の側室入りが叶《かな》わなんだ代わりに、かねてわしから願い出ておった一件、御館様よりお許しを賜った。近く正式に、入田家が五郎《ごろう》様の傅役《もりやく》を仰せつかる」

親誠が目を丸くして、愚問を発した。

「傅役とは……父上が、でございまするな？」

「阿呆《あほう》めが。わしは間もなく隠居の身ぞ。入田家の当主はお前ではないか」

大友家の嫡男で、次の国主となる五郎（後の義鎮《よししげ》、宗麟《そうりん》）の傅役となれば、次代の大友家でも入田家は力を保ちうる。他の重臣に傅役の座を渡すわけにはいかなかった。四年前の嫡男誕生以来、親廉が積み重ねてきた努力が結実したわけである。

だがそれでも、親誠の力では保身も容易ではあるまい。大友宗家に食い込む確実なくさびが欲しかった。

「もうひとつ、手を打っておく。されば、奈津《なつ》を使う」

親誠は急な腹痛でも起こしたように、ひどく落胆した表情を見せた。

「お道の代わりに、奈津を側室に差し出す、と？」

かねて親廉は使える娘を探していた。長じてから見つけるのでは手遅れだ。まだ幼いうちから養育して手塩にかけて育てねば、入田家の役には立たない。

奈津は入田荘の貧農の生まれだったが、幼少から美しくなるとわかった。いずれ親誠の側室にして、入田家を内から支えさせようと養育してきた娘だった。目論見《もくろみ》は成功し、才色兼備の奈津はどこに出しても恥ずかしくない女に成長した。

「すべては、お前が乱世を生き抜くためじゃ。辛抱せい」

親誠は泣きそうな顔で小さくうなずくと、肩を落として去って行った。

先だって引き合わせたとき、親誠も顔をほころばせて喜んでいたものだ。奈津をいたく気に入っていたらしい。

親廉は天井を見上げた。

酔いのせいか、灯明皿の火のゆらめきのせいか、板が波打っているように見える。

入田家はかつてない興隆の絶頂にある。どこにも手抜かりはないはずだった。

第四章

一戸次の母御前

……天文十一年（一五四二年）

八　鬼の眷属

「すまぬ、皆の衆。こたびの失態、すべてはわしの責めじゃ」

夏の終わりの戸次館《べっきやかた》では、当主戸次鑑連《あきつら》の前に家臣団が勢揃《せいぞろ》いしていた。お道《みち》は上段の間のきわに、鑑連と家臣団と三角形を作って座している。

「赦《ゆる》してくれい。この通りじゃ！」

詫《わ》びの言葉も、大音声《だいおんじょう》であった。

鑑連が居並ぶ家臣たちに向かって深々と頭を下げたとき、お道は覚えず吹き出した。

「何が可笑《おか》しい。うぬもわが室なら、ほれ、ともに詫びぬか」

「いやです。万事が万事、悪いのはお前様ではありませぬか。髪を梳《す》くにも歯の折れた櫛《くし》を使《つこ》うていましたが、家続《いえつぐ》さまに頼んでも、手元不如意を理由に買《こ》うてはくれませぬ。されば、かような子供だましの櫛を使うておりまする」

お道は懐から、歯が不揃いのつげ櫛を取り出した。

「これほどの大所帯なのに、侍女も雑仕女《ぞうしめ》もろくに使えず、わたしがこの館でどれだけ苦労を重ねてきたか、ここにおいでのかたがたは皆、ご承知のはず。わたしに寸毫《すんごう》でも不満がおありなら、即刻、離縁なさるがよい」

鑑連は鬼瓦《おにがわら》に神妙な表情を浮かべると、お道に向かって、改めて頭を下げ直した。

「……うぬの申すとおりであった。まこと、相済《あいす》まぬ」

家臣たちは鑑連を前にして、必死で笑いを堪《こら》えている様子であった。が、きまじめな由布《ゆふ》家続までがつい忍び笑いを漏らしてしまうと、座は遠慮会釈なしの大爆笑に包まれた。安東家忠《あんどういえただ》などは太鼓腹を抱えて笑い転げている。

「うぬら、何が可笑しい！　わしはまじめに詫びておるのじゃぞ！」

鑑連が一喝すると、座はいったん静まり返ったが、

「すまぬ。詫びておるのに、つい怒ってしもうた……」

と、鑑連が頭を掻《か》くや、ふたたび笑いの渦に包まれた。

「お前様が何万回詫びたとて、米や金が湧《わ》いて出るわけでもなし、戸次家始まって以来の危機を乗り越えられるわけでもありますまい」

戸次家に、金がないのである。

鑑連は勲功にひたすら貪欲《どんよく》で、無遠慮なまでに恩賞を求めた。身汚いと陰口を叩《たた》く同輩もいたが、当の本人は気にも留めなかった。

鑑連の強欲は「人」を欲するがゆえであった。よい家臣を召し抱えるためなら、鑑連は金に糸目を付けなかった。手柄の封土を譲って他家の家臣を得たときもある。戦場で眼《め》に止まる足軽《あしがる》でも駆武者《かりむしゃ》でもいれば、声をかけて直臣《じきしん》にした。鑑連の武名を慕ってくる浪人を気に入れば、気前よく家臣として召し抱え、あるいは客将として遇した。

といって、戸次家の我利を図っているわけでもない。たとえば自ら取り立て、将として育て

上げた小原神五郎《おばらじんごろう》は、義鑑から偏諱《へんき》まで受けて鑑元《あきもと》と名乗り、今では大友が誇る勇将として、大友軍の一翼を担っていた。

とにかく鑑連は気に入った者、志ある者がいると、誰《だれ》かれ見境なく家中へ迎え入れた。

お道が嫁いでからだけでも、足立兵部《あだちひょうぶ》、十時惟安《とときこれやす》、内田宗高《うちだむねたか》、竹迫昌種《たかばまさたね》、綿貫吉廉《わたぬきよしかど》など錚々《そうそう》たる将たちが戸次家臣団に加わった。藤北《ふじきた》、片瀬《かたせ》など戸次の分家も鑑連を慕い、次々とその傘下に入ったが、増えた所領に比して所帯があまりにも大きくなりすぎたのである。

この大所帯を維持するために、鑑連はさらなる戦功を欲したが、出陣のたびに膨大な戦費がかかる。出陣の回数も多すぎた。こと戦《いくさ》に関しては、鑑連も借金を認めているから、まさに首が回らない。ゆえに、また新たな戦に出て功を立てねばならないが、そのためにも借金をする悪循環が生じた。

そのかわり、実戦で鍛え上げられた戸次の将兵は、ますます精強となった。戦場でも常に最大の軍功を上げ続け、それが鑑連の強欲ともいえる召し抱えを可能としていた。だが、この繰り返しはあくまで、戦が続くことを前提としていた。

四年前、足利《あしかが》将軍が仲裁に入って、大友《おおとも》家は宿敵大内《おおうち》家とついに和睦《わぼく》した。さらに鑑連らが肥後《ひご》から菊池義武《きくちよしたけ》を駆逐すると、平和が訪れた。

おまけに主君大友義鑑《よしあき》が新たに軍師とした角隈石宗《つのくませきそう》の献策を容《い》れて、所領である後三カ国（豊後《ぶんご》、筑後《ちくご》、肥後）の内政に専念したため、戸次家の頼ってきた戦がなくなったのである。

ところが鑑連の癖は治らず、どうしても欲しい家臣だと言っては、召し抱え続けた。新たな恩賞も得られぬのに家臣団がさらに膨れ上がれば、財政が破綻《はたん》するのは当然であった。

ついに戸次家は、破産した。

「叔父御。何とかならんのか？」

戸次主従は決して瀟洒《しょうしゃ》ではない。酒量だけは多いが、鑑連以下、実につましい生活を送ってきた。これ以上、切り詰めるのは無理だ。

「わしはこれまで優に百回は、殿にご注意申し上げましたぞ。これ以上、家臣を増やされるなと。自業自得じゃ。とうに万策尽きてござる」

家続に突き放された鑑連は、弟の直方《なおかた》を見た。

「そうじゃ、直方。府内《ふない》の仲屋《なかや》から、急場を凌《しの》ぐ間だけ、借り入れを増やせぬか」

「去年も同じお話をされましたが、借金を返さぬ者に、商人は金を貸してはくれませぬ」

「やはりそうか……」

鑑連は太すぎる腕を組んで瞑目《めいもく》し、うんうん唸《うな》っていたが、やがて巨眼を開いた。

「家忠、何ぞよき知恵はないか？」

「……え？　俺か！　八幡《はちまん》殿、この俺に問うておられるのか？」

他人事《ひとごと》のように話を聞き流して鼻くそをほじっていた安東家忠は、冬眠中に叩き起こされた熊《くま》のように、素《す》っ頓狂《とんきょう》な声を上げた。この大男は戦と力仕事でこそ頼りになるが、およそ物を考えるたちではなく、内政にはほぼ使えない。鑑連の考え抜いた結果が、家忠に意見を求めることだとしたら、あまりに物悲しい投げやりな発想だった。

鑑連が重苦しくうなずくと、家忠が口をもごもごさせた。

「先だっても、皆でいっせいに扶持《ふち》を減らしたばかりじゃしな。いくらなんでも、これ以上は無理じゃろう……。されば、すでに誰《だれ》ぞが思いついておろうが、大黒天《だいこくてん》を探し出さぬか？　あやつの打ち出の小槌《こづち》を奪えば、話が早い。そういえば入田荘《にゅうた》に、金持ちで猫顔の、小太りの女《おんな》誑《たら》しが出入りしておるという噂《うわさ》を——」

鑑連が太い腕をさっと伸ばし、興に乗ってきた家忠をさえぎった。

「待て、家忠。猫顔で小太りであるのに、女に好かれるのか？」

「おそれながら、問題はそこにはございますまい。殿、藁《わら》にすがったところで、やはり藁はしょせん藁かと」

森下釣雲《もりしたちょううん》に機先を制された家忠が、「何じゃ、俺は藁か」と口を尖《とが》らせている。

「わしは戦なら誰にも負けぬが、金の算段が昔から苦手でな。誰ぞ、何とかしてくれい」

鑑連が放《ほう》り出すと、戦場では荒々しくふだんは賑《にぎ》やかな戸次家臣団が一様にうなだれた。もともと鑑連の武名を慕い、薄禄《はくろく》を承知で家臣となった若い男たちである。皆が謹厳な禅僧のように切り詰めた生活をしていた。

ころ合いを見て、お道が口を挟んだ。

「家忠どのの策で参りましょう」

「見んか、釣雲。さすがにお方様は、藁の心をよう心得ておられるわい」

だが胸を張ったのは家忠だけで、他の家臣は驚き顔で、お道を見ていた。

「されば、うぬらの中で、大黒様に会《お》うた者はおるか？」

鑑連のまじめな問いに皆が笑いで返すと、鬼瓦に苦悩の表情が浮かんだ。

「わたしは大黒様と知己があります。わたしにお任せあれ」

隣にある実家の入田家の蔵には、米も金もあり余っていた。

「あいや、戸次は物乞《ものご》いではない。ご隠居（入田親廉《ちかかど》）の施しは受けられぬ」

「ならば、ひとまず借りて、返しなさいまし」

「商売ならいざ知らず、友から金を借りれば、友を失うと母御《ははご》が――」

「だまらっしゃい！　いつまで正室に、このような玩具《おもちゃ》で髪を梳かせるおつもりか！」

つげ櫛を突きつけながらのお道の一喝に、鑑連は叱《しか》られた童《わらべ》のように力なくうなだれた。

†

「なるほど。入田は、戸次に吸い尽くされて枯れる運命なのやも知れんのう」

お道が頼み込むと、入田親廉は苦笑しながら、鉢木の梅に手入れ鋏《ばさみ》を入れた。

「縁起でもないことを。入田家は大友家臣随一の大身《たいしん》。蔵には、米が山のように積まれているではありませぬか。急場しのぎにお借りするだけです。戸次の家風なら、たとえ百年かかろうとも、忘れずに返し続けるでしょう。人助けは父上の道楽ではありませぬか」

故郷に隠居した親廉は鉢木のほかに、一代で築きあげた富を使って、ひとつの道楽を始めた。戦や飢饉《ききん》などで親を亡くした子どもや、貧しさゆえに親に売られた子どもを引き取って、入田に住まわせたのである。あくどい真似《まね》をしてきた罪滅ぼしだと親廉は笑うが、お道は偉大な父を誇りに思ってきた。

「貯《た》めようとせねば、蓄財などできぬ。お前たちには、わしが容易《たやす》くやってきたように見えるやも知れんが、財を成すのは簡単ではない。お前もわしのもとで贅沢《ぜいたく》に暮らして参ったゆえ何も知るまいが、金では皆が苦労しておる。そうじゃ、よい男に会わせてやろう」

親廉は思いついたように手をひとつ叩くと、現れた家臣に「先だって引っ捕らえた小男を連れて参れ」と命じた。

「何か、あったのですか？」

「金がある所には、蠅《はえ》がたかるものでな。親誠《ちかざね》がすっかりだまされて食い物にされておった。わしが気づかねば、入田家は丸裸にされておったやも知れん。わしが会うた騙《かた》り（詐欺師《さぎし》）のなかでは、随一でな」

戸次を蠅扱いする気かと、お道は頭に来たが、無心する側だ。ぐっと呑《の》み込んだ。

やがて引っ立てられてきたのは、猫顔で小太りの男だった。お道にも見覚えがあった。

「そなた、いつぞやの……」

「もしやお前も鴨《かも》にされておったのか。腕の立つ騙りゆえ、だまされたとも気づいていまいが」

小男は神妙な猫顔で、お道にぺこりと会釈してきた。

何でも、大内家の勘合船《かんごうせん》の権利を一艘《そう》ぶん買えたと、まことしやかな嘘《うそ》をつき、元手を倍にするからと微に入り細に入った大法螺《おおぼら》話を持ちかけ、親誠から一千貫文もせしめたらしい。

「偽名はいくつも使うておったが、本名は堀祥《ほりさち》と申す者よ。この辺りの出でな。戸次につく時もあれば、入田にもつく、昔から身持ちの不確かな一族であった」

「拙者の先祖は知恵が回りますゆえ、勝つ側についておっただけでございましょう」

「なぜ知恵者が、隠居爺《じじい》に見破られた？」

「ご隠居様以外に見破られた憶《おぼ》えはございませぬな。金を巡る知恵比べで、拙者が不覚を取ったのは、これが初めて。完敗でございます。現に、お道様からも大枚《たいまい》をせしめておったではありませぬか」

「お道には何を売りつけておったのだ？」

「そなた……」

お道が睨《にら》みつけると、堀祥は親廉に向かって両手を突いた。

「品については申し上げかねますが、お道様の旦那《だんな》様想《おも》い、お父君想いは格別。そこに付けいれば、物はいくらでも高く売れまする」

「この者、騙りのくせに、肝が据わっておってな。処断するにはちと惜しいと思うて、しばらく閉じ込めておったのよ」

「そなたはなぜ武士をやめて、騙りなどやり始めたのです？」

「世に、向いておらぬ仕事を続けるほどの苦痛はありますまい。命のやりとりなんぞより、金《かね》儲《もう》けのほうがずっと楽しゅうございます」

口八丁のため女にも好かれ、養ってもらっていた時期があると、堀祥は胸を張った。

「父上、結局この者をどうなさるのです？」

「何とでもできるが、やはり打ち首かのう……」

「娘をだました騙りです。さようになさいませ」

「出来心にございますれば、何とぞご勘弁を——」

「嘘おっしゃい。ずっとわたしをだましていたではありませぬか？」

「世にうまい話はありませぬ。ころりとだまされるほうにも落ち度がおありかと……」

悪びれずに腕前を自慢する詐欺師が、かえってお道には頼もしく思えた。

「堀祥とやら、取引しませぬか。わたしの言うことを聞けば、過去をすべて水に流し、そなたの身の安全を請けあいましょう」

「もし聞かねば……？」

「むろん、打ち首です」

お道の即答に、堀祥は己の猫顔を掌《てのひら》で撫《な》で回した。

†

「お方様、ご覧なされ！　皆も見よ！」

雨上がりの大野《おおの》の秋空に、大きな虹《にじ》が架かっていた。

天空に向かって勢いよく駆け上がるその虹はしかし、なぜか青空の途中で切れていた。半弧の虹は、くっきりとした姿を蒼空《そうくう》に描きながら、天頂まで昇りつめている。だがその後は、断絶が己の意志であるかのように、いかなる未練も見せず、最高点でその軌跡を終えていた。きっと消える時も潔いに違いない。

「今日は仕事もせんで、美味《うま》い酒を飲み、ついておったのう」

年甲斐《としがい》もなくはしゃいでいるのは、安東家忠であった。戦場での武勇伝は幾つも聞かされたが、お道には真っ黒になって野良仕事に精を出す家忠の姿しか思い浮かばない。

「虹は不吉じゃと思うておりました。喜んでよいのやら」

「何じゃ、釣雲。どこのどいつが不吉だなどとほざいた？　八幡殿も俺も、昔から虹が好きなんじゃ。少なくも戸次では瑞兆《ずいちょう》ぞ」

家忠が凄《すご》む。首根っこを掴《つか》まれた釣雲がおどけて、大げさな悲鳴を上げる。

「ご覧なされ。虹はやはり凶事の前兆じゃったわい」

笑い上戸のお道が吹き出すと、一同が笑った。

戸次主従はすこぶる仲が良かった。

入田家では考えられぬ慣習だが、戦のないとき、武士たちは率先して田畑に出た。むろん貧しさゆえの生業《なりわい》だが、すっかり日課となっていた。野良仕事が終わるや、たいていの者が戸次館に集まってくる。雨に降られて仕事がない日には、朝から主従で酒盛りをするときもあった。

宴が果てると、深酒をして酔眼の鑑連は、奥座敷で太い手を挙げるだけだが、お道は必ず家臣たちを屋敷の正門まで見送るのだ。

戸次家に再嫁して八年、お道はすっかり戸次家に溶け込んでいた。

「お方様。八幡殿はどこか、加減が優れんのでござるか？」

すっかりできあがっているくせに、家忠が気懸かりな様子で、お道に耳打ちしてきた。巨体を折りたたむ様子は、見ていて微笑《ほほえ》ましい。

「たしかに、今日はお酒も一升しか飲みませんでしたね」

「八幡殿は鼻風邪《はなかぜ》ひとつ引いたことがない。思い返せば、酒席での駄法螺《だぼら》も数えるほどじゃった。つくづく心配でござる。八幡殿の身に何かあれば、戸次は一巻の終わりじゃ。ついでに大友も滅ぶ。一度、薬師《くすし》に診《み》せたほうがよいのではござらんか」

「そうですね。鑑連さまは薬師を嫌いまするゆえ、今宵《こよい》、じっくりと話してみましょう」

「しかと、お頼み申す」

いつの間にか家臣たちが、そろってお道に頭を下げていた。皆、鑑連の様子が心配だったらしい。気のいい連中である。

酔っ払った家臣たちの見送りから奥座敷に戻ると、鑑連は太い腕を組んでいた。強敵でも見るように、茄子《なす》の漬け物の残り数枚を睨みつけていた。

「お前様。何ぞ、茄子に怨《うら》みでもおありなのですか?」

「憎いのう。こやつがかくも美味《うも》うなければ、酒も飲みすぎんで済むはずじゃ。残りは明日に回すとするか」

お道が鑑連のかたわらに座り、徳利を手にすると、空である。

「美春《みはる》! おりますか?」

すぐに現れた娘は、まだ十歳にもならぬが、利発な器量よしの娘で、使ってみると芯《しん》も強い。父親廉の道楽で窮境《きゅうきょう》から助けた娘を侍女としたのである。かわいそうに名さえなかったので、美春という名を、親廉が付けた。

「すぐに追加をお持ちいたします」

察した美春が立ち上がると、鑑連は太い猪首《いくび》を横に振った。

「いや、よいのじゃ、美春。今宵はもう飲まぬ」

鑑連はめっぽう酒に強い。底なしである。

家臣たちが次々に酔い潰《つぶ》れても、ひとり平然と酒をすすっている。一升を飲み干しても、まだひと戦できそうなくらいの酒量があった。

「わたしが飲みたいのです。美春、頼みます」

しばらく大きな戦は起こっていないが、鑑連はまたいつ戦に出るかわからなかった。出れば、半年も戻らない時期がざらにあった。お道はこうして夫婦ふたりで酒を酌み交わせるひとときを大切にしたかった。

「遠慮なさらず、召し上がられませ。はしたない真似ですが……」

お道が漬け物を箸《はし》で摘まみ、もうひとつの手で皿を作りながら突き出すと、鑑連はしかたなく鯨《くじら》のように大きな口を開いた。

ぼりぼり音を立てて嚙《か》んでいる。

いつまでも聞いていたいくらい、お道の大好きな音だ。

鑑連の妻となって、お道はとても幸せだった。

――ただひとつの気懸かりを除いて――だが。

口にこそ出さぬが、鑑連は心からお道を想ってくれていた。

だが、鑑連との間に、子はまだない。

最初の子を流産して以来、お道は身籠《みご》もった経験がなかった。

「お前様が何をお考えか、当ててさしあげましょうか」

「ん？　さすがに見抜いておるか。まこと、お道には敵《かな》わぬな」

「あの鈍い家忠どのさえ、薬師に診せよと騒いでいました。今度こそはまさに、戸次家始まって以来の危機にございます」

鑑連は否定せずに、重くうなずいた。

それでは足りぬのか、眼《め》を閉じて太い腕を組んで、低く唸った。

「実はな、お道。苦渋の決断じゃが……わしは酒を断とうかと、思うておる。漬け物をやめれば、酒を飲まずとも過ごせるやも知れん。違うか？」

鑑連が絞り出すように口にした相談事に、お道は可笑しくなって笑い出した。

「それで、茄子と睨めっこをしていたのですね。されど、お酒を飲まなくなったお前様なぞ、戸次鑑連ではありますまい」

大酒を飲み、豪放磊落《らいらく》に笑うのが、戸次鑑連である。その姿を見られなくなれば、戸次家臣団は萎《しお》れてしまい、最強兵団の座から転がり落ちるのではないか。

「じゃがな。わしの酒量は相当なものじゃ。わしが飲まねば――」

「事はさように小さな問題ではありますまい」

鑑連も知るまいが、実は戸次家臣団は、たいていただ酒を飲んでいた。

お道の実家、入田家はすこぶる裕福であった。誇り高い鑑連は施しを拒絶するから、ひと工夫が必要だが、ちょっとした知恵で足りた。たとえば法事に祭り、家臣たちの祝言から出産に及ぶまで、何かの祝いにかこつけては、実家から酒を幾樽《たる》も送らせるのだ。あまりにお道が頻繁に頼むので、今では定期的に入田家から酒樽が送られてくるようになった。お道が所用で津《つ》賀《が》牟《む》礼城《れじょう》に出向き、戸次主従を迎えに来させ、無礼講でさんざん飲み食いさせたりもした。

「仮に酒を断つとして、それ以外にはどうなさるおつもりですか？」

「されば今日もこうして、じっくり思案を重ねておる。何事もあきらめぬかぎり、必ず道は開ける……はずなんじゃが、おかしいのう……」

入田家からの借り入れで急場を凌《しの》ぎ、切り詰めに切り詰めたが、やはり足りなかった。考えるほどの話ではない。戦がなく、入りよりも出が常に多いためだ。

「戦で、お前様の右に出る御仁はおわしますまいが、天は二物を与えぬものです。出を少しばかり減らしても、入りを増やさぬかぎり、問題は解決いたしませぬ」

「金儲けか……どうも興味が、湧かぬのう」

鑑連は太すぎる眉根《まゆね》を寄せて、うんうん唸っている。

「どれだけ思案されたところで、名案は浮かびますまい。餅《もち》は餅屋です。これだけ所帯が大きくなれば、戸次にも、金勘定に長《た》けた者が家臣として入り用なのです」

「……叔父御にやらせてみるか。わしよりは計算高そうじゃ」

お道は呆《あき》れ顔を作って、かぶりを振った。

「家続さまは切り詰めることしかできませぬ。とうてい埒《らち》が明きますまい」

「ならば、直方にやらせてみるか」

「おやめなされませ。五十歩百歩ですから。実はお役に立てそうな人材を見つけました。必ずや戸次家の台所を潤わせてくれましょう」

「まことか？　このわしが知らぬ逸材がおるとは面妖《めんよう》じゃな。いかにしてその者を知った？」

「兄をだまして大枚をせしめていた騙りだったのですが、父が見抜きました。打ち首になるところを、猶予《ゆうよ》してやっていますから、命懸けで戸次のために尽くすでしょう」

「騙り、とな……。して、武芸のほうはどうじゃな？」

「元は侍だそうですが、からきし駄目だとか。実はさきほどから、小書院で待たせております。その者を生涯《しょうがい》、戦には出さぬ約束で召し抱えます」

鑑連は落胆の表情を隠そうとせず、太い指で徳利の首を摘《つ》まんだ。が、空である。

「わが戸次は、武をもって鳴る武人の――」

「入田家への借金、いかにして耳を揃えて返すおつもりですか？」

お道の殺し文句に、鑑連は苦い顔で沈黙した。

「戸次家の財布を預かる家臣を召し抱えます。よろしいですね？」

鑑連は巨眼を瞑《つむ》ると、一瞬だけわずかにうなずいた。

「美春、お連れせよ！」

やがて襖《ふすま》が開くと、猫顔で小太りの男が現れ、鑑連に向かって両手を突いた。

「堀祥と申す、つまらぬ男にございまする」

「当家に仕えてくれるそうじゃな。すまんが、気張ってくれい」

鑑連の消え入りそうな声に、堀祥が口ごもった。

「その件にございまするが……」

お道が矢のような視線で睨むと、堀祥が猫顔を掌で一度撫《な》でた。

「ご家中のかたがたがご宴会の最中、お方様のご命令で、帳簿など見ておりましたが、戸次家の懐《ふところ》がかくも惨憺《さんたん》たる火の車とは思いませなんだ。ずいぶんお話が違うように――」

「できぬと、言うのですか？」

「お方様が仰せの一年での立て直しは、人間には無理でございます。せめて五年は頂戴《ちょうだい》いたしませんと……」

「何じゃ、うぬはできぬと申すのか？」

鑑連は質問しただけなのだが、大きすぎる地声に、堀祥は縮み上がった。

「できぬとは申しておりませぬ。ただ、時がかかると――」

鑑連は普通に見ているだけだが、剝《む》かれた巨眼に、堀祥はぶるりと震えた。

「畏《かしこ》まりました。三年でやり遂げて見せましょう」

「話がうまくまとまりました。頼りにしていますよ、堀祥どの」

お道が満面の笑みで微笑みかけると、堀祥は薄く頰《ほお》を赤らめた。

†

何とか無事に年も明けて、府内での諸行事も終わり、ふたたび大野での日常が繰り返され始めたころである。

「こたびは義姉上《あねうえ》に、おりいってのご相談があり、まかり越しましてござる」

お道のもとへ戸次直方が来ることはまれであった。

直方は真四角になって、視線を下へ落としていた。戸次家中ではめずらしく慎重で口数の少ない将である。何かあったらしい。

「直方どの、少し瘦《や》せたのではありませぬか？」

お道が微笑みかけても、直方はうつむいたままで口を開いた。

「実は、出家をしようと思うております」

「よいのではありませぬか。近ごろは出家なさる武将も増えておりますゆえ」

戦場で人を殺《あや》めねば生きていけぬ武人は皆、心の救いを求めているものだ。鬼の鑑連とて例外ではない。夜半、時おり鑑連が唱える念仏の声で目覚める夜もあった。

直方は思い詰めた表情でかぶりを振った。

「あいや、そうではありませぬ。この際、潔く武士をやめ、仏門に入ると決め申した……」

戸次家臣団の誰かが悩み事を持って、お道を訪ねてくることは少なくなかった。家臣の数が多いだけに頻繁と言ってもよい。同輩との諍《いさか》いや、はたまた恋や家族の悩みまで打ち明けてくる。鑑連も相談に乗ってやっているが、あの巨眼で見つめられるよりも、お道のほうが話しかけやすいのだろう。

「身どもには、家忠殿ほどの武勇もない。戸次家ではさして役に立たぬと、戦に出るたび思うておりました」

ここしばらく戦はないが、いろいろ思い返しているのか。

「戦ばかりやっておったころは気づきませなんだが、どうも次の戦に出るのが怖くなったのでござる」

お道はまず、話をじっくり聞いてやることにしていた。

心ゆくまでお道に話をするだけで、悩みを己で勝手に解決して帰っていく家臣もいた。

だが今日、直方は固い決意を胸にお道のもとを訪れた様子で、この後そのまま鑑連に願い出る心づもりらしかった。

「わたしの父は戦下手で有名なお人ですが、父はつねづね『戦は戦場でするものではない』と言うておりました」

「身どもには、御隠居様のような才覚もなければ、叔父御（由布家続）のように家中をまとめる力もござらん。堀祥のように経綸《けいりん》にも明るうはありませぬ」

「わたしは戸次家に嫁いでからつくづく思い知りましたが、当主を筆頭に、戸次家はおかしな人ばかり揃っています。まるで鬼の眷属《けんぞく》です」

お道は笑いを誘おうとしたが、直方は視線を落としたままだった。

「たとえば家続さまは知恵者ですが、口うるさくて、要らぬお節介焼きで、才が走りすぎて、冷たさを感じるときがあります。家忠どのは武勇こそ家中に並ぶ者はありませんが、ぶっきらぼうな乱暴者で、心ならずも人を傷つけるときがあります。釣雲どのは、諸事そつなくこなしますが、調子に乗りすぎて浮薄なところがあります。堀祥どののおかげで戸次家の台所はひとまず落ち着きそうですが、何事にも細かすぎて、屋敷の雨漏りを直させるのに十日以上かかりました。皆、戸次家では欠くべからざる人たちですが、直方どのも同じです。家中でいちばん気配りのある人は、直方どのです。縁の下で支えてくれる直方どのがいるからこそ、家中がうまく回っているのです」

言葉を尽くしてみたつもりだが、お道は己の言葉が、まだ直方にはきちんと届いていないと気づいていた。

「だいたい兄上は、身どもを軽んじておられまする」

家中での宴の最中、鑑連が厠《かわや》へ立つとき、直方の姿を探して同行を求めるらしい。直方は元服するころまで寝小便が治らず、隣で寝ている鑑連が閉口したため、夜半、鑑連が厠へ立つときは、直方を叩き起こして必ず同行させるようになったのだという。鑑連は面倒くさがって厠まで行かず、途中で並んでその辺りに放尿するそうだが、その癖が今でも残っているとの話だった。

何と小さな話だろう。お道は懸命に笑いを堪えた。

「なるほど。されど、鑑連さまは府内から戻ると、家臣一人ひとりについて変わったことがなかったか、わたしに尋ねます。その際、まっさきに尋ねるのは誰についてだと思いますか？直方どのですよ」

「身どもを？」

「たったひとりの大切な兄弟ゆえ、まず直方どのを気に懸けているのでしょう。今は、新たな家臣の召し抱えが禁じられて落ち込んでいる真っ最中。直方どのに去られれば、どれほど悲しむか知れませぬ。出家の件、再考してやりなさいまし」

「義姉上がさように仰せなら、いましばらく考えてはみますが、おそらく結論は変わりますまい。身どもはこの春に出家いたしまする。様子を見て、兄上にうまく伝えておいてはいただけませぬか？」

「わかりました。直方どのがいなくなれば、戸次家も苦労するでしょうね。これまでうまく回っていた家の中が、ぎくしゃくし始めるでしょう」

「義姉上。……偉大すぎる兄を持つ弟の苦労は、誰にもわかりますまい」

ふだんは微笑んで別れの会釈をする直方の顔に、この日、笑みはなかった。

†

「お待ちなされませ。なぜ出奔などと、さように極端な話になるのですか？」

安東家忠はお道の三倍はあろうという身体《からだ》で貧乏揺すりを始めた。本人は気づいていないが、まるで戸次館に地震がやって来たようである。

「俺が出奔すると決まったわけではござらん。俺か、家続殿か、いずれかを八幡殿に選んでいただく所存。お方様なら、いずれを選ばれますかな？」

鑑連と同じく、家忠は敬語がうまく使えない。が、決して悪気はなく、敬意を払う気持ちは伝わってくる。

「家忠どのは戦場において欠くべからざる勇将。平時も力仕事は家忠どのが取り仕切ってくれるではありませぬか。他方、家続さまなしで領内の政《まつりごと》は回りませぬ。戦でも兵糧《ひょうろう》を一手に預かり、小荷駄《こにだ》隊を指揮してこられた方。ご両人のいずれが欠けても、戸次は立ちゆきませぬ」

「小荷駄足軽で戦う家続殿の獅子《しし》奮迅《ふんじん》の戦ぶり、見物でござるなぁ」

家忠と家続の大喧嘩《おおげんか》は、鑑連の不在中に起こった。

ふだん府内に出向くとき、鑑連は家続を伴ったが、お道の勧めで、今回は直方と出向いたのである。

きっかけは実にささいな話だった。

堀祥は仕官以来、戸次家の悲惨な財政を再建するために大なたを振るった。

溢《あふ》れている人材を適材適所に配置したのである。野良仕事ばかりでは実入りが少ない。たとえば特に剣術に優れた者は府内の道場に派遣して、その者の実入りで身内を養わせるように手配した。あるいは、刀剣の目利きに優れた者は豊後刀の行商をさせた。戸次家の扶持負担を減らすべく家臣たちをできるかぎり自立させせつつ、収入を多方面に広げ、利の出る商売まで始めたのである。

むろん堀祥のもと、戸次家では、おそらく豊後一厳格な質素倹約令が敷かれた。

たまたまその割を喰《く》らったのが家忠であった。鍛錬中に甲冑《かっちゅう》が壊れたため、家忠は新調を願い出た。通常の武家では各家臣が武具を自ら購入するが、戸次家ではあまりに薄禄であり、かつ出陣機会も多すぎるため、戸次家が武具代を負担する習わしがあった。

家忠は甲冑を相当使い込んでおり、堀祥によって新調は認められたが、問題はその「色」だった。黒なら安価なのだが、家忠は倍の値段がする朱塗りを選んだ。長年、平凡な黒を使ってきたが、それは手元不如意だったからで、次は主君の陣羽織の色に合わせて、必ず赤を買うのだと決め、年来の楽しみにしていたのだという。

堀祥が家忠の願いを認めなかったため、鑑連不在のまま稟議《りんぎ》にかけられた。議論は百出したが、筆頭家老の由布家続が黒の具足と決めたため、家忠が嚙みつき、家続の道楽の茶器を論難し始めた。茶器は戦に必要ない、朱塗りの具足が許されぬなら、今後一切、茶器の購入はしないと誓詞《せいし》を入れろと迫ったのである。

後は推して知るべしで、鑑連が戻り次第、茶器と朱塗りの具足、すなわち、筆頭家老と侍大将のいずれを選ぶかを決めてもらう、という話になったわけである。

「今ごろ鑑連さまは府内で何も知らずに、意味もなく大笑いしているのでしょうね」

「殿も、殿じゃ。堀祥なんぞという戦のわからぬ者を家臣とするから、ややこしい話になるんじゃ。戦は心意気よ。色で奮い立つもんじゃい」

「堀祥どのを推挙したわたしにも責めがありますが、たかだかかような話で、府内へ当主の御存念を伺う使者を立てるわけにもいきますまい」

「むろんでござる。使者に立つ者がどんな目に遭《あ》わされるか。誰も行かぬでしょうな」

「では、この一件、わたしに預からせてはくださいませぬか」

「そのつもりで参ったのでござる。われら家臣団ではもう、一寸も動きませぬゆえ。お方様にお任せするほかござらん」

巨漢が禿頭《とくとう》を下げたとき、ようやく戸次館の地震が収まった。

†

「なるほど。何でも言い合える仲こそが、戸次のよき家風なのですが、今はそれが裏目に出ているようですね」

養孝院《ようこういん》はいつも、上品な笑顔でお道を出迎えてくれる。

お道の輿入《こしい》れと入れ違いで、養孝院は戸次館を出た。常忠寺《じょうちゅうじ》に移り住んで、今も父祖と亡夫の菩提《ぼだい》を弔っている。館が手狭な事情もあったが、藤北にある常忠寺は、戸次家代々の菩提寺で、館から北へ半里（約二キロメートル）もいかぬ山裾《やますそ》にあったから、行き来も難しくはなかった。

実際、お道に限らず、鑑連も家臣たちも、厄介な悩み事を抱えると、「戸次の母御前《ははごぜ》」が棲《す》まうこの寺へ相談に来ているようである。

「意を尽くして説いてはみたのですが、当主があの調子ですから、家臣もひと筋縄では参りませぬ。堀祥どのも責めを感じて、暇乞《いとまご》いをしたいと言い始める始末」

安東家忠、由布家続、堀祥だけではない。戸次直方の出家宣言も解決していなかった。

「皆が、活躍できる場を作れないでしょうか。家臣団の一人ひとりが、戸次にとって大事な人間であることを承知させられるような……」

養孝院の言うとおりだ。

しばらく戦がないために、家忠には本来の活躍の場がなかった。家続も、堀祥の登場により、筆頭家老の威光が霞《かす》んでいた。縁の下の力持ちの直方は己の役割に疑問を覚えている。家臣団がぎくしゃくしていては、堀祥の改革もうまくいかない。

皆を輝かせて、いがみ合う家臣たちが力を合わせるよう仕向けるには、どうすればよいか。

「お道どの。ばらばらになった人間たちをひとつにまとめるには、危機がいちばん役に立つものです」

「養孝院さまはお優しいように見えて、怖いお人ですね」

「それは、鬼の母ですから」

養孝院が上品に笑うと、お道も微笑み返した。夫といい、姑《しゅうとめ》といい、お道は実によい家に嫁いだと思う。

「何か手ごろな危機があればよいのですが……」

養孝院がゆっくりかぶりを振る。

「いいえ、手ごろではいけませぬ。すぐに乗り越えてしまうでしょう。あの身勝手な連中に頭を抱えさせねば」

「戦でもあれば、すぐにまとまるでしょうけれど……」

「どうでしょうね。戦上手の者たちですから。いがみ合ったまま戦場へ行って、不覚を取るやも知れませせぬ」

養孝院はしばし思案していたが、顔を輝かせた。

「荒療治になりますが、名案があります。お道どのにしかできぬことです」

「実はわたしも思いつきました。養孝院さまにもお手伝いいただきたいのですが」

「それはおもしろい。では、お道どの。それぞれ紙に書いて答え合わせをいたしませぬか？」

養孝院が文机《ふづくえ》から紙と硯《すずり》を取った。

二人別々に、紙に文字を記す。

たがいに見せ合い、二人は微笑み合った。

二枚の紙にはいずれも「宗家」の二字が書いてあった。

お道が明るい声で宣言した。

「大いなる危機を作りましょう。戸次家の面々が皆、真っ青になって困るような」

†

戸次直方が急ぎ呼ばれて、屋敷の広間に顔を出すと、すでに鑑連は着座しており、主立った家臣たちがすでに顔を揃えていた。

「直方、この危機にうぬがおらんで、いったい何とする？」

「母上に呼ばれておりましたゆえ、失礼つかまつった」

直方は家忠の隣、一族で筆頭の位置に座る。

「さようか。母御《ははご》も心配しておられるか……」

鑑連は太い腕を膝《ひざ》の上に載せて、座をゆっくりと見渡した。

「皆の衆、これは戦ではない。されば、わしに名案はないぞ。わしに頼るな」

「もとより承知よ。されば、家臣で何とかせねばならんのじゃ。今回ばかりは弱った。が、職掌よりすれば、当然、筆頭家老が責めを負うべきでござろうな」

安東家忠は由布家続に目を合わせず、他の家臣らに向かって問いかけている。

「戸次家最大の危機の到来なれば、家臣団の皆で力を合わせねばならぬときに、責任を押しつけ合うとは情けない限り」

家続が返すが、家忠も黙っていない。

「めずらしい茶器でも並べて御館様《おやかた》にお見せすれば、存外、喜ばれるやも知れぬぞ」

「いや、御館様は武技を好まれるお方。無骨な剣舞なぞのほうがかえって気が利いておろう」

主君大友義鑑が入田親廉に招かれた後、大野の戸次館を訪問するとの通告が、突然もたらされたのである。戸次が大身であった昔はいざ知らず、主君のお成りは、鑑連が戸次家を嗣《つ》いで以来、むろん初めての慶事であった。

誇りとしてよいはずだが、やり方がわからない。戸次館は狭いうえに、歓待するに足る資金の持ち合わせがなかった。

「そもそも、なにゆえ急にこんな話になったんじゃ？　誰ぞ、知らんか？」

家忠が嘆くと、家続がたしなめた。

「今は理由の詮索《せんさく》よりも、乗り切ることこそが肝要じゃ」

鑑連が怪訝《けげん》そうな顔で、順繰りに二人の顔を見た。

「何か剣呑《けんのん》じゃのう。家忠に叔父御、わしがおらんうちに、何ぞあったのか？　このややこしい一件、わしは御館と飲み食いするくらいしかできん。後は二人の仕切りに任せるしかないのじゃぞ」

家忠と家続はちらりと目を合わせたが、すぐに逸《そ》らせた。

「兄上。こたびの一件、当家の名誉に関《かか》わる話なれば、義姉上にもお知恵を賜《たまわ》りながら、戸次家あげて成功させよと、母上より仰せつかってござる」

「戸次の母御前の仰せじゃぞ。皆も従ってくれい。入田はこういう儀礼に慣れておる。お道も頼りになるはずじゃ」

直方に応じた鑑連の言葉の終わらぬうち、お道が広間に姿を見せた。

「御館様は入田の後、当家においでになりますが、入田と戸次では、家風がまるで違いまする。されば、戸次には戸次のおもてなしのやり方があるはず。何よりも大事なのは真心です。かたがた、どうすれば、心を込められるか、皆でじっくりと考え、十分に準備をして、必ず成功させましょう。入田には、負けられませぬ」

「お道の申すとおりじゃ。されば、わしはすべて、うぬらの指図に従う。万事、頼み入る」

鑑連が居並ぶ家臣たちに向かって、大きな頭を下げた。

†

常忠寺のコブシが白い蕾《つぼみ》をつけている。

女たちの謀議は、これで何度めになるだろうか。

「家忠どのも家続さまも、最初こそ睨み合っておいででしたが、とにかく時がありませぬ。今ではすっかり喧嘩なぞ忘れて、助け合いながら忙しく立ち回っておりまする。養孝院さまが二人に厳しくお指図くださったおかげです」

お道が報告すると、養孝院は袖元《そでもと》で口を押さえながら笑った。

家忠も家続も、お道より年長だが、養孝院の婿と義弟に当たる。戸次の母御前は、鑑連でさえ頭の上がらぬ女傑だから、その言葉には二人も唯々諾々《いいだくだく》と従わざるを得なかった。

「ほほほ。それはよい。堀祥どのはどうなのです？」

「父（親廉）に無心して、こっそり堀祥どのに入田から百貫文ほど渡しておきました。それでめずらしく気前よう振る舞うものですから、ふだんは吝嗇《りんしょく》なのにやるときにはやる男だと、大評判になりました。男たちは単純です」

「ほんに戸次は、入田に感謝せねばなりませんね。いつかきちんとご恩返しができればよいのですが。それで、出し物は結局、御嶽神楽《おんだけかぐら》に？」

「はい。直方どのの提案で。近年は家忠どのが荒神《こうじん》の役をしていますし、急がねばなりませんから、余人をもって替えられませぬ。他方、もろもろの段取りは家続さまでのうてはできぬこと。皆、稽古《けいこ》から力を合わせてやっております」

国主の饗応《きょうおう》に失敗すれば、戸次家全体の体面に傷がつく。鑑連はあまり気にしていない様子だが、家臣団としては一致団結して成功させるしかなかった。団結を乱す者が現れれば、家続のひと睨みと、家忠の一喝に縮み上がる仕儀となる。勝手気ままな鬼の眷属たちも、ようやくまとまり始めた。

「午餐《ごさん》のほうは？」

「やはり直方どのの提案で、きのこ鍋《なべ》に。全員で繰り出して春きのこを採りに出かけました。直方どのは食べられるきのこを見分けられますから、皆に頼りにされていました」

直方は昔から鑑連と山できのこを採ってきたが、今では家中で一番詳しい。

養孝院が不安げな顔で首を傾《かし》げた。

「実はきのこ採りのおり、直方がここへ来て、今回の饗応が終わったら、出家すると言うておりました。決意は相当固いようでしたが……」

「不躾《ぶしつけ》ながら、直方どのはやはり、鑑連さまと血を分けていないのに弟として扱われることが、かえって気が重いのでしょう」

「……誰から、それを？」

「酔っ払った家忠どのが、うっかり口を滑らせたのです。わたしは驚きましたが、鑑連さまはもしかしたら気づいていたのかも知れません」

「幼いころから仲の良い兄弟なのですが……。直方が心得違いをせぬように、真《まこと》を告げる要があったのです」

「直方どのの件は、お任せくださいませ。ずいぶん思案したのですが、実は、府内の兄（親誠）に骨を折らせて、御館様にちょっとした根回しをしております。うまくいけば、直方どのの出家など、夢のまた夢となりましょう。堀祥どのに言いつけてありますが、当日もひと芝居打つ段取りです。ちょっと尾籠《びろう》なお話で、鑑連さまにはお気の毒ですけれど……」

お道が陰謀を明かすと、養孝院は笑い出した。

「さすがはお道どのです。万事、わたしたちの思惑どおりに運びそうですね」

戸次家が誇る二人の女傑は声を揃えて笑い出した。

†

「兄上、お加減はいかがでござる？」

戸次直方は厠の向こうにいる鑑連に向かって、懸命に呼びかけた。

「すまぬ、直方。堀祥がくれた旨《うま》そうなまんじゅうに当たってしもうたらしい。しばらく出られそうにない。うぬが御館の相手をしておいてくれい」

主君大友義鑑の饗応は、今のところ大成功だった。

筆頭家老の由布家続が、義鑑を大野の戸次領へ案内すると、笑顔の民が大歓声で豊後国主を出迎えた。義鑑は戸次家の善政を肌で感じたに違いない。その後は、皆で稽古を重ねた御嶽神楽を披露して、五穀豊穣《ごこくほうじょう》を祈念した。巨漢の安東家忠が荒神の役で登場して舞うと、祭りも最高に盛り上がり、義鑑も惜しみのない賛辞を送った。直方は始終、裏方に徹して、進行の無事を確認した。

鑑連も、機嫌よく台本どおりに戸次家当主としての役柄をこなした。ところが、これからいよいよ午餐と宴というときに、腹を壊して厠に閉じこもってしまったのである。何やら小腹が空《す》いたときにつまみ食いしたまんじゅうが痛んでいたらしい。

「殿のご様子は?」

心配そうな顔で迎えに来たのは、叔父の由布家続である。

「とうぶん、厠を動けぬそうでござる」

「かくなるうえは、一族の代表として、直方殿が代わりを務めるほかござるまい」

——すまん、直方。うぬしかおらん。

厠の中から、苦しそうな怒鳴り声が聞こえた。

直方は一度、深呼吸をしかけたが、厠から臭気がしたので、場所を変えた。

「承知いたした。兄上の代わりを務め申す」

――頼んだぞ！　宴が終わるまでには参るゆえ！

直方が家続とともに広間へ戻ると、すでに上座には主君大友義鑑が座していた。

戦場にある時のように胸が高鳴った。

だが、義鑑は養孝院と談笑し、お道に酒を注がれて相好を崩していた。鑑連がいるべき座が空いている。直方はそこへ向かう。

途中、腰を落としてにじり寄り、両手を突いた。

「戸次鑑連が弟、直方にございまする。遅参いたし、面目ございませぬ。兄が不慮の急病にて、腹痛を訴えておりますれば、この直方が兄に代わり、宴を取り仕切りまする」

義鑑は直方に視線を移し、しげしげと見た。

「そちが、戸次直方か……。近《ちこ》う」

直方がさらに膝行《しっこう》すると、義鑑は「もっと近う」と招き寄せた。

「鬼からよう聞いておるぞ。そちこそが無敵の戸次勢の要じゃとな。鑑連が常に先陣で戦えるのは、鑑連に万一のとき、信頼できる弟が軍勢を指揮できるからじゃ。たとえ鑑連死すとも、直方ある限り、戸次の強さは変わらぬとまで申しておった」

鑑連はそれほどまでに直方を評価しているのか。たとえ身内についてであっても、鑑連は口先だけの評を並べる人間ではない。

「鑑連は戦にしか使えぬが、直方は何でもこなす。こたびの饗応も、裏方はすべてそちが仕切ったと養孝院殿から聞いた。鑑連はよき弟を持ったものよ」

義鑑は始終、視線を移さず、直方を直視したままである。

「兄弟の顔で似ている所を探そうと思うたが、どうも似ておらんのう」

「なにぶん兄は、鬼の子でございまするゆえ」

笑いを誘ってかわしはしたが、鑑連は血の繋《つな》がった兄弟ではない。だがそれでも、直方のたったひとりの兄だった。

「鑑連は仮病以外の病にはかからぬ男じゃ。今は何処《どこ》で何をしておる?」

「おそれながら、この場にては、いささか――」

「気遣い無用じゃ。申せ」

「はっ。兄は何やら、つまみ食いをしたまんじゅうに当たったらしく、ひどく腹を壊し、先ほど来、厠に籠城しておりまする」

義鑑が大笑した。

「鬼でも、腹下りには勝てぬか」

笑い終えると、義鑑が真顔に戻って、直方を見た。

「じゃが、ひとつ面妖なことがある。戸次家では国主を歓待するに、きのこ鍋と酒のみとは、いかなる趣向か?」

座がしんと静まり返った。

賓客をもてなすには、いかに少なくとも十種類以上の食を用意するのが常識だった。が、金も技もない戸次家で、気の利いた料理を出せるはずもない。そこで戸次家では、もてなし料理として、あえて粗餐《そさん》を選んだのだった。

「御館様は入田家にあって、連日に渡り、贅《ぜい》を尽くした山海の珍味を食されたはず。さればそろそろ、あっさりとした粗餐を望まれるのではと推察いたしました。また、四季折々のきのこ鍋は当家自慢の料理にて、家臣団も競って食しまする。大野の地に、これ以上の美食はございませぬ。酒の肴《さかな》には、上から下まで心をひとつにし、和気藹々《わきあいあい》と談笑する戸次家臣団の笑顔をお楽しみくだされればと、われら戸次家一同、無い知恵を振り絞り、本日の献立を思案いたしました次第」

直方が平伏すると、座の家臣が皆、これに倣《なら》った。

「なるほど。入田の豪勢な食事に食傷気味であった余にとって、素朴なきのこ鍋は、最高の美味と言える。民の笑顔に癒《い》やされ、祭りを楽しみ、こうして皆と親しく語り合えた。大友の忠臣、戸次家主従による魂のこもった歓待、この義鑑、心に染みたわ。戸次ある限り、大友は滅びぬ。これからも、おおいに頼りにしておるぞ」

家臣団がいっせいに畏《かしこ》まった。涙もろい家忠などはすすり上げている。

義鑑は居住まいを正すと、直方を見た。

「急きょ鑑連に代わって、戸次家当主の名代を務めし直方の手際には、いたく感心した。戦場にあっても、かくあるはず。大友家臣として戸次の副将、戸次直方があるは、わが誇りである。されば直方、そちに褒美を取らせる」

手招きされた直方は、主君のすぐそばまでにじり寄った。義鑑が親しげに、直方の肩に手を置いた。

「わが一字を与える。以後、戸次鑑方《あきかた》を名乗るがよい」

†

常忠寺のコブシが白い花をつけて香っている。

「母上と義姉上が、御館様のすぐそばで談笑なさる姿を見て、勇気をいただきました。ありがとう存じまする」

戸次直方改め鑑方は、養孝院に向かって両手を突いた。野良仕事の小昼休みに足を伸ばして、母のご機嫌伺いに訪れたのである。

「して、鑑方どの。いつ、出家をするのです?」

「母上もお人が悪うございまするな。御館様から偏諱《へんき》を賜った上は、出家などできるはずがありますまい」

「鑑連は幸せ者です。よき弟に補佐され、よき家臣団を持ちました」

「よき妻にも、恵まれておいでてござる。義姉上は兄上の大切な嫁御《よめご》にして、戸次の宝じゃ。こたびも世話になり申した」

「鑑連にはもったいない室じゃと、鑑連も言うていますし、わたしもそう思います」

「何やら義姉上に仕組まれておったような気がしてなりませぬ」

義鑑の来訪までは、戸次家は家臣どうしの軋轢《あつれき》と不和で悲鳴を上げていた。鑑方も嫌気が差して大野を去ろうと考えていた。だが、今では以前よりずっとうまく行っている気がした。

「男はいつも、女に乗せられるものです」

養孝院につられて、鑑方も微笑んだ。

「実は母上、ひとつ気懸かりがござる。こたびの饗応のおかげで、家臣の皆と深く付き合いましたが、義姉上が堀祥と――」

養孝院は話をさえぎるように深くうなずいた。

「そのことはわたしも気になっています。戸次の災いの元とならねばよいのですが」

「堀祥は知恵の回る男ゆえ、ひと筋縄ではいきませぬ。府内でも堀祥の動きを探らせておりまするが、尻尾《しっぽ》を出しませぬ」

「いずれ戦があるでしょうが、あの者は戦には出ませぬゆえ、出陣中はわたしが目を光らせておきましょう。堀祥はともかく、お道どのを傷つけてはなりませぬぞ」

「むろんでござる」

「この件とも関わりがありますが、鑑連はお前と血の繋がりがないことを知っていたそうです」

鑑連は実の弟でないと知りながら、弟同然に鑑方を可愛《かわい》がってくれる。たとえ血が繋がらずとも、鑑連にとっても、鑑方はただひとりの弟なのだ。

「日本一《ひのもといち》の兄上を持ち、身どもは幸せでござる」

仕事に戻る合図の法螺《ほら》貝《がい》の音がすると、鑑方は立ち上がった。


野良仕事の後、この日も戸次館で、にぎやかな宴が催された。義鑑の饗応のために、お道が入田家から大量に運ばせた酒樽が飲みきれずに残っていたためである。例によって家忠が言い出し、鑑方が裏方を取り仕切った。

宴もたけなわのころ、鑑連がふらりと立ち上がった。誰かを探している。

「直方、厠へ行かんか？」

またか。鑑方は内心、閉口したが、ちょうど尿意を催してもいた。

「兄上、今は、鑑方でござる」

「おお、そうじゃったのう」

森下釣雲が、立ち上がろうとする鑑方の耳もとでささやいた。

「鑑方殿がうらやましゅうござる。それがしも、一度は殿と並んで小便をしてみたいもの」

はたと気づいた。なるほど、連れ小便は弟の鑑方だけに許された特権だ。鑑連に憧《あこが》れる家臣からすれば、垂涎《すいぜん》ものの境涯なのだ。

血の繋がらぬ兄が、なぜ鑑方を実弟のごとく扱ってくれるのかはわからない。だが、鑑方は戸次鑑連の弟であることを誇りに思っている。

だが、連れ小便の特権はそろそろ他の家臣たちに、開放してもいいだろう。

「今後は、順繰りに家臣と小便をするよう、兄上に進言しておこう」

「しかと頼み入りまするぞ」

笑う釣雲に手で合図すると、鑑方は厠へ向かっている鑑連の後に続いた。

九　負くべき戦

天文十二年（一五四三年）四月、異国出雲《いずも》は京羅木山《きょうらぎさん》の東麓《とうろく》に敷かれた大内軍の本陣で、ひとりの若武者が巨大な山城、月山富田城《がっさんとだじょう》を見上げていた。

「何もかも期待外れであったのう。戸次鑑連など評判倒れの男。口ほどにもなかったわい」

由布源兵衛惟信《ゆふげんべえこれのぶ》は、豊後速見《はやみ》郡の由布山城《ゆふさんじょう》を本拠とする若き小領主である。動員兵力はせいぜい数十名だが、小なりとはいえ、主君大友義鑑の直臣であった。

源兵衛は数え十七歳、上背があり頑健で筋骨に恵まれた体軀《たいく》をぞんぶんに生かして、武芸には相当の自信があった。が、しばらく大友家では戦がなかったために、出番がなかった。

源兵衛の嘆きに、かたわらに立つ傅役の石松万之助《いしまつまんのすけ》が大きくうなずいた。

「まったくもってその通り。満を持して若殿の初陣《ういじん》じゃというに、あのような見かけ倒しの凡将とお引き合わせしてしもうたとは、この万之助、一生の不覚でござる」

「あれが大友最強の将とは……。大内家全諸将の臍《へそ》がいっせいに茶を沸かしておるであろうな。豊後侍として恥ずかしゅうてならぬわ」

「いかにも。戸次兵は常に先陣に立ち、鑑連公がじきじきに采配を振る家風と評判でござったが、聞くと見るとでは大違い。中国の覇者を決する大勝負も間近じゃというに、本陣から遠く離れ、最後尾で小荷駄を守っておられるとは……。豊後侍が聞けば、軒並みひっくり返りましょうぞ」

中国の雄大内家は、東の宿敵尼子《あまご》家を討つべく東進するにあたり、同盟を結んだ大友家にも援軍を要請してきた。

大友義鑑はまず、筑後《ちくご》の麦生鑑綱《むにゅうあきつな》を派兵した。だが、大内軍が苦戦して出雲遠征が長引くと、再度の援軍要請に応じ、ついに戸次鑑連を投入したのである。

鑑連出陣の報を聞きつけた万之助は、由布家の若武者が世に出るなら今とばかり、ただちに出陣の支度を始めた。由布家の先代から親交のあった義鑑の直臣小野鑑幸《おのあきゆき》を通じて、出陣と陣借りの了を得るや、戸次の遠征軍に合流した。喜び勇んで、はるばる出雲の山間《やまあい》まで兵を進めてきたのだが……。

「しょせん鑑連公は井の中の蛙《かわず》。大内の名将たちに怖れをなしておるのであろうな」

「鑑連公は正室に首ったけ。評判のおしどり夫婦にて、あの鬼瓦も室にはまったく頭が上がらぬとか。ここしばらく戦がなく、その間に正室が、鑑連公をすっかり骨抜きにしたに相違ありませぬ」

戸次家は零落する前、由布の地を領していた時代があった。源兵衛は父祖が戸次家に仕えていたために、鑑連に強い縁を感じてもいた。会ってみると、常勝無敗と謳《うた》われる大友の宿将は、噂どおりの鬼瓦で、割れ鐘のごとき大音声に、源兵衛は全身が痺《しび》れたものだ。

近くの大内軍の陣で、何やら哄笑《こうしょう》が上がった。

「口先ばかりの張りぼての鬼を、大内の連中が物笑いの種にしておるわ」

大内軍の軍議にあって、戸次鑑連は太い腕を組み、口をへの字に曲げたまま、ひと言も発せず眼を閉じているだけだという。昨秋の赤穴城《あかなじよう》攻めでは、矢も届かぬ遠くに陣を敷いて、のんびり観戦していただけで、何の手柄も立てなかった。

たしかに鑑連以下、見事に統率され、戸次勢の整然とした行軍には目を見張るものがあった。だが、物見遊山にでも来たのかと勘違いするほどに、戸次主従は、戦と縁遠い場所にばかり布陣してきた。そのせいで戸次隊に属していた由布隊は、ただ指をくわえて戦を眺めているしかなかった。

たまりかねた源兵衛が直訴すると、鑑連は「まだわれらの出番ではない」と、意味もなく大笑するだけで、まるで取り合わなかった。

「三十路《みそじ》を過ぎて、戸次鑑連は早くも老いた。早々に隠居するがよいわ。この戦で大手柄を挙げ、俺が取って代わってやる」

「若殿、その意気にございまするぞ。老いたと申さば、安芸《あき》の毛利《もうり》元就《もとなり》殿も、意気地《いくじ》のない御仁でございましたな」

三年前の郡山《こおりやま》合戦で、元就は山陰《さんいん》の英雄、尼子経久《つねひさ》を撃破し、寡兵で所領を守り抜いた。だが今回は、総攻撃が時期尚早だと繰り返し訴えた。軍議でも、月山富田城と指呼《しこ》の間にある京羅木山への布陣に強く反対し、持久戦を主張した。鑑連がただひとり、元就の献策に賛意を示したらしいが、鑑連の軍議での発言は後にも先にもそれだけだったという。

「功成り名を遂げると、失敗したときに失う物が多くなる。人は誰しも守りに入るのやも知れぬな。鑑連公は敗北を怖れ、命を惜しんでおるのじゃ」

「若はさような将になられてはなりませんぞ」

「当たり前じゃ」

鑑連と元就は何やら通じるものがあるらしく、たがいの陣を行き来し、出雲から撤退する算段について密談しているとも噂されていた。

最終的に軍議が総攻撃と決すると、大内家臣である元就は、主命に従って京羅木山に陣を移した。他方、鑑連はといえば、情けないことに鼻風邪をこじらせたとの理由で遅れ、中海《なかうみ》にほど近い揖屋《いや》で兵を止めて、文字通り寝込んだ。

この今も、本陣から一里（約四キロメートル）あまり北に離れた大内軍の最後尾にいる。

あまりの不甲斐なさに、源兵衛は別行動を鑑連に願い出た。鑑連は止めてきたが、源兵衛は諫止《かんし》を振り切って最前線に布陣していた。

「鑑連公だけではない。戸次第一の勇将と名高い安東家忠が、あの体たらくではのう。戸次も先が知れたわ」

「この万之助、まったくもって一生の――」

「いや、そうでもないぞ。物は考えようだ。尼子攻めで大手柄を立てれば、由布源兵衛惟信が大友の将として世に知られよう。あの戸次鑑連さえ、怖れて近づけなんだ戦場なのだからな。俺は戸次の虚名を足掛かりにして世に出るわけよ」

二人が顔を見合わせて笑い出したとき、突如、出雲の山間に幾頭もの馬の嘶《いなな》きが聞こえ、辺りが騒然とし始めた。

源兵衛が左翼を見やると、軍勢が動き出している。

「変だな。なぜ動く？　総掛かりはまだであろうが……」

――申し上げます！　吉川興経《きっかわおきつね》の寝返りにございまする！

周囲の大内軍の陣を見回した源兵衛は、己の顔から血の気が引いていく様子がわかった。

違う。吉川だけではない……。

隣では、万之助が今度こそ一生の不覚でも取ったように、全身で震えている。

「三刀屋《みとや》に山内《やまのうち》、三沢《みさわ》……」

味方であるはずの軍勢が次々と大内の本陣を離れ、月山富田城へ入城していく。受入れ側の城からは尼子軍の大歓声が上がった。

「万之助。この戦、大負けじゃ……」

一瞬にして、形勢は大逆転した。

「これほど敵地の奥深くまで攻め入って……どうやって、ここから退くのでござる？」

「生きて戻れる気がせぬわ。退路は二つじゃな」

大内軍は出雲尼子家の本拠地まで進軍していた。周りは敵だらけで、すぐにも糧道を断たれよう。とにかく大内領である石見《いわみ》を目指して撤退するしかなかった。

南東にある月山富田城からは、全軍で猛追撃が始まるであろう。

地の利は、圧倒的に尼子方にあった。

往路は、西の星上山《ほしかみやま》と北の揖屋から進軍してきた。

星上山の峠を越え、山中の隘路《あいろ》を撤退するのは至難を極めるはずだ。他方、谷間を抜けて揖屋へ出れば、海路も使える。

「されど、もし敵が揖屋《いや》を押さえれば、万事休す——」

言いかけて途中、万之助は言葉を切り、源兵衛と顔を見合わせた。

「鑑連公はこの日の来るを予期し、大内軍の負け戦を見越して、わざと進軍を遅らせていたというのか……」

間違いない。戸次鑑連は大内軍の撤退路を確保すべく、あえて揖屋にとどまったのだ。

†

揖屋の岸に向かって静かに寄せる波の音が心地よい。中海から吹く穏やかな風は、ほのかに潮の香りを帯びて、異郷の兵士たちの無聊《ぶりょう》を慰めている。しかし戦火を恐れてであろう、岸辺には、打ち捨てられた壊れ漁船が漂っているだけだった。

安東家忠は自慢の怪腕で、晴れ渡った出雲の空に向かって、容赦《ようしゃ》なく相手を放り投げた。

地に落ちた森下釣雲が呻《うめ》きながら半身を起こしたとき、背後で濁声《だみごえ》がした。

「やはり誰も家忠には歯が立たんか。どれ、次はわしが相手じゃ」

振り返ると、主の戸次鑑連がすでに鎧《よろい》を外し始めていた。

戸次の将兵が歓声《かんせい》を上げ、いっせいに囃《はや》し立てる。

「どっちを応援しとるんじゃ？　主じゃからとて、贔屓《ひいき》いたすな」

人気者の主であった。

「長らく仮病で臥《ふ》せっておったせいで、身体が鈍《なま》ってしもうたわい」

ふんどし一丁になった鑑連が、猪首をゆっくり左右に傾《かし》げると、骨が小気味よい音を立てた。

鑑連は家忠よりふた回り以上も小柄だが、全身は筋肉の鎧で覆われているようだ。

相撲も滅法強い。骨が太く、贅肉《ぜいにく》が絶無で筋肉が重いせいか、体重も軽くはないから、二人の過去の戦績はおおよそ五分であった。

「されど、八幡殿の見立てでは、そろそろ月山富田城で動きがあるのではござらんか？」

長陣の憂さ晴らしもあるが、戸次家に限らず、士気高揚のためにも相撲は推奨《すいしょう》されている。主自らが本気で参戦してくる武家は少なかろうが。

「この一番で、うぬを捻《ひね》るくらいの時間はある。ひさしぶりに参るぞ、家忠」

巨眼をらんと輝かせる鑑連には、相撲以外の武芸ではもう、何も勝てなくなった。だが、相撲は身体の大きさが物を言う。主だからと、負けるつもりはなかった。

行司役の由布家続が軍配を上げるや、いきなり強烈な張り手が襲ってきた。

構わず前に出て、あえて衝撃《しょうげき》を喰らう。その代わりに、鑑連のふんどしを掴もうとする。が、手を弾《はじ》かれた。

いったん、身を引いた。

巨漢の家忠にふんどしを掴まれれば、いかに鑑連でも、吊《つ》り上げられて終わりだ。ゆえに鑑連は四つに組まず、必ず距離を取った。

「して、家忠。由布源兵衛は、見所がありそうか？」

大内軍が京羅木山へ本陣を移す前に、鑑連が周りの陣にも声をかけ、相撲で大がかりな力比べをやったものだが、それで最後まで勝ち上がってきた若者であった。

家忠が本気を出しては、勝負が見えて相撲がつまらぬ。ゆえに利き腕を使ってはならぬと言われ、それを守ったために、家忠はあえなく源兵衛に敗れた。

「たしかにあの者は、左手一本では倒せませなんだな。負けたのは八幡殿のせいじゃ」

答えながら、家忠は鑑連のふんどしを摑もうと手を伸ばす。が、かわされた。

すばしこい鑑連の張り手が連続で決まる。唇を切った。

家忠は業を煮やして、怒号を上げた。相撲では主従の弁《わきま》えもない。本気でかからねば勝てぬし、主だからと手を抜けば、鑑連が怒る。

「源兵衛は、まだまだ身体も戦も、鍛えがいがあるというわけか」

鑑連が猛然と踏み込んできた。

家忠は右手で容赦なく張り手をかます。が、消えた。下か。鑑連が身体を沈めている。右腕を両腕で摑まれた。まずい。体重を後ろへ移そうとした。が、遅い。前にのめる。

嘘のように、家忠の巨体が宙に浮いた。

とっさに両足を鑑連の身体に巻き付けた。みっともないが、仕方ない。

鑑連が雄叫《おたけ》びを上げる。それでも家忠は小柄なゴツゴツした身体に必死でしがみついた。

そのまま、どうと二人で倒れた。

——勝負あり！

皆がいっせいに行司役の由布家続を見ていた。

砂まみれになった鑑連と家忠も同様だ。

「……相済みませぬ。いずれの勝利か、見逃し申した」

落胆で観衆がざわめくなか、鑑連がすっくと立ち上がった。

「今の勝負はわしの負けじゃ。家忠の身体の重みに堪えきれず、先に膝を突いた」

いや、本当だろうか。家忠は手を突かず、浜砂に顔を突っ込んだが、鑑連もぎりぎりまで堪えたはずだ。

「さすがは安東家忠。戸次家随一の勇将よ」

鑑連が差し出してきた手を握ったとき、家忠は気づいた。鑑連は、源兵衛に勝ちを譲らせた埋め合わせをしたわけだ。心憎い主だ。

「戸次にも、うぬと互角に戦える将を欲しいと思っておったところじゃ。家忠よ、由布源兵衛を鍛え上げてはくれぬか」

「心得申した。まずはあの若造の鼻っ柱を叩き折り、わが戸次家臣団で誰が一番強いのかを教えてやらねばなりませんな」

「されど、あの者は由布の小領主にして、大友宗家の直臣にございまするぞ」

鑑方の言葉に、鑑連は太い腕を組んだ。

由布の地は昔、戸次家の飛び地所領であったが、数代前に召し上げられた。

由布一族のうち本家は、戸次家に従って大野へ移り住んだ。が、戸次家が扶持をまかなえぬために、そのまま居残った分家の一族もいた。源兵衛の由布家もそれである。当然ながら、主君の直臣を勝手に所領ごと戸次家臣団に組み込むわけにはいかない。源兵衛とて、城と家臣を捨ててまで、戸次家臣になりはすまい。

「わしに従わぬなら、由布山城を攻め落としてやるか」

「なるほどその手がござったな」

「その前に、この戦で源兵衛を救うてやらねばならぬ。血気に逸《はや》るは若気の至りよ。あの者なら、月山富田城の直下にでも布陣しておろうな」

「お待ちくだされ、ご両人。そもそもこれ以上は家臣を増やしてはならぬと、堀祥殿の厳命がくだっておるではござらんか」

あごひげをいじりながらの由布家続の言葉に、二人が顔を見合わせた。

「八幡殿。惜しいが、あきらめたほうがよさそうじゃ」

「堀祥も融通がきかぬ男じゃからのう。おまけにお道と組んで、うまく立ち回りおる。源兵衛は欲しいが、なかなかに難しそうじゃ。戸次の当主はこのわしなんじゃがな……」

鑑連がしょぼくれた様子で鎧を着けている。

「おや、知りませなんだな。養孝院様か、お方様が主じゃとばかり思うておりましたぞ」

家忠がおどけ、家臣一同が大笑いしたとき、耳あたりのよい蹄音《ていおん》がして、谷間から騎馬武者が現れた。大内家の唐花菱《からはなびし》の旗指物を翻している。

――戸次殿！　一大事でござる！

鑑連は鎧を着け終えると、皆をやおら振り返った。

「もうじき戸次の出番じゃな。皆の者！　まもなく大内軍が命からがら、この地へ逃げてくるであろう。これより撤退戦を開始する。生きて還《かえ》るぞ！　戦のやり方、敗軍の将たちに教えてやれい！」

鑑連がかたくなに仮病で押し通したせいもあって、戸次勢は今回の戦でまったく消耗していない。むしろ英気を温存してきた。

家忠などは、戦がやりたくて身体がうずくくらいだ。

「戸次兵の強さ、見せてくれようぞ！」

家忠が気勢を上げると、戸次の将兵が天に向かって、いっせいに右手を突き上げた。

†

由布源兵衛は、惨憺《さんたん》たる敗軍のただなかにいた。

それは、あまりに一方的な殺戮《さつりく》だった。

進退窮《きわ》まり、敗北確実と悟った大内軍が総退却を開始するや、尼子軍は全兵力で城から討って出た。

大内軍は戦意を完全に喪失していた。将は兵を置き去りにして馬を駆った。上から下まで、恥も外聞も捨てて、われ先にと逃げ出し、あるいは降伏した。

皆、武器を打ち捨て、戦おうともせず、味方を踏みつけて逃げた。逃げ遅れた味方は、たちまち見捨てられ、敵に取り囲まれた。

源兵衛は家臣らとともに、自慢の槍《やり》で応戦した。だが、衆寡《しゅうか》敵せず、身体じゅうを負傷した。

由布隊は、乱軍のなかでちりぢりになって、隣には負傷した万之助しか残っていなかった。

「若、この谷筋さえ抜ければ、もうすぐ揖屋でござる」

背後でいっせいに弓の音がした。

源兵衛は右手の槍を振り回して、必死で矢を払いのけた。

すぐそばで、鈍い呻き声がした。万之助の首を一本の矢が貫いている。

源兵衛は万之助の身体を抱きかかえた。大内兵をかき分け、必死で林間へ逃げた。

大木に身体をもたせかけ、首に刺さった矢を引き抜いてやった。

「万之助！　大事ないか！」

だめだ。助からぬ。

「功を焦り、若をかような目に遭わせてしまい申した。この万之助、一生の……」

事切れた忠臣をかき抱く腕に、激痛が走った。敵の矢が刺さっている。痛みを堪えて抜くと、血が噴き出した。

背後を振り返ると、尼子勢が濁流のごとく谷間へ押し出してきた。

源兵衛は命を拾うために逃げた。

だが、間に合わぬ。全身は鉛を流し込まれたように重かった。

敵兵に取り囲まれた。

――もう、だめか。

源兵衛の耳にはまだ、事切れる寸前の万之助のささやきが残っていた。

突き出された槍先を摑んで、槍を奪い取った。

――俺ひとりでもいい。万之助の弔い合戦をやってやる。

「われこそは由布――」

名乗りさえ許されず、雑兵が槍を突き出してきた。敵が群がってくる。

源兵衛自慢の豪槍《ごうそう》に敵が怯《ひる》んだ。その隙《すき》に、北へ逃げる。

大内家の唐花菱の旗印が見えた。味方だ。助かった。

いや、味方は十人もいない。敵に囲まれているだけだ。

味方の兵は戦おうともせず、次々と討たれていく。

源兵衛は雄叫びを上げた。槍を突き出す。背に二、三本の矢が刺さった。
それでも、戦った。
やがて、まだ残っているのは、源兵衛ひとりだと気づいた。
――せめて、最期まで戦って、死ぬ。
槍一本で暴れた。
気づくと、無数の槍先が源兵衛を遠巻きにしていた。
――もはや、これまで。
観念した源兵衛がついに槍を下ろしたとき、左右の山から鬨《とき》の声が上がった。
ぼんやり見やると、林間には、真っ赤な抱き杏葉《ぎょうよう》の旗印が見えた。
続いて、地から湧いて出るように、そこかしこから伏兵が現れた。
ひとりの巨漢が大槍を手に、尼子勢の包囲網へ斬《き》り込んでくる。
「戦場で安東家忠と出会うたが、お前らの運の尽きよ」
豪槍が唸りを立てるたび、辺りに派手な血しぶきが上がった。
家忠だけではない、戸次兵が見せつける別格の強さに、敵は怯んだ。
「鬼の鑑連を知らんか！」
源兵衛の背後で、割れ鐘のごとき大音声がした。
振り返ると、金獅子《きんじし》の兜《かぶと》に漆黒の鎧、真っ赤な陣羽織の将がいた。
――助かった、と源兵衛は思った。
大友家が誇る戦神《いくさがみ》は、黒馬にまたがって、敵勢の濁流に逆行してゆく。

鬼が両手の金砕棒《かなさいぼう》を振るうたび、血煙が上がった。

鑑連の全身はすでに、返り血でどす黒く汚れている。

その姿に、源兵衛はすがりつきたくなるほどの安堵《あんど》を覚えた。

だが、戸次勢は千にも満たぬ。

万の軍勢を相手に攻め入るとは、いかなる料簡なのだ。

源兵衛の周りの尼子兵が後退を始めた。

――いや、この場所では兵の数など、無意味なのだ。

戸次鑑連は、谷間でも極端に幅が狭まった地を選んで兵を潜ませていた。当然、戦える者は限られる。ゆえに敵味方の数は関係なくなるわけだ。

鑑連はすべてを計算し尽くして、勝つためにこの戦場に現れたのだ。

「源兵衛、待たせたのう！　ちと仮病をこじらせたが、やっと治ったわい！」

谷間の戦場で、鑑連の豪快な笑い声が響いた。

源兵衛はふたたび全身に力が漲《みなぎ》ってくるのを感じた。

戸次兵の強さの秘密がわかった。

――戸次鑑連、自身だ。

戦神は死など怖れず、先陣切って敵勢へ突入してゆく。その姿に戸次の将兵が負けじと続く。

戸次兵は誰もが主を誇りとし、絶対の信頼を寄せている。

誰ひとり、負けるなどとは露思っていない。

源兵衛も雄叫びを上げながら、戸次兵の狂奔に加わった。

†

夏の雨が石見国の寒村を煙《けぶ》らせている。

海から少し内陸へ入った異郷の盆地は、四方を低い山に囲まれていたはずだが、霧のせいで視界は得られない。軒先に掲げてある戸次の抱き杏葉が力なく濡《ぬ》れそぼつ姿が、どこかこっけいに思えた。

由布源兵衛は褥《しとね》の上で、痛みに呻きながら寝返りを打った。腕と背に矢傷を受けていたのに無理をして暴れ回ったせいで、傷口が広がったようだった。

戸次の将兵は乱痴気騒ぎが好きらしい。源兵衛のいる方丈《ほうじょう》にまで、満場の哄笑が届いてくる。

――かような所で、騒いでおる場合なのか。

戸次勢が仮の宿所を置く寺は、大内領石見の寒村の外れにあるが、尼子家の本国である出雲との国境から、さして離れてはいなかった。

当主の大内義隆《よしたか》はかろうじて山口《やまぐち》に帰還したそうだが、嗣子の晴持《はるもち》は揖屋から船で撤退する途中、海難のために溺死《できし》した。宿将の陶隆房《すえたかふさ》や毛利元就は命を拾って、からくも落ち延びたと聞くが、当主や重臣たちが健在でも、尼子にとっては宿敵の大敗した今こそが、攻め時のはずだ。完勝で勢いに乗る尼子軍が、いつ石見侵攻を開始してもおかしくはなかった。単なる援軍にすぎぬ大友家の戸次勢は、一刻も早く帰国すべきではないのか。

もしも戦傷で身動きの取れぬ源兵衛を気遣っているなら、戸次鑑連も存外甘い男だ。とはいえ、実際に足手まといになっている体たらくに、源兵衛は己を情けなく思った。

やがて廊下をやかましく歩いてくる音がした。足音の主は自明だった。

「源兵衛、起きんでも構わぬ。そのままでよいぞ！」

鑑連は朝夕、必ず源兵衛を訪ねてくる。

それにしても鑑連の指揮した撤退戦は見事だった。

最初の伏兵攻撃こそ、徹底的な猛攻で敵に泡を吹かせたが、敵が怯んで進軍を止めるや、間を置かず、人が変わったごとく逃げに徹した。

それもただ逃げるのではない。敗残の大内勢を囮《おとり》に使ってしたたかに退路を切り開きもした。

鑑連はこの村で兵を休めると決め、村人にも手伝わせて村の要塞《ようさい》化を始めた。

「源兵衛、案配はどうじゃな？」

浅い傷ではなかった。半日でよくなるはずがないではないか。

「村の老翁と馴染《なじ》みになってのう。止血にはやはり槐《えんじゅ》が効く。生薬《しょうやく》をもろうて、秘伝秘蔵の薬《や》研《げん》も借りてきた」

鑑連が薬研でごりごり音を立てて粉にしているのは、槐の花の蕾を乾燥させた生薬らしい。

己が今、素直でないとはわかっている。だが、命を救われても、いや、救われたからこそ、源兵衛には鑑連のやり方が気にくわなかった。

鑑連は友軍の敗戦を利用して、武名を高めたのだ。

見舞いに来た安東家忠が源兵衛に戸次への仕官を打診してきたが、もしや由布隊を危地に晒《さら》したのも、源兵衛を戸次に仕えさせる算段だったのかとさえ思えてきた。

鑑連には、大内の敗戦を見越す力はあっても、勝利へ導く力はなかったのだ。もしあれば、万之助たちは死なずに済んだはずだ。己の失敗を棚にあげた筋違いの怨《うら》みだと知ってはいても、源兵衛は鑑連に好意を持てなくなった。

結局、傷の具合を尋ねる愚問には答えず、源兵衛は逆に問いを返した。

「公はいつから、大内が負けると見ておられましたか」

鑑連は薬研から摺《す》り具《ぐ》の円盤を上げ、でき具合を確認しながら答える。

「三刀屋と三沢が寝返ってきた時じゃな」

源兵衛は面喰らった。

尼子方の三刀屋と三沢が離反してきたとき、大内軍は快哉《かいさい》を叫んだ。赤穴城を落とした大内軍は数万の大軍にまで膨れ上がり、絶頂期にあった。あの時に敗北を予想したなど、後知恵に決まっている。

「わしが義隆公なら、降伏は認めなんだ。戦場で寝返れば、勝てる戦も勝てんからの。降伏する者の首を刎《は》ねる冷酷さも、勝利のためには時に必須なのじゃ」

「もし公が大内軍の総大将であったなら、月山富田城を落とせましたか？」

鑑連は円盤に付いた生薬を薬研の臼《うす》に落としながら、「うむ」と短くうなずいた。

「毛利殿の申すとおり、時をかければの。大内は西の大友と和した。他に敵はおらぬ。急ぐ要など何もなかったのじゃ」

大内義隆は出陣して一年余、それでも戦を急ぎすぎたというのか。

「公は軍議にあって一言されたのみであったとか。なぜ強く献言されませなんだ？　戦には必ず勝たねばならぬと、公は常に仰せであるはず」

「されど、源兵衛。こたびの戦で、勝つべき理由は何じゃ？」

円盤の軸棒が外れてしまったらしく、鑑連は太い指で円盤の孔《あな》に軸棒を押し込んでいる。

「和を結んでおるとはいえ、大内は大友の真の味方ではない。歴史が示しておるように、いずれまた敵となる。それが乱世というものよ」

軸棒のはまり具合にようやく満足したのか、鑑連は円盤を薬研の臼に戻すと、またガリガリやり始めた。

「己の戦には勝たねばならぬ。されど、月山富田城攻めは大友の戦ではない。大内が尼子を滅ぼしたとせよ。その後には、中国全域と北九州《きゅうしゅう》をまたぐ強大な国ができあがる。これを倒すのは至難じゃぞ。大きな声では言えんがの。この戦、われらにとって、勝つべき理由はひとつもなかった。負くべき戦だったのじゃ」

源兵衛は初陣で武功を立て、名を上げることだけを考えていた。鑑連は惰弱《だじゃく》の誹《そし》りを受ける成り行きを承知で、負けるために出陣したというわけか。

鑑連は甘い男ではない。動乱の世を生き抜く冷徹な眼を持っている。

何やら廊下を駆けてくる音がした。戸次の家臣は何をするにも騒々しい。

――兄上！　家忠殿が隣村で瞿麦子《くばくし》（消炎剤）を手に入れたそうでござる！

「おお、でかしたぞ！　西の方丈で休んでおる連中に早《はよ》う、くれてやらんか」

大軍と戦いながら、戸次兵に死者は出なかったが、負傷者が少なからず出た。戸次勢の強さの根底には、朋輩を皆で助けるいたわり合いがあるようだった。

「そうじゃ、鑑方。そろそろ、騒いでおる連中を寝かせて、夜に備えさせよ」

なるほど、騒いではいるが、昼夜交代で警戒に当たらせているわけか。

鑑方が去ると、鑑連はまた薬研に向き合った。

「源兵衛の傷にはこの槐花《かいか》が一番効くゆえ、しばし待て」

戦をするたび、この男は家臣たちの傷を治して回る気か。ずいぶん閑《ひま》な大将だ。

「公よ、ひとつお聞かせくださりませ。なにゆえいつまでもこの寒村にとどまっておられまする。尼子軍の追撃あらば、何となさいまするか？」

源兵衛の身を案じてと答える気であろうか。あるいは他の傷兵の治療のためか。鑑連の見え透いた下心が気にくわなかった。

鑑連は太すぎる指で薬研から生薬の粉を摘まむと、大口を開け、赤い舌で舐《な》めた。

「武士は酔狂で戦を起こすが、石見の民草《たみくさ》には、何の罪もないからのう」

肩透かしを喰らったようだった。

「大内軍も落ち着いたであろうゆえ、そろそろ豊後へ帰るといたそう。戦が終わったのに戻らぬでは、わが室に叱られるからの」

源兵衛ははたと気づいた。敵の追撃がありうるからこそ、鑑連は兵を動かさなかったのだ。

鑑連は尼子領に近い村を兵火から守るために、あえて国境近くに兵をとどめていたのだ。

源兵衛は己と大友軍将兵の身しか考えていなかった。だが、鑑連は自軍の将兵のみならず、異国の民の身をも案じていたのだ。何と器の大きな男だろう。

参った。やはり戸次鑑連こそは、大友最高の将だ。全身が痺れた。

俺はまさに、このような主を探していたのだ。

いいかげんに負けを認めよ、由布源兵衛！

源兵衛はいきなり雄叫びを上げた。何度も上げた。

「いかがした！　傷が痛むのか！」

源兵衛は叫び、呻きながら半身を起こすと、鑑連に向かって両手を突いた。

「それがしの……完敗で、ございまする！」

「何じゃ？　何とした、源兵衛？」

「この由布源兵衛の初陣は、惨憺たる負け戦にございました。傅役《もりやく》も失いました。されど、この負け戦のおかげで、それがしは、生涯尽くすべき主に巡り合え申した。戸次に仕えるを、何とぞお許しくださりませ！」

笑顔を見せると思いきや、鬼瓦は済まなそうな寂しい笑みを浮かべていた。

「すまぬ、源兵衛。わしも最初はうぬをぜひ欲しいと思うておった。ゆえに、家続たちと無い知恵を絞ったんじゃがな。……今の戸次にはどう考えても、うぬらを雇うだけの扶持《ふち》がないのじゃ。こたび大内の御館を守る役目は麦生にくれてやった。負け戦ゆえ、戸次に恩賞はあるまいて。されぱまた、どこぞで戦が起こり、わしが手柄を立てるまで――」

「待てませぬ。されば、この身ひとつで構いませぬ。お召し抱えくださりませ」

「じゃと申して、うぬの城は――」

「由布の家は、愚弟に任せまする」

長男が分家に入って、弟に本家を譲るなど、めったにない話だろうが、どうでもよかった。

「それがしは生涯、戸次鑑連公に従《つ》いて参りまする！」

鑑連は鬼瓦を困り顔にしていたが、やがて、大きくうなずいた。

「……わかった。わしの館の鶏を外に移せば、住む場所くらいあるはずじゃ。何ぞよき土産を手に帰れば、難しい連中も説得できよう。そうと決まれば、豊後へ帰るぞ！　よし！　されば早う、うぬの薬を――」

ごきりと鈍い音がした。

円盤に力を込めすぎたらしい。

鑑連は真っ二つに折れた軸棒を、太い指でおそるおそる摘まみ上げていた。

「いかん、秘伝秘蔵の薬研を、壊してしもうた……」

老翁から借りた薬研の前で、鑑連が途方に暮れていた。

十　ご乱行

大野では昨夜から雨が降りしきっている。

つい昨夕まで「空梅雨」だと陰口を叩かれていた意趣返しなのか、天はすっかり豹変《ひょうへん》して、惜しげもなく大きな雨粒を落とし続けていた。

天文十三年（一五四四年）、由布源兵衛は、薄暗いまま明けてゆく梅雨空を、戸次館の一室から眺めていた。

出雲遠征から由布へ戻ると、源兵衛は石松万之助を始め戦死した将兵の霊をねんごろに弔い、自らも温泉に浸《つ》かって戦傷を癒やした。弟に由布家を譲り、もろもろの雑事を済ませて単身、大野に移り住んだのは、この年の初夏であった。

このひと月、源兵衛はひとまず、戸次館に住まっていたのだが――

「よう、眠れたかの、源兵衛？」

相部屋の森下釣雲は、戸次家に仕えて十年だが、己のぼろ家の雨漏りがひどいらしく、梅雨の間は毎年、戸次館で間借りをするらしかった。

「正直に申し上げると、貴殿のいびきがうるそうて、眠れませせなんだ」

「さ、さようか。それは、すまなんだな」

釣雲が転がり込んでくる前は、堀祥なる家臣が、やはり己のぼろ家に蛇が出て怖いとかで、しばらくこの部屋で寝泊まりしていた。

源兵衛に用はなくとも、家臣たちが入れ替わり立ち替わりこの部屋にやってくる。理由を尋ねると、もともと皆が好き放題に寝泊まりしていた部屋に、源兵衛が住み始めたのだと、逆に文句を言われたことさえあった。

「釣雲殿。戸次家の面々は、なぜかように皆で暮らすのでござる？」

「ん？　わしも最初は不思議に思うた。が、簡単な話よ。家を建てる金がない。本当はあるのじゃろうが、その金を人に使うてしまうゆえ、建物に回す金がないのよ。堀祥殿ががんばっておるが、借金の返済がまだまだ残っておるそうでな。それはそうと、殿は今日、お戻りのはずじゃったな」

戸次鑑連は由布家続とともに主君に呼ばれて府内にあり、仕官してきた源兵衛とはまだ会っていなかった。

「いや、明け方にお戻りになり申した。お疲れのご様子ゆえ、落ち着かれたころ合いを見計らってご挨拶《あいさつ》に参る所存」

「さようか。わしは家忠殿に飲まされた昨夜の酒がまだ残っておるでな。もうひと寝入りするといたそう」

言葉が終わる前に、釣雲はいびきをかき始めている。

源兵衛が居候部屋を出て、奥座敷に向かう途中、若い侍女が駆けてきた。

「殿は落ち着かれましたろうか。ひと言、ご挨拶申し上げたく――」

「よい所へお越しになりました。どうかお助けくださいまし」

ふくは鑑連の正室お道に仕える侍女で、名は体を表すのか、ふくよかで上品な娘であった。

いつもはにこやかだが、ひどく青ざめた様子で、おろおろしている。

「何か、ございましたか?」

「とにかく早く、お座敷へ」

廊下まで大音声が響いてくる。鑑連とお道の声に違いなかった。

――されば、お前様を離縁いたしまする!

――ならん! そもそも離縁は男からするものじゃ。女からはできぬ。

――いつ、誰がそのように決めたのですか?

お道も鑑連に負けてはいない。甲高《かんだか》い声で言い返している。

――わしも知らぬが、昔からそうなっておるのじゃ。

すさまじい怒鳴り合いとなった。

もう何を言っているのかもわからない。

「ふく殿、出直したほうがよさそうでござるな」

「そう仰《おつしや》らずに、何とかしてくださいまし。わたしはどうしたらいいのか……」

「原因は何なのでござる?」

「わかりませぬ。いつものように朝餉《あさげ》の用意をしていましたら、突然、怒鳴り声がし始めて
――」

事情は知らぬが、ふくが気の毒だ。仕官して早々うまくない状況だが、侍なら、見捨てるわけにはいかぬ。

「承知いたした。それがしが理由を問い申そう」

源兵衛は深呼吸をすると、

「御免！」と、襖を堂々と開け放った。

座敷では、鑑連とお道が向かい合って座り、顔を突き出して睨み合っていた。

二人は鬼の形相で闖入者《ちんにゅうしゃ》を見たが、源兵衛だと気づくと、同時に表情を和らげた。

鑑連はわざとらしく咳払《せきばら》いすると、何度かお道に向かってうなずいた。

「夫婦喧嘩は犬も食わぬ。見よ。源兵衛が呆れておるではないか」

「誰に問うても、悪いのはお前様です」

「いや、そうは思えんのじゃが……」

お道はすっくと立ち上がると、かぶりを振る鑑連の前で、優雅に踵《きびす》を返した。

「源兵衛は、鑑連さまのような、わからず屋になってはなりませぬぞ」

夫の鬼瓦と比べて見てしまうせいか、源兵衛にはお道が天女のように思える。

捨て台詞《ぜりふ》を吐いたお道が去ると、鑑連はぼりぼりと頭を掻《か》いた。

「すまぬな、源兵衛。出鼻から、みっともないところを見せてしもうた。ふだんは仲が良いのじゃがな。長年ともに暮らしておると、いかなる夫婦もたまには喧嘩をするものよ」

鑑連は豪快に大笑しているが、さすがに物悲しく響いた。

「ふくよ。お道がつむじを曲げてしもうたゆえ、わしと源兵衛で飲む。酌をしてくれい」

「朝餉から、お酒もお付けするのですか？」

「……いかんか？」

「お方様のお許しを、得ませんと……」

「……よい。朝餉は要らぬ。源兵衛、ちと付き合え。家忠の屋敷で馳走《ちそう》になろう。せっかくうぬが来てくれたというに、酒がないでは話にならぬでな」

源兵衛は土砂降りのなか、鑑連とともに戸次館を出た。


その夜、由布源兵衛は戸次家臣だけの「密談」に顔を出した。むろん初めてである。

「皆の者、よう来てくれた」

家臣は二十人ほど集まっているが、たとえば筆頭家老の由布家続はいない。

「例によって、今日の酒の差し入れは、お方様ならびにご隠居様（入田親廉）のお心遣いである。ありがたく頂戴せよ」

安東家忠が大きな酒樽を軽々と部屋の隅に置いた。

「さてわが戸次は、今や大友家でも指折りの重臣となった。わが殿、戸次鑑連は負けを知らぬ日本最強の武将じゃ。お方様のおかげで、筆頭加判衆《かばんしゅう》の入田家とも昵懇《じっこん》の間柄ゆえ、こうして美味い酒がいつでも飲める。当家には相変わらず金だけはないが、堀祥のおかげで何とか急場は凌《しの》いでおる」

皆の視線を浴びた堀祥は、まんざらでもない表情で猫顔を撫でた。

「じゃが、戸次家はなお、危機に瀕《ひん》しておる。このままでは戸次が、ひいては大友が滅びる」

この世の終わりでも来たような表情の家忠が両手で禿頭を抱えると、居並ぶ家臣たちも重々しくうなずいた。

「お前だけ、わかっておらんようじゃな、源兵衛」

だしぬけに名指された源兵衛は、頭を捻った。むろん何の話なのか、わからない。

「……家が、足りませぬな」

「馬鹿め！　金がないから家がないだけじゃ。金さえ入れば家も建つ。そもそも家なんぞ雨風さえ凌げれば足る。金なら、堀祥に任せておけば、何とかなる話よ。そうではない。われらは、戸次家の存続に関わる大問題に直面しておるのじゃ」

「そういえば……今朝がた、殿とお方様が激しい口喧嘩をしておられました。もしやお二人の間に――」

「馬鹿め！　たしかにお方様なしで、戸次家は立ちゆかぬ。喧嘩とはめずらしいが、お二人とも地声が大きいゆえ、喧嘩のように聞こえただけよ。さあ、わからぬか？」

「……降参でござる」

「教えてやるゆえ、お前が戸次家最大の危機を救え。源兵衛、お前しかおらんのじゃ」

「なにゆえ、それがしなのでございまする？」

「俺たちはすでに皆、失敗しておるからじゃ」

戸次鑑方が神妙な顔でうんうんうなずいている。

「殿にはお子がない。お方様はすでに三十路を過ぎられた。殿はお方様にぞっこんじゃ。お方様なしでは生きてゆけぬお人ゆえ、離縁なぞという話はない。お方様は戸次家の真の主のようなお人ゆえ、われらも離縁には反対じゃ。だが、このままでは戸次家が断絶する」

「それがしは、いったい何をすればよいのでござる?」

「何としても、わが殿に側室を持っていただくのよ。この話を持ち出せば、殿は突然、不機嫌になられる。話を続けようものなら、激怒される。それでも逆らえれば、二、三発はぶん殴られよう。現に、ここにおる全員が殴られておる」

「かたがたが試されて、駄目なら――」

「お前は当家に仕官して間がない。殿とて、お前を失いとうはない。手加減をなさるはずじゃ。そこにつけ込め。決してへこたれるな。戸次家のためじゃ。武運を祈っておるぞ」


翌朝、由布源兵衛は筆頭家老、由布家続の屋敷にいた。大きくはないが、きちんと手入れされた清潔な屋敷である。

「それで、今度はお主がわしの所に来たわけか」

由布家続はなかなか優雅な手つきで、風炉《ふろ》に柄杓《ひしゃく》を置いた。齢《とし》は離れていても、もともとは同族の家続に対し、源兵衛はどこか親近感を覚えていた。

「今度は……と、仰いますと?」

「同じ件で、先だっては釣雲が来た」

「家忠様は、戸次家の知恵袋と相談しながら、隠密に事を進めよと」

「何も事情を知らぬ新参の若者に押しつけるとは、家忠も万策尽きたと見ゆる。が、存外、若いお主なら、うまく事が運ぶやも知れぬな」

家続は軽やかに茶筅《ちゃせん》を動かし、点《た》てた茶を源兵衛の前に置いた。

「側室などお勧めすれば、お方様がお気を害されましょう。まずは――」

「いや、その懸念はない。実はお方様もお心を痛めておわしてな。かねて殿に側室を持たれるようお勧めされていた。昨日なぞは、側室を持たねば、お方様のほうから離縁すると言われ、相当な口論となったらしい」

なるほどやはり喧嘩をしていたわけだ。が、大喧嘩の理由を知って、源兵衛は鑑連夫婦を微笑ましく思った。

「わしはこの件を慎重に進めておる。なにぶん釣雲の裏切りが見込み違いであった。お方様は思い詰めておられる。されば、家忠らが忠義に逸《はや》り、事をこじらせては厄介じゃ。これまで苦心惨憺《さんたん》、血の滲《にじ》むような努力を重ねた結果、わしはひとつの結論にたどり着いた」

持って回った言い回しが、この筆頭家老の話し方らしい。

「殿に側室を持たせるのは、無理じゃ。されば、わしは別の道を考えた。源兵衛、同族の誼《よし》みよ。家忠は捨て置いて、わしに付かぬか。実は堀祥もわしの味方でな。家忠らには動いているように見せかけ、わしに協力せよ」

いったい家臣団の誰と誰が敵味方なのだ？

よく見えぬ戸次家中の諍《あらそ》いに、源兵衛はすでに巻き込まれているようだった。

†

大野の戸次館は、ふだん居座っている貧乏神さえ逃げ出しそうなほどに賑《にぎ》やかであった。

戸次鑑連は、荒くれ者の家臣たちから酒を注がれては、飲み干し続けている。

「釣雲！　ふくは、うぬにはもったいない娘じゃ。共白髪《ともしらが》となるまで添い遂げよ。このわしの絶対の命令ぞ！」

座は、戸次鑑連の大音声さえ、満足に届かぬほどの盛り上がりようであった。

「聞いておるのか、釣雲！」

鑑連が放った大叱声《だいしっせい》に、座が一瞬で凍り付いた。

縮み上がった森下釣雲は、両手を突いて平伏した。

「畏《かしこ》まってございまする」

「わかればよいのじゃ」

釣雲が他家の間者ではないかと注進する者もいたが、鑑連は使い続けた。鑑連は釣雲の武勇と戦場でのしたたかさを買ったのだ。見限られるなら、鑑連の器が足りなかったせいだろう。

「これからは釣雲も、命懸けで女遊びをせねばのう」

安東家忠が冷やかすと、座がふたたび笑いに包まれた。

鑑連は手にしていた酒を豪快に飲み干した。お道の侍女を見初めた家臣の祝言は、これで五組目だったろうか。家臣がよい娘と結ばれる、鑑連にとって、これに勝る慶事はない。

「美春。皆、過ごしておるようじゃ。次は水を出しなされ」

堀祥が聞こえよがしに命ずると、侍女の美春が短くうなずいて去った。まだまだ道半ばだが、堀祥のおかげで、戸次家の財政は上向き始めていた。

「うぬら、こうして祝言の宴を盛大にできるのも、誰のおかげか承知しておろうな？」

家忠が「またか」という顔をしてから、

「今日は花婿から、お答え申し上げよ」と、釣雲に振った。

「むろん、われらが誇る勘定方、堀祥殿のおかげにござる」

「わかっておればよい。皆、堀祥の言は戸次鑑連の指図と思い、従え。文句があるなら直接わしに申せ。わしは金を貯めたい」

鑑連はいきなり由布源兵衛の肩に手を回しながら、豪快に笑った。

「何となれば、わしは源兵衛のために家を建ててやりたいのよ」

家臣の幸せを寿《ことほ》ぐ時ほど、鑑連にとって幸せな時もないはずなのだが、今日は胸に引っかかりがあった。体調が優れぬといって、お道が宴の途中で引き下がったのである。病知らずのお道の体調が優れぬはずはなかった。

近ごろ、すこぶる機嫌が悪いのである。

ふくいはお道が数年前に入田から引き取って、自ら養育していた娘であった。

お道が実の娘のように可愛がっていた侍女を釣雲に嫁がせたいと鑑連が言い出したときから、お道がひどく不機嫌になった。この日も、いや、今回だけではない。昨秋、足立兵部がお道の侍女と祝言を挙げたときも機嫌が悪かった。

裏方へ立とうとする堀祥の姿を認めると、鑑連は立ち上がった。

後ろで雷のような濁声がするや、堀祥は拉致《らち》されるように小書院へ引きずり込まれた。

目の前には主君、戸次鑑連の巨眼がらんと光っている。

鑑連は酔っているが、底なしの酒豪である。別段、乱れもせず、ふだんとそれほど変わりがなかった。家臣団がある程度酔っ払った後、堀祥は酒に水を混ぜさせていた。酔っ払いは気づかぬし、二日酔いにもなりにくくてよい。下戸の堀祥には、酒の美味さも二日酔いの苦しさもよくわからぬのだが。

「うぬのおかげで、祝言でも酒をたっぷり飲めるようになった。堀祥は戸次家の打ち出の小槌《こづち》じゃ。礼を申すぞ」

実際には、酒は、お道が入田家から献上させている品だが。

「はっ。恐悦至極に存じまする」

鑑連はほめ上手というより、家臣をしつこくほめた。洗練されてはいない。鑑連らしい無骨なほめ方である。

堀祥は今、戸次家で必要とされていた。それまでの鼻つまみ者だった人生とはまるで違う。振り返れば、仕官前の己は、実につまらぬ騙《かた》りだった。

だが、今は大友家最強の軍勢を支える金庫番だ。

堀祥は己と己の仕事に誇りを抱いていた。

「殿、わざわざ拙者の後を追われたのは、お話がおありだったからでは？」

「そのことよ。……近ごろ、お道が、ちと変じゃとは思わぬか」

「すっかりお変わりになりました。今では、明らかに常軌を逸しておられまする」

鑑連が巨眼でじろりと見たが、堀祥に怯《おび》えはない。鑑連は手が早い主君である。時には鉄拳《てっけん》の制裁もある。だが、決して理不尽な真似《まね》はしなかった。

「うぬは、主君の正室に向かって、言葉を慎む気はないのか？」

「拙者とて、礼儀と場は弁《わきま》えておりまする。されど、戸次家では追従がかえって不興を買うと学びましたゆえ。事の仔細《しさい》を申し上げます」

堀祥は居住まいを正した。

「お方様は先月だけでも、博多津《はかたのつ》の商人から杜若《かきつばた》の蒔絵《まきえ》硯箱と料紙箱、鼈甲《べっこう》の櫛、浅葱《あさぎ》地に雪梅花の打掛《うちか》け、南蛮《なんばん》渡来の手鏡、締めて八百貫文の品を買い求められました。殿にも見せびらかしておられましたゆえ、ご承知のはず。その金さえあれば、源兵衛殿の家も建ちましたろう。拙者はお方様の命で、家中の無駄遣いを禁じ、筆頭家老でさえ拙者の了解なく公金で扇子ひとつ買えませぬ。されど、お方様だけは見過ごしておりました。今では戸次家で最も無駄遣いをなさるのはお方様です。当家の借金を減らし、少しでも蓄財をと、拙者を始め、家臣団が汗水たらしております折も折、お方様はまるでお人が変わったように、この数ヶ月、乱行の限りを尽くしておわしまする」

お道の悪口を並べ立てた堀祥に、鑑連が巨眼を剝いている。

「……いかにわが忠臣とて、そこまでお道の悪口を並べ立てて、ただで済むとは思うまいな?」

「拙者はもともとつまらぬ男なれど、戸次家に生涯お仕えすると決め申した。さればどうぞ、ぞんぶんになされませ。申し上げたは、おしなべて事実にございます。お方様のご乱行、手に負えませぬ。この堀祥、意を決してお方様に諫言申し上げましたるところ、お人が変わられたような暴言の数々、深く心を痛めてございまする」

鑑連は瞑目して身を引くと、腕を組んでいたが、やがて目を開いた。

「お道ほどの女が、理由もなく、馬鹿な真似を続けるはずがない」

「御意《ぎょい》。お方様のご乱行は、悲しきお心に端を発したもの」

「お道がせっかく育てたよい侍女を、わしの家臣が次々と嫁にしてゆく。理由《わけ》はそれじゃな」

「当たらずとも遠からずと、お答えしておきましょうか」

「前から気になっておった。うぬが、府内や別府《べっぷ》や博多津、山口などに出向いておるのは、何ゆえじゃ？　お道と関係があるのであろう？」

「お方様からは口止めを――」

「教えい！　教えんか！」

鑑連がぐわりと胸ぐらを摑んでくると、堀祥は悲鳴を上げた。

「乱暴をなさらずとも、殿にはもう、申し上げねばと思うておりました」

放されると、堀祥は喉《のど》に手をやりながら、咳《せ》き込んだ。

「すまん、お道のこととなると、わしもいかん。実はここしばらく、ろくに口も利いてもらえんでな。寂しゅうてならんのよ」

「ちと重いお話にございまする。お方様はかねて、ご自身が戸次鑑連の正室には相応《ふさわ》しくないと仰っておられました」

鬼とは思えぬほど、鑑連は見る影もなく消沈していた。

「やはりそうか。お道に……子ができぬこと、じゃな？」

「御意。拙者はこれまで、お方様のご命に従い、商売のかたわら、子を授かるためのあらゆる秘薬を各地に探し求めて歩きました。されど、まやかしの薬ばかりにて……」

戸次家に仕官する前は、それらしい薬を、だましてお道に売りつけていたものだ。だが、どれだけ手を尽くして探しても、やはりそのような秘薬は存在しなかった。

実家の入田親廉からも秘《ひそ》かに多額の支援を受け、大枚をはたき、いくつもの「秘薬」を試してみた。だが、だめだった。

「堀祥よ。お道は知らぬ話じゃがな」

鑑連は苦い顔で口を開いた。

「お道が最初の子を孕《はら》み、出産が近《ちこ》うなったとき、わしは子を取るか、お道を取るかの選択を迫られた。死んでもよいから産みたいとお道は言うたが、わしはお道を選んだ。けしからん藪《やぶ》医者《いしゃ》でな。お道を助けても、二度と子を産めぬ身体になるゆえ、子を産ませてはどうかなぞと、ほざきおった。ぶん殴って、叩き出してやったがのう」

知らなかった。鑑連はお道が子を産めぬ身体になったと知りながら、側室を持たずに連れ添ってきたのだ。

十年ほど前に一度、お道は流産していた。だが懐妊したのなら、石女《うまずめ》ではないはずだった。この、たった一度の懐妊が、お道の希望だった。堀祥はそう聞いていたが、何もかもが無意味な努力であったわけか。

「お道にはすまぬ真似をした。知らせてやったほうが、苦しまんで済んだやも知れん。……無理をせんでよいと教えてやれば、お道の乱行も収まるかのう」

堀祥は大きくかぶりを振りながら、鑑連に向かって両手を突いた。

「それだけは、なりませぬ。お方様はいつか殿のお子を産めると信じられ、これまで生きてこられました。産めぬと知れば、お方様がどれほど気落ちなさることか。ますます離縁を望まれ、ご乱行もひどくなるのではと」

「わしは、戦は得意なんじゃがのう。何としたものか……」

「お子の件は、神仏におすがりするしかありますまいが、お方様のご乱行については、ひとつだけ、手立てがございまする」

「ほう。うぬも策士じゃのう」

「実は、家続様と談合を重ねておりました。筆頭家老の策にございまする」

鑑連が身を乗り出してくると、堀祥は大きな耳元にささやいた。

「つまるところ、女心は男にはわからぬもの。されば、おすがりするなら、養孝院様しかおわしませぬ」

鑑連がたじろいだ。

「……母御に？　うぬは知るまいが、母御はわしには鬼のように厳しいぞ」

鑑連の継母、養孝院は戸次家の諸行事に現れるが、可憐《かれん》ともいえる婦人で、堀祥を含め家臣団にはすこぶる優しかった。が、鑑連は養孝院の前ではぴんと背筋を正し、猛虎《もうこ》も借りてきた猫に変わる。お道が母を知らぬせいか、お道との仲も非常によい。

鑑連は太い腕を組みながら、うんうん唸り続けている。

「殿、これ以上いくら唸られたところで、名案は浮かびますまい」

「夫婦の痴話喧嘩なんぞで、ご心配をおかけするは不孝の極みなれど、是非もないか。されど、どうやって、あの母御に頼むんじゃ。わしは、ちと……」

怖いのだろう。母と妻には頭の上がらない鬼である。

「養孝院様は、戸次家臣団に対しては慈母のごとくお優しきお方。されば、家臣団が打ち揃って、常忠寺へ出向き、ご出馬を懇願して参りまする」

「……すまん。頼む」

鑑連は消え入りそうな声で、堀祥に頭を下げた。

†

うっとうしい梅雨雲が手に負えぬほど調子に乗って、好き放題に雨だれを落としている。常忠寺の庭の紫陽花《あじさい》さえ、雨にうんざりしているように、お道には見えた。

戸次鑑連の継母である養孝院から、紫陽花を見せたいと使いが来たのは、昨夕であった。養孝院は鑑連が敬ってやまぬ女性である。

お道が戸次家を去るためには、養孝院との対決が不可欠だった。豪雨に日を改めようかと考えたが、かえって別れにはちょうどよい日和《ひより》だと思った。鑑連も、大雨で大野川の堤が切れては困ると、家臣たちと打ち揃って普請に出たから、皆、不在だった。

養孝院はよくできた女性だった。立派な義母との別れはつらいが、戸次家のためには他に道がなかった。

「堀祥どのなど、金勘定に長けた者を召し抱えはしましたが、焼け石に水。戸次家は家臣が多すぎて、屋敷の雨漏りさえ直せぬありさま。わたしは大身の入田家で生まれ育ちましたゆえ、もうこれ以上の貧窮には堪えられませぬ。たった百貫文の南蛮の鏡を買ったくらいで文句を言われるようでは、この先が思いやられまする」

内心すまぬと思いながら、お道は養孝院に向かって、頭の中で用意してきた思いつく限りの不平不満を大げさに並べ立て続けた。

養孝院はにこにこしながら、お道の愚痴に聞き入っている。

「先だっては、鑑連さまとも大喧嘩いたしました。もともと気が合わぬのです。閑さえあれば、やかましい家臣団が続々と屋敷に押しかけ、心の安まる暇もございませぬ」

お道は養孝院に向かって、両手を突いた。

「瀟洒《しょうしゃ》を好むわたしのような者は、戸次家ではとても生きてゆけませぬ。されば、一刻も早う離縁をしていただきとう存じまする」

「以前は、ここでも、瀟洒な暮らしをしていなかったではありませぬか」

「ひたすら耐え忍んでおりました。でも、もう我慢ができません」

「なるほど。それで、かんじんの鑑連は何と言うておるのです？」

「あのお人が、わたしを離縁すると言うはずがありますまい」

「面妖な話ですね。はなから気も合わず、喧嘩ばかりして、浪費もする頭の痛い嫁御に、なぜ愛想を尽かさぬのですか？」

困った話で、きらびやかな高価な髪飾りを見せても、鑑連は「よう似合うぞ」と言うだけで、お道に対する態度に何も変わりがない。

「鑑連さまはともかく、わたしの浪費に堀祥どのを始め家臣団は、戸次の正室に相応しからずと陰口を叩き、追い出そうとしておりまする」

「本当ですか。それは変ですね。昨日のいま時分、どうもお方様が変じゃと心配して、家臣の皆がここへ押しかけてきましたが」

なるほど最後の手段として養孝院を動かしたのは鑑連ではなく、戸次家臣団だったのか。

「とにかくわたしは、無骨で貧しい戸次家には合わぬのです。どうか養孝院さまから、鑑連さまに言って聞かせてくださりませ」

「鑑連は日本一の孝行息子ゆえ、大野にいるときは、わたしの所へよく機嫌伺いに来ます。以前は来るたび、そなたの自慢話ばかり。あまりにしつこいので、辟易《へきえき》するほどでした。女子《おなご》ゆえ、女子の話が好きだと単純に思うているのでしょう。ところが今では、戦の話ばかり。そなたの話は一度も出てきませぬ。わたしを心配させないためです。鑑連は大仰な物言いをする子ですが、人を見る眼は確かです。鑑連がわたしに、そなたのことを何と自慢しているか知っていますか？」

鑑連が家臣たちに、「うぬらもお道のごとき妻を娶《めと》れ」と繰り返している話は有名だ。

「戸次鑑連は日本一の妻を持った、と」

大げさな言い草だが、鑑連は口先だけの男ではない。本当にそう思っているのだ。

「いまだに鑑連は、お道どのに首ったけなのでしょう」

養孝院はお道に向かって、にっこりと笑いかけた。

母親の笑顔だ。母の面影を知らぬお道は、養孝院を母のように慕ってきた。

だが、だめだ。ここで負けては、これまでの苦労が水の泡だ。お道はもう、戸次を去ると決心したのだ。

「鑑連は恥ずかしゅうて、外では決して言いますまい。そなたにも言わず、母にしか言わぬのでしょうが、日本一、日本一と何度聞かされたことか」

養孝院は急に笑顔を引っ込め、鬼の母らしい厳しい表情になった。

「されど、お道どのがかくも浅はかで、かよわき女子とは知りませんでした。そなたが心にもない雑言を吐くようになり、似合わぬ瀟洒を始めた理由を、鑑連や家臣の皆が知らぬとでも思うているのですか。鑑連と家臣団が愛想を尽かすには、まだまだ足りませぬぞ。せいぜい乱行を続けなさるがよい。あと十年、二十年はかかるでしょうが」

だめだ。養孝院はすべてを見抜いていた。

ならば、しかたがない。

お道は正面から勝負すると決め、恭《うやうや》しく両手を突いた。

「参りました。養孝院さまのご炯眼《けいがん》に、己の浅はかさを思い知りました。されば、包み隠さず、わたしの本当の心を申し上げます」

お道は覚えず、声を詰まらせた。

「わたしは……子を、産めませぬ」

すすり上げながら、お道は続けた。

「流産してより数年の間、子がなく、焦りを覚えておりましたが、入田の父や兄に頼んで、長らく子を授かる秘薬を求め、堀祥どのにも手配させていました。されど、何の効果もありませぬ。もしやと思い、数ヶ月前、わたしが流産したときの薬師をようやく見つけ出して尋ねましたところ、わたしはもう子を産めぬ身体になったと聞きました。わたしが石女になったと承知の上で、鑑連さまがわたしを離縁しないでいることも知りました。そのとき、わたしは決して戸次にいてはならぬと思い定めたのです」

鑑連に愛想を尽かせて離縁させるために、乱行を始めた。

心が痛んだが、あと少しだと繰り返した。だが結局、お道を追い出そうとする者は誰ひとり、現れなかった。

「仮にその藪医者の申す通りであったとして、それが、どうしたというのです？」

「子だくさんの養孝院さまだからこそ、跡継ぎの大切さは重々おわかりのはず。三年にして子なきは去るが、武家に嫁いだ女のさだめです。わたしは戸次家に嫁いで十年。出陣した皆の戻りを待つ間は心配でなりませぬが、戦のないときは幸せで楽しくて、あっという間に年月が過ぎてしまいました。鑑連さまには大切にしていただき、日本一幸せな妻となりました。されどこれ以上、石女の正室が大野にとどまるわけには参りませぬ」

ゆがむ視界の向こうで、養孝院のにじり寄ってくる気配がした。

「実は堀祥どのから仔細を聞きました。お道どのが、どれだけ跡継ぎのことで苦しんでいたか。むろん鑑連も今ではすべて承知しています。妻の役割は、子を産むだけではありますまい。子はなくとも、お道どのがどれだけ鑑連と家臣の皆の支えになっているか、本当に気づいていないのですか？」

「子を産める立派な若い女子は、他にいくらでもおります。されど、鑑連さまの側室に上げようとわたしが育てあげるたび、家臣たちが横取りしてしまいました」

お道は侍女にして人物を見極めてから、鑑連の側室に相応しいと思う女子だけを鑑連のそばにはべらせた。鑑連は女子たちを大いに気に入ったが、家臣に娶《めあわ》せるばかりで、自らはまったく手をつけようとしなかった。

ふくも側室にしようと、鑑連の世話もさせていたのだが、釣雲の眼に止まってしまったのである。最近の若者は隅に置けぬ。すぐに懇《ねんご》ろな仲になった釣雲の直談判で、鑑連が即刻承知したため、お道の作戦は失敗に終わった。

――わしには子種がのうてな。お道には済まぬ想いをさせておる。

鑑連は陰で言いふらしているらしいが、精力絶倫の鑑連に子種がないとは思えなかった。

「わたしのせいで鑑連さまが子をなされぬのが、心苦しゅうてなりませぬ。わたしは一刻も早う戸次家を去るべきなのです。養孝院さま、どうかお情けを。このとおりでございます」

お道は涙を流しながら、額を板の間に擦りつけた。

ややあって、養孝院のやわらかい手がお道の背をさすってくれた。

「わかりました。皆からは、何としてもそなたを引き留めるよう頼まれていましたが、鑑連と家臣の皆には、わたしの力不足を詫びましょう」

「ありがとう存じます。お言葉に甘えて、この足ですぐに立ちます。皆に会うと別れにくくなりますから。養孝院さまも、どうかご健勝で」

お道は深礼をしてから、すぐに立ち上がった。

未練がましい真似は無用だ。一刻も早く立ち去るほうがいい。

「このひどい遣《や》らずの雨の中を行くのですか？」

さして風はないが、雨音はいよいよ激しくなっている。

「ここへ来る前に、入田からの迎えを頼んでおきました。それに、今のわたしには、ちょうど似合いの雨ですから」

さいわい今日は皆、川普請のために出払っている。

人知れず、大野を後にできよう。

「鑑連さまと皆には、どうかくれぐれも、養孝院さまからよしなにお伝えくださいまし。皆が皆、ひとり残らず、大好きでした、と……」

涙を隠そうと、お道はもう一度深礼した。

「大野は狭いわりに人が多いゆえ、誰にも会わずに帰るのは難しいやも知れませぬが」

悪戯《いたずら》っぽく笑う養孝院の表情が気になって、お道は振り返った。

何だろう、あれは……？

お道は目を凝らした。

長くはない参道の尽きた辺り、雨霧が煙る向こうに、樹幹では隠しきれぬ巨体が見えた。

いや、安東家忠だけではない。いったい何人が隠れているのだ。

方丈から縁側へ出ると、視界が開けた。

容赦なく降りしきる雨のなかを、馬鹿で無骨な男たちが勢揃いしていた。

お道に気づいた男たちが、いっせいに動き始めた。

行く手を塞《ふさ》ぐように参道の途中で止まり、皆、お道を見上げている。

真ん中にいる男は、ずぶ濡れになって、大雨のなかを仁王立ちしていた。

養孝院と話し込んでいた一刻（約二時間）ほども、そうやってずっと雨に打たれていたのか。

「そなたが会わぬつもりでも、別れを言いたい者が相当いるようです。そなたを愛してやまぬ男を捨てるのなら、別れ際にせめて、ひと言くらい声をかけてやりなされ」

お道の姿を認めると、鑑連が方丈のほうへゆっくりと歩み寄ってきた。濡れ鼠《ねずみ》になった大小不揃いの家臣団がぞろぞろと鑑連の後に続く。

「お道よ。皆で、きのこを採って参った。これから、うまい鍋を作るんじゃ。夏ゆえ苦労したが、たくさん集めたぞ。侍女たちも、総出で支度をしておる」

この大雨のなか、大の男たちが季節外れのきのこを集めて歩いたのか。

だいいち、きのこを誰よりも好きなのは鑑連ではないか。ずっと言いそびれていたが、お道はそれほどきのこを好きでない。きのこ鍋を食べて大喜びする鑑連の笑顔が、その頬にできる小さなえくぼが、お道は好きでたまらぬだけだ。

「すまん、お道。わしは、戦は得意なんじゃが、夫婦喧嘩ではお前に勝てぬとわかった。降参じゃ。戻ってきてくれい」

「わたしの心をわかっているなら、なぜ、止めるのです？」

家臣団の列から猫顔の小男が前へ出てきた。

「お方様、耳寄りのお話がございまする」

「もうよいのです、堀祥どの。世に奇跡を起こす薬など、ないのですから」

「こたびは、秘薬ではありませぬ」

今度は長身の若者が進み出た。

「この由布源兵衛。別府の鉄輪《かんなわ》まで出向き、博覧強記の天才軍師、角隈石宗先生より秘術をしかと伝授されましてございまする」

「秘薬も秘術も、似たようなものではありませぬか」

「さにあらず。石宗先生によれば、世に秘薬なぞはないと。五年をかけてじっくりと身体を変えていくのでございます。先生の秘術で、不惑を前にした女性が無事に子を産んだとか」

作り話に決まっている。数日で伝授できる秘術など、効き目もたかが知れていよう。

何のために皆、一生懸命に嘘をつくのだ。

「お道よ。わしの戦での学びじゃがな。決心して、最後まであきらめねば、物事は必ず成る」

鑑連は何でも、戦から教訓を導き出そうとする。それで女の腑《ふ》に落ちるとでも、思っているのか。何と不器用で無骨で、しかし愛すべき夫だろう。

「お前に食わせるきのこを採っておる者もまだ他におるでな。されば、戸次家一同の頼みじゃ。わしを離縁せんでくれい」

鑑連が頭を下げると、家臣団がいっせいにお道に向かって深々と頭を下げた。

降りしきる雨が、鑑連と家臣たちの上に、容赦なく降り注いでいる。

お道はこんなにも多くの家臣たちに必要とされていたのか。

これほどに愛してくれる男を本当に捨てられるのか。

今、はっきりとわかった。

戸次家がお道を不可欠とするように、お道もこの家以外ではもう生きてはいけないのだ。

「ならば、源兵衛の学んだ秘術を試してみるといたしましょう。されど、もし五年のうちにわたしが身籠もらぬときは、必ず側室を迎えられませ。それが、わたしが戸次家に残る条件です。お請けになりますか？」

「じゃが、側室と申しても――」

口ごもっている鑑連を、お道は一喝《いっかつ》した。

「諾《だく》か、否《いな》か！　いずれなのです？」

「承知した。降参しておる側が、条件を云々《うんぬん》できるものではない」

鑑連は鬼瓦に満面の笑みを浮かべた。お道の大好きなえくぼができた。

お道は裸足《はだし》のまま、石段を駆け降りた。

泥を撥《は》ねながら、ぬかるみの中を走り寄る。

鑑連の腕に飛びこんだ。しがみつく。

太くたくましい腕が、お道の身体をしかと抱き締めてくれた。

戸次鑑連が日本一の武士なのか、お道は知らぬ。

だが、お道にとっては、日本一の夫だ。

鑑連のためなら、死んでもいい。

「なんじゃ。傘を差さんと、風邪を引くぞ」

「そのかっこうで、よくさようなことが言えますね。わたし一人が傘を差せますか。皆で濡れればよいのです」

「ならば、せめて足が汚れぬようにしてやろう」

鑑連はお道を抱き上げると、取り囲む家臣たちに向かって、重々しく言い放った。

「うぬらも、お道のような、よき妻をもらえ」

「そいつは弱ったのう。されば、離縁して探しませぬと……」

家忠の妻は鑑連の姉である。

「姉御《あねご》を泣かせる奴はわしが許さぬ。されば覚悟して探せ」

「やめておいたほうが、よさそうじゃのう」

雨中で大笑いする家臣団の顔色がにわかに変わり、皆が常忠寺に向かって居住まいを正した。

鑑連もお道を抱き上げたまま、倣《なら》った。

「雨降って地固まると申しますが、ここまで降らいでもよいものを」

養孝院が階段の上で、戸次家臣団を睥睨《へいげい》している。

お道も慌てて鑑連の腕から降りる。

夫婦並んで、戸次の母御前を見上げた。

養孝院は有無を言わせぬ威厳をまといながら、落ち着いた声で言った。

「わたしも戸次に嫁いで三十年。今後は俗世に心乱されることなく、父祖の菩提を弔いたいと思います。皆の者、よいですか。今日この日からは、お道どのが、戸次の母御前じゃ。されば、口答えせず、万事、お道どのの指図に従いなされ」

全員が畏まると、養孝院が一転して、慈母のごとき微笑みを浮かべた。

「皆、早う屋敷へ戻りなされ。風邪を引きまするぞ」

「そうじゃ。きのこを採るには採ったが、家続様に任せたままでは、どんな鍋ができあがるかわかりませぬぞ」

釣雲が言うと、皆が呻《うめ》いた。

家続がきのこの山を前に、弱り切った顔であごひげをいじっている姿が想像できた。

「ならば、屋敷まで競走じゃ！　一番乗りは二番目に大きいきのこが食えるぞ！」

一番大きなきのこは、お道のためにとってあるわけだ。
鑑連が先頭を切って駆け始めた。
家臣団がさんざんに泥を撥ね飛ばしながら、藤北の畦道《あぜみち》をいっせいに駆けてゆく。
濡れ鼠のお道は、鑑連の腕の中で揺られながら、そっと幸せの涙を拭《ぬぐ》った。

第五章

津《つ》賀《が》牟《む》礼《れ》城《じょう》に咲け

……天文十八年（一五四九年）

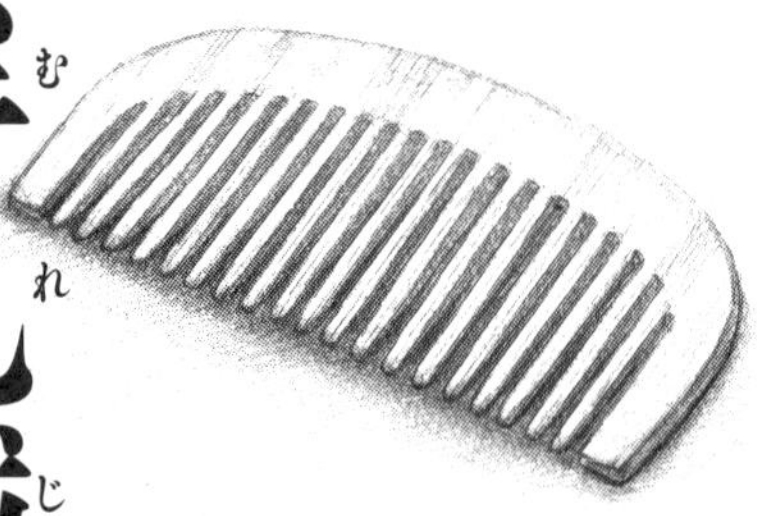

十一　兇変

戸次館《べつきやかた》からお道《みち》が見る大野《おおの》の山野は、高い蒼空《そうくう》の下、まぶしいほど鮮やかな秋色に染まっていた。

「おお、可愛《かわい》らしい子じゃ」

戸次鑑連《あきつら》が大きな鬼瓦《おにがわら》で頬《ほお》ずりしたせいか、笑っていたはずの赤子が、火のついたように泣き出した。千寿丸《せんじゆまる》（後の鎮連《しげつら》）は戸次鑑方《あきかた》の長男で、鑑連の甥《おい》にあたる。

「何とした？　わしが怖いのか……」

困り顔の鑑連が救いを求めるように渡してきた赤子を、お道は慣れぬ手つきで受け取った。

「よい子じゃ。されど、そなたも戸次の男子。泣いてはなりませぬぞ」

赤子は泣くのが仕事のはずだ。われながら変な物言いをしたと思いつつ、お道の内心はひどく戸惑っていた。笑顔を作って立ち上がり、赤子をあやしてやる。

子のないお道は赤子の扱いをよく知らなかった。左胸に当てて鼓動を伝えるとよいと聞く。やってみると、さいわい千寿丸は泣き止《や》んだ。

泣き出さぬうちにと、赤子を乳母《うば》に返す。

「もう千寿丸の諱《いみな》は決めてあるぞ。次の国主、義鎮《よししげ》公より鎮の一字を賜《たまわ》り、わしの連を与える。

戸次鎮連。良き名じゃ。のう、鑑方？」

お道は戸惑いと落胆を隠せなかった。

本来「鎮連」は戸次家の次期当主が名乗るべき諱ではないか。鑑連とお道は十五年連れ添ったが、結局、子に恵まれぬまま、ともに数え三十七歳となっていた。

鑑連は昔と変わらずお道を愛したが、天はこの仲の良い夫婦にどうしても子を授けなかった。回りには子だくさんの夫婦が何組もいた。一族や家臣たちが子を授かるたび鑑連は喜び、相変わらず裕福ではないくせに、惜しみなく祝った。だが、当主戸次鑑連の血を引く者は、この世に一人もいないのだ。

お道にはわかっていた。鑑連は子をすでにあきらめている。

鑑方の嫡男の誕生は、素直に寿《ことほ》ぐべき慶事であろう。

鑑連はお道の不妊に対し、持って回った妙な気遣いなどしなかった。こう言えばお道が不妊を気に病みはせぬか、こうすればお道が傷つきはせぬか、などと鑑連は無駄に案じたりはしない。

鑑連はいずれ千寿丸を養子として、戸次家を嗣《つ》がせる気だ。

だが五年前、鑑連は皆の前で約した。お道が身籠《みご》もらぬときは、側室を持つ、と。

鑑連は子どもが好きだった。一族や家臣が子を産むと、あやすのが下手なくせに必ず腕に抱いて、鬼瓦に満面の笑みで頬にえくぼを作るのだ。

この五年、お道はたゆまぬ努力をさまざま重ねてきた。別府《べっぷ》の角隈石宗《つのくませきそう》にも直接会いに行って教えを乞《こ》うた。とにかく身体《からだ》を冷やしてはならぬ、温めよと言われ、腹を温める薬もさまざま飲み続けた。服装まで変えた。深酒はよくないと言われ、鑑連は寂しそうだったが、晩酌も控えた。

だが、鑑連が「酔いどれ」と揶揄《やゆ》する石宗の秘術など、やはり何の効果もなかった。鑑方たちが奥座敷を去ると、お道は鑑連とふたりきりになった。

「これで、戸次の家も、ますますにぎやかになりますね」

常勝無敗の戸次鑑連の武名は九州《きゅうしゅう》のみならず、今や全国に轟《とどろ》いていた。鑑連の武名を慕って仕官を申し出る浪人は後を絶たなかった。相変わらず鑑連が人を好み、家臣を召し抱えるために台所事情は悪いままだが、おかげで戸次家ほど人に恵まれた武家は、豊後にない。だが、その当主には子がひとりもいないのだ。

己《おの》が子を鑑連の腕に抱かせてやりたかった。跡取りが必要な武家の当主が、正室のために子を持てぬなど、あってはならぬ。

お道はすでに決意を固めていた。

側室を持たせる。鑑連は必ず約束を守る男だ。逃げたりはしない。

「お前様。五年前のお約束、お忘れでは、ありますまいね?」

「……覚えておる」

鑑連の濁声《だみごえ》は、わずかに憂いを帯びて聞こえた。

お道は鑑連に向かって、両手を突いた。

「お相手も、ご承知のはず」

すでに鑑連の側室となるべき娘は育ててある。鑑連もよく知る侍女だった。

「わかっておる」

「美春《みはる》なら、戸次のために、立派な子を産んでくれましょう」

もともとは入田荘《にゆうた》のある村を疫病が襲ったときに、身内をすべて失った幼女だった。人助けを道楽にしている入田親廉が憐《あわ》れんで引き取り、身の回りの世話をさせて可愛がっていたのを、お道が気に入って侍女とした娘である。

「されば吉日を選び、年内にも輿《こし》入れを。段取りは堀祥《ほりさち》どのに命じておきまする。よろしゅうございますね？」

「頼む」

鑑連はお道に眼《め》を合わせず、短く答えた。

しばらくは若い美春を、お道が支える。鑑連の男児を産んだ美春は、いずれ立派に「戸次の母御前《ははごぜ》」を務められるほどに成長するだろう。その道筋をつけたら、お道は未練なく身を引き、落飾《らくしよく》するつもりだった。常忠寺《じようちゆうじ》へ入り、気の合う養孝院《ようこういん》と暮らすのも楽しそうだ。二人して裏から戸次家を支えればよい。

一抹《いちまつ》の寂しさはあるが、気が楽になった。長い間背負っていた肩の荷が下りた気がした。

「お前様。この秋は、最高のきのこ鍋《なべ》が食べられそうですね」

お道が明るく微笑《ほほえ》みかけると、鑑連は鬼瓦に少し困ったような笑みを浮かべ返した。

†

物言わぬ月明かりが、戸次館の離れにある一室を照らしている。

由布源兵衛惟信《ゆふげんべええこれのぶ》は、すがりついてくる美春のやわらかな身体を確かに感じていた。大好きな黒髪の匂《にお》いを嗅《か》ぐ。

数え二十三歳になった源兵衛が、お道に娘を紹介され、家臣団から冷やかされても、まだ妻を娶《めと》らぬ理由は、美春だった。

「堀祥さまから伺いました。輿入れは霜月《しもつき》の吉日、と……。いつものように、皆できのこ鍋を食して祝うそうです」

源兵衛は左手で美春を抱き締めた。右手は戦傷のため、包帯で吊《つ》ってある。

最初、源兵衛は美春を避けていた。

お道から「将来、戸次鑑連の妻となる娘です」と釘《くぎ》を刺されていたからだ。他方、美春は八歳のとき、「お前はお殿様の側室となるのです」と言われて、お道の侍女に上がった。

ふたりとも、許されぬ恋だとわかってはいた。

恋をするつもりなど、毛頭なかった。

「お方様ほど賢い女性《にょしょう》はおられません。もう、気づいておられます」

それでもお道は、源兵衛と美春を信頼し、この間違った恋をあきらめると知っているわけだ。

もともと源兵衛は、お道に憧《あこが》れていた。

――源兵衛も、お道のような女子を娶れ。

鑑連に言われずとも、美春と恋をするまでは、お道に淡い恋心さえ抱いていた。お道も気づいていて、よい娘を何人も源兵衛に引き合わせてくれた。だが、源兵衛は「お方様のような女性を妻としたいと存じます」とかわし続けた。お道に匹敵するような女性がひとりもいなかったからだ。ただひとり、美春を除いては。

「だいじょうぶですか？」

右腕の痛みで覚えず漏《も》らした呻《うめ》きに、美春が心配そうな顔を見せる。

「大事ござらん」

「わたしは悪い女ですね。想《おも》い人のけががまだ治りませぬようにと、願ってしまうのですから……」

筑後《ちくご》と肥前《ひぜん》の国境で不穏な動きがあるらしいが、仮に戸次勢が出陣しても、次の戦《いくさ》に源兵衛は出られまい。

源兵衛の主《あるじ》、戸次鑑連は死を怖れず、いかなる戦でも陣頭に立った。源兵衛は必ずその脇《わき》にいた。源兵衛は安東家忠《あんどういえただ》を手本とし、家忠に後れを取らぬよう戦場を駆け巡った。鑑連に仕えて以来、大小十数度の合戦を経て、いまや安東家忠と由布惟信は、いずれ譲らぬ戸次軍の双璧《そうへき》と称《たた》えられるようになっていた。鑑連は家忠と源兵衛を左右に従えて、敵陣へ突入する。戸次の騎馬突撃は大友最強の破壊力を誇った。

激烈な戦闘のゆえに、源兵衛は戦に出るたび負傷した。

たとえ命を捨てても、惚《ほ》れた主君を守る。

源兵衛は鑑連のためなら、死ねた。

三年前、源兵衛は激戦のなかで深傷《ふかで》を負った。今も左胸に残る槍傷《やりきず》は、源兵衛の身体にできた七つ目の傷だった。

一時は生死の境をさまよった源兵衛を昼夜、懸命に看病してくれたのが、鑑連とお道に指図された美春だった。あのときはお道も、何とかして源兵衛の命を助けたい一念だったに違いない。

美春は鑑連にも相談して、薬草について詳しく調べた。暇そうな家臣たちを引き連れて、野山へ繰り出しては薬草を探し出し、生薬《しょうやく》を調合してくれた。家忠が先頭に立ち、血眼になって希少な薬草を探していたと、美春から聞いたものだ。

数ヶ月後、源兵衛の体調がようやく立ち上がれるほどに回復すると、美春は源兵衛に肩を貸して、いっしょに歩いてくれた。

美春は命の恩人ともいえた。主命とはいえ、かいがいしく尽くしてくれる美春の姿に、恋心を抑えられなくなった。源兵衛は鑑連に憧れ、戸次館のそばに小さな離れを建ててそこに住んでいたから、ふたりの逢《あ》い引きは難しくなかった。

半年後、源兵衛が鑑連に従って次の戦場へ向かうときには、若いふたりは恋仲になっていた。以来、秘かに愛情を育《はぐく》んできた。

「源兵衛さま。わたしたちはどうすれば、よいのでしょう……」

鑑連とお道の信頼を裏切るわけにはいかなかった。

選ぶべき道は死か、別れか、二つにひとつしかない。

この夜、寝静まった館を抜け出してくる美春に会う前に、源兵衛はこの恋の終え方について、すでに結論を出していた。問題はいつ、それを告げるかだけだった。

「わたしをどこへなりとお連れくださりませ。ともに逃げましょう。源兵衛さまの槍なら、いくらでも仕官の口はあるはず」

思いつめたささやき声が、源兵衛には愛《いと》おしくてならなかった。

「美春殿。それがしは生涯《しょうがい》、鑑連公にお仕えすると誓い申した。他の人間に仕えるくらいなら、死を選び申す」

戸次鑑連は、源兵衛が敬ってやまぬ、ただひとりの主君だ。

「ならば、わたしたちはどうすればよいのです？」

「……世には、どれだけ慕い合《お》うても、結ばれぬ男女はいくらでもござる。われらの恋も、よくある悲恋のひとつだったということ……」

「わたしを捨てる、と……？」

「たがいの道を、行くのでござる」

「嫌です。わたしは源兵衛さまなしでは、もう生きてはゆけませぬ」

美春の忍び泣きが不憫《ふびん》でならなかった。

「実はそれがしも二人で死のうと考え申した。なれど、いずれ死ぬるなら、戦場で華々しく散るが武人の誉れ。されば、美春殿が鑑連公の子を産まれ、戸次家二代に真の忠誠をお尽くし申し上げられるなら、それに勝る喜びはないと考え直しました。美春殿、聞き分けてくだされ」

美春は長い間、源兵衛の腕のなかで泣いていた。

だが、やがて小さくうなずくと、母屋へ帰っていった。美春が残していった温《ぬく》もりと香りが消えてしまわぬうちに、源兵衛は夢中で掻巻《かいまき》きを抱き締めた。

†

津賀牟礼城《つがむれじょう》から見る入田の晩秋が優しげに見えるのは、府内《ふない》で疲れきった入田親誠《ちかざね》が、故郷の温《ぬく》もりを渇望して訪れたせいか。すでに梅林は総じて葉を落とし、何の装いもしていないが、水の里は澄み切った空の青をあちこちに浮かべ、鮮やかな色を残す紅や黄の葉の彩りがその青に寄り添っている。

人生五十年というが、親誠はこの五十年を、大過なく生きてきた。

――このたびが、わしの人生で、最後の難所じゃ。

この嵐《あらし》さえ過ぎ去れば、夢にまで見た平穏無事な暮らしが待っている。府内で多忙のため長らく観賞していないが、心安らかに故郷の満開の梅を眺めたいものだ。

日の当たる主郭の縁側では、老父親廉《ちかかど》が葉の落ちた鉢木をいじっていた。会心の出来映えの白梅で、年が明ければ小さな蕾《つぼみ》を付け始めるそうだ。七十代も半ばを過ぎた親廉は、すでに政《まつりごと》の一線を退いて久しい。鉢木の出来映えも堂に入って、道楽の域を出ていた。

この夏の酷暑で、親廉は身体を壊して寝込み、一時は命も危ぶまれていた。だが、お道が美春とともに看病に駆けつけ、親誠が金に飽かせて各地の名医を呼んで手を尽くさせた結果、事なきを得た。ずいぶん痩《や》せ、歩くにも杖《つえ》が必要になったが、今ではゆったりと鉢木いじりを楽しんでいる。

「父上。わしにも、鉢木はできますかな?」

親廉はいったん手を止めたが、ふたたび動かし始めると、親誠に問い返してきた。

「府内で、何ぞあったのか?」

小心者で、府内に張り付いている息子が、別段の用もなく老父を訪れた珍事に、親廉は不安を覚えたのかも知れない。

まさに図星だった。

年が明ければ、後三ヵ国を揺るがす大事件が大友《おおとも》家に起こる。

まったく望まぬのに、親誠はその渦中に身を置かざるを得ない。いずれ主君大友義鑑《よしあき》から下されるであろう命に、親誠は戦々恐々としていた。

「あるも何も、近ごろの府内は角隈石宗、田原宗亀《たわらそうき》、佐伯惟教《さえきこれのり》など、腹に一物持っておる連中ばかり。それがしの心痛は始終、絶えませぬ」

見ると、鉢木に水を遣る親廉の手が震えていた。頭は総白髪《しらが》で、病気と労苦のせいか顔に皺《しわ》も多い。この老父に気苦労をかけるわけにはいかなかった。

「仄聞《そくぶん》するに、御館様は近ごろ、ちと横暴になられたのではないか？」

ご明察の通りだ。

国主となって三十有余年、名君大友義鑑の治政にも蔭《かげ》りが見えてきた。ささいな事で怒り、意に沿わぬ側近を手打ちにしたことさえある。だが、ひたすら平身低頭、義鑑に尽くし続ける親誠に、隙《すき》はないはずだった。

「政に厄介事はつきもの。父上が心配なさる話ではありませぬ」

今ある入田家は、父親廉が一代で築き上げた大身《たいしん》である。

親廉は、親誠に才能を継がせてはくれなかったが、富と地位と権力を与えてくれた。すべては父の七光で得たものだと陰口を叩《たた》かれる。その通りだ。だが、保身のために、親誠はどれだけ努力を重ねてきたことか。

親誠は生涯で所領を増やせなかったが、減らされもしなかった。浪費も女遊びもせず、ひたむきに府内で大友家に仕えてきた。むろん失敗は何度もしたが、小さなものばかりだ。己も五十になれば、親廉ほどの知恵がつくかと若いころは思っていたが、現実は違った。それでも親誠は天から与えられた器なりに、うまく身を守ってきた。「ひらめ」と揶揄されるが、己を誉《ほ》めてやりたいくらいだ。

ひらめは海底に這《は》いつくばって、ふだんは目立たない。いるのか、いないのか、気づかれぬくらいだ。親誠は上しか、主君しか、眼中にない。他を気にしている余裕などないからだ。

誰《だれ》が言い始めたのか、親誠にはいつしか「小びらめ」というあだ名がついていた。むろん親廉が「大びらめ」だ。親誠は佐伯の港で、五尺（約一・五メートル）もある大びらめを見た覚えがあるが、親廉に相応《ふさわ》しいあだ名だ。

「先だって、鑑康《あきやす》が来た。息災のようじゃな」

朽網《くたみ》鑑康（後の宗暦《そうれき》）は親誠の弟であり、昔、親廉が謀略で滅ぼした朽網家を嗣いだ。なかなかの戦上手で、義弟に当たる戸次鑑連とも懇意の仲であった。あまり親誠とは反りが合わぬが、同じ入田の一族として、入田家繁栄の一翼を担っている。

「お道が、鬼に側室を持たせるそうな。今度ばかりは、鑑連も観念したらしい」

数里離れた地に住まう父娘《おやこ》である。昔から仲もよい。戸次家のための無心の必要もあって、頻繁《ひんぱん》に往来があるらしかった。この夏も看病しながら、ずいぶん話したろう。

「子はもう、あきらめたのでござるか？」

あの賢く、強い妹が何かを断念する姿は、想像しにくかった。妹が子を欲しがっていると知り、親誠はこっそり何度も、柞原八幡宮《ゆすはらはちまんぐう》にお参りしたものだが。

夫の鑑連はいまや大友軍の中核であり、府内でときおり顔を合わせはするが、苦手な相手だった。それでも、義鑑でさえ持て余すあの強烈な人格を、親誠は嫌いでなかった。むしろ好きなほうだったが、まるで別世界に住む人間だった。

「あきらめたとは聞かぬが、お道もじきに四十じゃからのう。この夏、おだやかに死んでおくつもりが、わしも長生きしすぎたわい」

親廉が目を遣った先に、位牌《いはい》があった。

婿入りさせた甥の入田親助《ちかすけ》に思いを致したのだろう。

あの馬ヶ岳城《うまがたけじよう》攻略戦には、入田家が兵を出さねばならなかったが、親誠の代わりに、たとえば次弟の鑑康が出陣していたら、親助は死なずに済んだに違いない。今も、お道とつがなく暮らしていただろう。子は生まれていたろうか……。

――わしなんぞが、入田家の長子に生まれ、申しわけございませぬ。

何度口に出しかけて、呑《の》み込んだ言葉だろうか。

戸次鑑連、吉弘鑑理《よしひろあきただ》、臼杵鑑速《うすきあきすみ》、吉岡宗歓《よしおかそうかん》、田原宗亀、角隈石宗……。

大友家臣団には、きら星のごとき逸材が出て、大友家はますます栄えた。親誠は己の分を弁《わきま》え、与えられた仕事だけを懸命にこなしてきた。小役人だ、腰巾着《こしぎんちゃく》だ、小びらめだと誹《そし》られようと、意に介さなかった。だからこそ、大きな失態もなく、人生を渡ってこられたのだ。小びらめにしては上出来ではないか。

さいわい嫡男の義実《よしざね》は、親誠と違って抜け目がなかった。やっと十七歳になるが、親誠よりもうまく世を渡っていける。義実に引き継げれば、入田家は乱世を生き残れる。親誠はただ、繋《つな》ぎの役目を果たせばいいのだ。

「来年には、入田の家を義実に、任せたいと思うております る」

入田家を義実に嗣がせ、己は隠居して静かな生活を送る。親誠はそのためだけに生きてきた。

「義実なら、入田の家をしかと守っていけよう。ご苦労であったな、親誠」

ねぎらうように肩へ置かれた親廉の手に、己の手を重ねた。

「父上、ますます長生きされ、わしに鉢木を教えてくだされ」

あとほんの少しだ。

今回の難局さえ乗り切れば、この入田荘で隠居できる。政の世界をすっかり離れ、親廉から鉢木の手ほどきを受けながら、ゆるりと暮らすのだ。

†

出陣前の戸次館は、いつも賑《にぎ》やかで騒々しい。だが今回は急な出撃命令のせいか、大野じゅうに喧噪《けんそう》が溢《あふ》れていた。戦さえなければ、きのこ鍋で騒いでいる時節である。

美春はお道に命ぜられて、赤い陣羽織を新調した。

奥座敷へ届ける途中、叫び声がした。

「大友侍のなかには、お前様を武人の鑑《かがみ》と崇《あが》める者も数多《あまた》います。その戸次鑑連が、約束を破ると仰せですか!」

戸次の母御前の大喝に、美春は身体の芯《しん》から震え上がった。

お道はよく美春を叱《しか》ったものだ。当時は怖かっただけだが、いずれも美春のために叱ってくれたのだと、今ではわかっている。お道は美春の母代わりであり、この世でもっとも尊敬する女性でもあった。美春はお道の芯の強さに憧れた。お道のような女になりたいと思ってきた。

美春はお道が好きでたまらない。

――そのお方様を、わたしは裏切ったのだ……。

「たしかに、わしが約を違《たが》えたのは、生涯で初めてやも知れぬ」

襖《ふすま》の陰からそっと中を見やると、お道の前で、大友最強の将が深々と頭を下げている。

「ゆえにこうして、詫《わ》びておる。どうも若い女子はの……」

「たわ言を申されますな！　何のために側室を置くのです？　若い娘でのうては、子を産めますまいが！」

すぐに喧嘩《けんか》の理由がわかった。美春は申しわけない気持ちで、叫び出しそうだった。

もともと美春は、鑑連が大好きだった。

美春に限らず、侍女たちは強く優しい鑑連を好いた。娘がいないせいか、鑑連は実の娘のように侍女たちに接した。鑑連は知るまいが、美春は側室となるようお道に言いつけられて育ったから、誰もが敬ってやまぬ鑑連に憧れ、いつか己の夫になる偉大な人物だと思ってきた。

由布源兵衛と出会いさえしなければ、美春は喜んで鑑連の側室になっていたはずだ。

人間とは、恐ろしく手前勝手な生き物である。

源兵衛と恋に落ちてから、美春はその邪魔となる鑑連に、憎しみさえ抱くようになった。鑑連さえいなければ、源兵衛と結ばれるのだ。出陣した鑑連の戦死を願ったときまであった。

今や戸次家は大身である。その側室の座を望む女もいるだろう。だが、美春は富や地位に目の眩《くら》むような女ではない。そのように育てたのはお道だ。お道には「己をしっかり持て」と厳しく躾《しつ》けられた。だから美春は、源兵衛と添い遂げると決めたのだ。

源兵衛から別れ話を切り出された後、美春は大野川に身投げをしようと考えた。

深更、美春はひとりで川縁《かわべり》に立った。意を決して川面《かわも》へ至る石段を降り始めたが、その途中で躊躇《ちゅうちょ》した。そのとき、いつか聞いた鑑連の言葉が、なぜか思い浮かんだ。

――階段は休むためにあるのではない。登るためにあるのじゃ。

堀祥の提案で、原尻《はらじり》の滝近くにある緒方《おがた》の磨崖仏《まがいぶつ》に、皆でお参りした時だった。お道も行きたいと言い、美春も同道した。途中で息を切らして休む小太りの堀祥を、鑑連がたしなめて、何気なく発した言葉だったろうか。なぜか美春の心に残っていた。

後で話すと、源兵衛も同じ言葉を気に入っていて、人生の意味を感じ取ったという。お道から聞かされた鑑連の人生は、まさにどん底から、休む間もなく昇り続けた階段の連続だった。源兵衛も鑑連のごとく生きると公言していた。

死が待つ大野川を前に、美春は永遠に登れぬ階段を降りようとしていた。

怒ったときの鑑連の鬼瓦が、ふと脳裏に浮かんだ。

鑑連の一喝を浴びた気がした。

そのとき美春は踵《きびす》を返して、階段を昇り始めていた。

「美春のどこに不満がおありなのですか？　問題があるなら、改めさせまする」

「いや、実によき娘じゃ。が、ちと若すぎ――」

「若くない側室がどこにおりますか！　いったんは側室入りを認めながら、間際になって、駄々をこねるとは、何と往生際の悪い真似《まね》を……」

鑑連は黙って、お道に叱られ続けている。

昨夜、鑑連が自室で武具の手入れをしているとき、美春は勇気を出して部屋を訪ねた。

鑑連は美春を認めると、側室とする覚悟を決めていたせいか、どこか恥ずかしげなえくぼを浮かべながら、「何とした？」と、優しくうなずいた。

美春の話を聞き終えた鑑連は、迷わず即答した。

――相わかった。すべて、わしに任せよ。

――と……申されますと？

――源兵衛と添い遂げい。わしの自慢の息子じゃ。必ずやお前を幸せにしてくれよう。

――されど、お方様が……。

――それよ。こっぴどく叱られようのう……。

鑑連が鬼瓦に苦笑いを浮かべた。

――じゃが、案ずるな。わしとお道は、誰よりもわかり合うておる。お前たちも、わしらのような夫婦《めおと》になるがよい。

鬼瓦の笑顔にできる小さなえくぼが、今の美春には限りなく愛おしかった――。

「ご出陣の直前に話を持ち出すなど、お前様も卑怯《ひきょう》ではありませぬか？」

「すまぬ。なかなか言い出せんでな。今はただ、詫びる以外に、何も手立てを思いつかぬ。他にもよい女子がおれば――」

「もうけっこうです。時がありませぬゆえ、帰陣されたら、じっくりと夫婦喧嘩の続きをいたしましょう。されど、ご出陣のお支度をしてさしあげる気にはなれませぬ。美春！」

美春は何歩か後ずさって、もう一度名を呼ばれてから、奥座敷に入った。

お道はさっと立ち上がりながら、美春に命じようとした。

「鑑連公のご出陣じゃ。身支度を――」

「お方様！」

立ちくらみがしたのか、お道が板の間に倒れ込んだ。

「お道！　何とした？　お道！」

鑑連が血相を変えて叫んでいる。

「近ごろ、体調が優れぬと仰せでした。今朝がたも吐き気がすると――」

「褥《しとね》を用意せい。ひとまず休ませる」

鑑連が太い腕で愛妻を抱え上げた。

†

入田親誠は大友館の廊下を急いだ。まだ明けぬ空には小雪がちらついている。

――おそらく、ついにそのときが来たのだ。

親誠は大友家の次期当主、五郎《ごろう》義鎮の傅役《もりやく》であった。

世の家臣で、嗣子の傅役ほど、恵まれた境涯《きょうがい》も少なかろう。傅役の地位は、父親廉が入田家の未来のために植えてくれた、巨大な栄達の苗であった。親廉だからこそ成しえた、入田家始まって以来の壮挙である。

だが、親誠には重すぎる役目だった。

傅役は本来、優れた家臣が就くべき大役だ。親誠が付けられた五郎義鎮は、幼少から才気に溢れていた。あらゆる芸事に秀でた美貌《びぼう》の嗣子は、男としてむしろ羨望《せんぼう》の対象でしかなかった。

結局、親誠が傅役として伝えられたのは、主君の下にいる者の惨めさくらいだったろうか。

かくて義鎮は、親誠を小馬鹿にしながら成長した。親の七光だけで傅役となった平凡な男をさまざま試しながら、愚かな家臣をいかに操り、利用できるかを、義鎮は冷笑しながら観察していた。

入田親誠という凡庸な小心者が、乱世で栄達を守れたのは、親廉がすべてを膳立《ぜんだ》てしてくれていたからだった。だが、主君大友義鑑によって、その前提が崩されようとしていた。

親誠は大友館主殿の北にある「控の間」に入った。

密命が伝えられる際に使う小部屋だが、義鑑はまだ来ていなかった。

昨年の夏の終わり、義鑑はこの部屋で、親誠に驚愕《きょうがく》の決断を告げた。

——近く、義鎮を廃嫡する。跡継ぎは塩市丸《しおいちまる》じゃ。

義鑑の決意は固かった。

かねて次期当主とされてきた義鎮は二十歳となり、すでに偏諱《へんき》を請けた次代の家臣団もできあがりつつあった。今さら廃嫡をするのは時期を失している。だが、主君の命なら、否《いや》も応もなかった。昔、あの知謀に溢れた親廉でさえ、親治に打擲《ちょうちゃく》されていたではないか。あの父の姿を見たとき、主君にはただ従うべしと、親誠は悟ったのだ。

親誠は今回、父の親廉に諮らなかった。

義鑑が入田親廉の名を出して、絶対の守秘を命じたからだ。老いたりとはいえ、親廉は策士だ。入田を守るためにどう出るか知れぬ。義鑑は下手な動きをさせたくなかったのだろう。

これまで親誠は、義鑑の命令にただのひとつも背いた経験がなかった。理由さえ尋ねた憶《おぼ》えがない。それこそが、今なお乱世を生き延びている親誠の処世術だった。親誠は主君のために泥を被《かぶ》りもした。義鎮の女遊びに苦言を呈し、義鎮に家臣たちの前でさんざんに打擲される屈辱も味わわされた。

廃嫡の動きと秘密を知った以上、主命を守らねば、親誠の身も危なかった。

――万事、石宗の謀《はかりごと》で事を進める。そちは黙って、余の命に従っておればよい。

だいたい親誠ふぜいが思い悩んだところで、世は何も変わらぬのだ。大友を、民をどうするかは、角隈石宗など知恵のある者が考えればよい。親誠ごときに、石宗との知恵比べなど、できようはずもなかった。

義鎮の廃嫡が大友家にとって是か非か、親誠は知らぬ。だが、入田家にとってはむしろありがたい話だった。親誠は義鎮に馬鹿にされ、嫌われていた。その義鎮のもとで、入田家が今の栄達を維持できる保証はどこにもなかった。

事態の急変にあって、親誠は親廉の深謀遠慮に、今さらながら舌を巻いたものだ。

親廉は常に二つの道を用意すべし、と説いていたが、義鎮が国主とならなかった場合に備えて、手を打ってくれていた。

いまや義鑑の愛妾《あいしょう》となった奈津《なつ》は、もともと親誠の側室とするために親廉が育てた入田荘の娘であり、入田家から送り込んだ娘だ。気心も知れていた。側室となった後も、入田家が後ろ盾となって奈津を支援してきた。奈津の子、塩市丸が大友家を嗣ぐなら、もう一代の間、入田家は安泰だ。

親誠はかじかんだ手を擦《こす》りあわせ、息を吹きかけながら、声に出してみた。

「これが、最後じゃ。皆、わしに力を貸してくれい……」

義鎮廃嫡のために、義鑑が具体的にいかなる手を打つ気なのか、親誠は知らされていない。命令どおり、浜脇《はまわき》温泉での湯治を義鎮に勧め、もろもろの手配をした。府内入田屋敷の警固兵を秘《ひそ》かに増やし、肥後《ひご》に菊池《きくち》残党の蠢動《しゅんどう》ありとの名目で、津賀牟礼城に少しばかり兵も入れた。義鎮は馬鹿ではないから、結局、消すしかないのやも知れぬ。

今日にも、義鑑の腹心である重臣吉弘鑑理と田原宗亀が相次いで、国東から府内に入る。いよいよ事態が動き出すのだ。親誠の器は小吏にすぎずとも、加判衆《かばんしゅう》の入田家は多くの所領を持つ大身で、力があった。軍師角隈石宗にも諂った義鑑の企ては必ず成るはずだ。親誠はこれまで同様、保身に成功したのだ。

耳を澄ませても、大友館の外には、何の音もなかった。

だが、何も知らぬ天が日を昇らせるころには、愚かな人間たちの醜い闘争が始まっているだろう。

なお四半刻（約三十分）ほども待って、襖が開いた。

入田親誠は、主君に向かって背筋を伸ばし、深々と平伏した。

†

「お方様、今日はお加減がよろしいようですね」

早春の日だまりの縁側に座るお道には、どこか少女のような可憐《かれん》さがあった。

「お前たちが手厚い看病をしてくれたおかげです。礼を言います」

「お方様は戸次の母御前ですもの。当たり前ではありませぬか」

侍女たちの体調が悪ければ、お道は懸命に看病してくれる。お返しだ。

お道はいつも凛《りん》としていた。竹を割ったような性格は侍女たちの憧れだ。このような女性に出会えて、幸せだった。源兵衛が一生、鑑連に忠義を尽くすと言い切ったように、美春もお道のそばにずっと仕えていたかった。

「お方様のご不調が長引いておりますけれど、薬師《くすし》は何と……？」

お道がふっくらした頬を赤らめた。

台所へ来たお道が、かぐわしい炊飯の匂いにも吐き気を覚えるときがあった。美春も長年仕えてきたが、お道はずっと病知らずだった。

病気ではなく、もしかしたら――

「不躾《ぶしつけ》なお尋ねなれど、お方様。もしや……身籠もられたのではありませぬか？」

お道がぱっと顔を赤らめた。

少女のようにはにかみながら、うつむき加減で小さくうなずいた。

「おめでとう存じまする！」

美春は叫ぶように祝福した。うれし涙があふれ出てきた。

「薬師の見立てでは、絶対に間違いないと。されど、この齢《とし》での初産は見聞きせぬとも話していました」

これまで美春はいつもそばにいた。子を授かるために、どれほどの努力をお道が重ねてきたかを知っていた。それが役に立つのかさえわからぬのに、お道は決してあきらめなかった。

「石宗先生の秘術は本物だったようです。鑑連さまとは何かとぶつかるそうですが、これでまた、大友軍師の評判が上がるというもの」

「お方様。早うお殿様にお知らせ致しましょう。どれだけお喜びになることか」

お道は微笑みながら、小さくかぶりを振った。

「鑑連さまは、鬼瓦に満面の笑みを浮かべるでしょうね。あのえくぼも、きっと。されど、齢が齢ゆえ、薬師も戸惑っていました。糠喜《ぬかよろこ》びさせては、殿に申しわけが立ちませぬ。くれぐれも他の者には内密に頼みまする。堀祥どのにも、源兵衛にも言うてはなりませぬ」

戦が不得手な堀祥は、常に大野の留守居役であった。源兵衛は戦傷のため出陣しなかったが、由布家続《いえつぐ》に代わって、府内の戸次屋敷に詰めていた。

――今こそ、申し上げるべきではないか。

美春は腹をくくった。

「お方様、お話がございます」

改まって両手を突くと、お道は困ったいたずらっ子でも見るような顔をした。

「わかっています。源兵衛と夫婦になりたいのでしょう?」

美春は恐懼《きょうく》して、板の間に額を擦りつけた。

「どうかお赦《ゆる》しくださいまし。大好きなお方様を裏切るなんて、考えたこともありませんでした。でも、恋心というものはどうしても抑えきれなくて……。わたしがご出陣前に、お殿様に打ち明けて、ご無理なお願いをしてしまったのです」

「戸次鑑連が約を違えるなど、前代未聞の話。変だと思っていました。あの人にもう何を言っても無理でしょうね。わたしに甘えて、お前との約束を守ろうとするでしょうから」

心を通わせ合っているお道なら、必ず赦しが得られると、鑑連は知っているのだ。

「美春も源兵衛も、わたしたち夫婦《めおと》の子と同じ。皆が戻ったら、祝言を挙げましょう。鑑連さまも、戻ればまた、わたしに叱られると覚悟しているはずです。聞けばきっと胸をなで下ろすでしょうね」

「およろしければ、お方様のご出産を待って、ごいっしょにお祝いを。そのほうが何かと安上がりですから」

「慶事の出費を惜しむとは、困った子です。生まれくる子は、戸次と入田の絆《きずな》をさらに深める子ですから、入田の父や兄たちにも盛大に祝ってもらいましょう。戸次は今もって、いえ、きっといつまでも、手元不如意ですから」

二人が顔を見合わせて笑っていると、屋敷の正門のほうで馬の嘶《いなな》きが聞こえた。早馬らしい。何やら屋敷が騒然とし始めた。廊下を駆けてくる足音がした。

「一大事にございます！」

慌ただしく現れた若者は、由布源兵衛であった。

ふだん血色のよい顔がひどく青ざめて見えた。尋常な様子ではない。

まさか、戸次鑑連が敗れたのか……。いや、ありえぬ。

「府内大友館にて、御館様が逆臣の手に掛かり、薨去《こうきょ》なさいました！」

「何と……謀叛《むほん》、なのですか？」

「御館様は、塩市丸様を次の当主となさるべく、嗣子義鎮公の殺害を企てられた模様。されど逆に、大友館の二階にて、側近二名の手に掛かり……」

塩市丸と奈津も殺害されたという。驚天動地の報《しら》せに、庭の寒椿《かんつばき》までが聞き耳を立てているように、戸次館は静かだった。

「後を嗣がれた義鎮公が府内に入られ、大友家の全家臣を召集なさいました。近く、義鎮公の廃嫡と暗殺を企《たくら》みし謀叛人を討伐せよ、との大号令を発せられまする」

「その謀叛人とは……いったい、誰《だれ》なのです？」

豪胆で知られる源兵衛が、戸惑いがちに口を開いた。

「……入田親誠公にございまする」

†

そのころ、戸次鑑連は筑後《ちくご》の柳川《やながわ》にあって、雪色に染まる佐嘉《さが》平野を睥睨《へいげい》していた。

大友軍の本陣には、鑑連のほか、大友家重臣の三将が顔を揃えていた。

大友の宿将蒲池鑑盛《かまちあきもり》の居城、柳川城は肥前を望む枢要の地にあるが、柳川救援のために、鑑連らが派兵されたのである。

「わしが降伏なぞ許すと思うてか。謀叛人はすべからく首を刎《は》ねよ。大友に背く者は、この戸次鑑連がことごとく討ち滅ぼす」

――総大将。蒲池鑑貞《あきさだ》が降伏を願い出て参りました！

濁声で吼《ほ》えると、「総大将」と、かたわらに座る副将臼杵鑑速の嗄《しわが》れ声がした。

鑑速は養孝院の齢の離れた弟で、あの臼杵親連の従甥《じゅうせい》に当たる大友の名将である。

「鑑貞は蒲池の一族でござる。乱世を生くれば、いろいろなしがらみがあるもの。蒲池鑑盛殿は無二の忠臣なれば、蒲池の一族郎党は、温情ある沙汰《さた》を願うておるはず」

蒲池鑑盛自身は臼杵鑑速の隣で、目と口を固く閉ざしたままだ。鑑速が、鑑盛の言葉を代言してやったわけである。

「これは臼杵殿の言葉とも思えぬな。親兄弟、親族、姻族といえど、主家に背くなら、討ち果たさねばならぬ。半端な温情は、次の叛乱《はんらん》を生むだけよ」

鑑速が短くうなずくと、今度は田北鑑生《たきたあきなり》が口を開いた。

「こたび鑑貞は、戸次殿との戦いを避けて降伏を願い出たもの。降っても赦されず、必ず首を刎ねられるとなれば、叛将《はんしょう》は今後、捨て身になって最後まで抗《あらが》うのではござらぬか。乱世では温情も――」

「笑止。先に参ったうぬが鑑貞を降しておれば済んだ話ではないか。わが戸次の赤杏葉《あかぎょうよう》を見て震え上がり、今ごろ世迷《よま》い言を並べ立てたとて、もう遅いわ。命が惜しいなら、戸次鑑連が出陣する前に命乞いをしておけ。大友に背きし者には戸次が必ず死をもたらすと思い知らば、そも愚かな叛乱など企てまいぞ」

田北が押し黙ると、鑑連は続けた。

「兵も寒さに閉口しておろう。柳川城にて、首検分をいたす。鑑貞の指図で叛した将兵に咎《とが》はない。されば蒲池殿、貴殿の城にて、敵味方を問わず、兵らに温かい湯漬けでも食わせてやってくだされい」

鑑連が傲然《ごうぜん》と立ち上がると、軍議は終わった。


柳川城での首検分を終えた後、鑑連は露台に出て、豊後のある東を見やった。筑後にあっても、鑑連の心は今、大野の戸次館にあった。

戦場で過ごす正月はめずらしくもなかったが、今回、特に気がかりなのは、出陣前にめずらしくお道と諍《いさか》いを生じたせいだろう。別れ際のお道の、怒っているというよりは悲しげな表情を思い出すたび、心が軋《きし》んだ。ふだんおしどり夫婦と揶揄《やゆ》されるふたりの口論はまれだったが、喧嘩の原因はいつも同じだった。

「殿、大野はいま少し右手にございましょう」

　由布家続があごひげをいじりながら現れて、鑑連のかたわらに立った。

「叔父御。こたびの出陣命令は、いささか面妖《めんよう》であったな」

「御意《ぎょい》。この小さな叛乱に、わざわざ戸次と臼杵が出陣するまでの要はなかったはず……」

　肥前は長らく混迷を極めている。

　もともと大友家は肥前守護の少弐《しょうに》家と会盟を結んで、共通の脅威である大内《おおうち》家に対抗してきた。だが、長年月を経て、状況は大きく変わっていた。衰退著しい少弐家が内紛を起こしてさらに力を落とすと、大友家は大内家と結んで、少弐家を見限った。同家の家老であった龍造寺《りゅうぞうじ》隆信《たかのぶ》を蒲池鑑盛に庇護《ひご》させ、少弐家に対抗する駒として利用したのである。むろん大友義鑑には肥前を手中に収める野望があった。

　まだら模様の肥前で、大友方だった蒲池鑑貞が寝返り、少弐家が一時優勢と伝わったため、昨秋、援軍が派兵されたわけだが、さりとて肥前を制圧できるほどの大兵力の投入ではなかった。鑑連が出陣して支城を落とし始めるや、鑑貞は降伏したが、以前の状態に戻っただけだ。叛乱の鎮定後も筑後、肥前の安定のために、なお遠征軍は柳川にとどまって睨《にら》みを利かせよとの指図だが、兵力の出し惜しみは、義鑑の嫌うところだ。本気で肥前を制圧する意思はまだないと見ていい。折りを見て大攻勢に出るつもりか。

「叔父御は、酔いどれが何やら企んでおる、と見るか？」

「御意。おそらくは、御館様の意を受けた軍師角隈石宗の謀にございましょう」

石宗は大内家の宿将陶興房《すえおきふさ》に仕えていたが、十年ほど前に興房が死ぬと大内家を逐《お》われ、当時宿敵であった大友家へ亡命してきた男である。今では義鑑の懐刀《ふところがたな》として、政治に軍事に暗躍していた。ふだんは別府の温泉に浸かりながらひねもす酒を飲んでいるため、鑑連は「酔いどれ」とあだ名していた。かわいそうにお道は、石宗の秘術を信じて子を授かろうとしているが、やはり出任せであったらしい。

「酔いどれのおかげで、お道のきのこ鍋を食いそびれたわけか。ご隠居（入田親廉）も残念がっておられたであろう」

戸次家自慢のきのこ鍋は、お道の指図でできあがる。

男衆は、家忠らを筆頭に大野の山へきのこ採りに繰り出す。女衆は、侍女が総出で鍋支度をする。味付けはお道が決めていたが、近ごろは美春も手伝っていた。お道が実家の入田から隠居爺の入田親廉を招き、手土産と称して酒を大量に差し入れさせるから、戸次館の大広間できのこ鍋を囲む宴は毎秋、最高に盛り上がった。

「皆も嘆いておりましたな。されど、ほどなく吉弘勢と交代にございまする。お方様なら、帰陣祝いの支度をしてくださっておるでしょう」

鑑連の背後で、慌ただしくやかましい足音がした。巨体だけが作れる音だ。家忠しかいない。

「八幡《はちまん》殿、一大事じゃ！」

「うぬほどの勇将が慌てるとは何事じゃ。ついに由布岳《ゆふだけ》が火を噴いたか？」

「御館様が……薨去なされた」

十二　雪梅花

雪の残る原に、由布源兵衛は夢中で馬を疾駆させる。

遠い視界にようやく故郷、由布岳の雄姿が入ってきた。府内までは戸次川《へつぎがわ》と大分川《おおいたがわ》を渡り、あとひと駆けだ。

——源兵衛さま。必ず鑑連公にお願いして、入田攻めを止めてくださいまし。

別れ際の美春の哀願が、源兵衛の耳に何度もこだましていた。鑑連とお道のおかげで、美春との恋が実って祝言を挙げられるとの話も、早口で聞いた。

世に主君を討とうとして失敗した謀叛人を許す法はない。入田家には戦うか逃げるか、いずれかの道しかなかった。

新主大友義鎮が命ずる最初の戦だ。必勝を期すなら、負け知らずの戸次鑑連を総大将に任ずる成り行きが自然だった。

——叛将と血を同じくする室がおっては、戸次の将来に差し支えましょう。

そう言い残して、お道は津賀牟礼城へ去った。美春も付き従った。

このままでは、入田が滅びる。お道も、美春も死ぬ。

だが、大友最強の戸次鑑連が入田に味方すれば、事情は変わる。入田は後三ヵ国に大領を持つ大身だ。その入田と戸次が手を結べば、たとえ全大友将兵を敵に回そうとも、勝敗のゆくえはわからなくなる。少なくも日和見《ひよりみ》に入る連中が出よう。むろん源兵衛は、内戦など望んでいない。入田と戸次の力を背景に義鎮と交渉して、何としても戦を回避するのだ。

すでに府内は大友家の将兵でごった返していた。

脇道に入って混雑を迂回《うかい》する。

戸次屋敷に着くや、源兵衛は広間へ駆け込んだ。

「遅いぞ、源兵衛！」

安東家忠がどやしつけるが、顔にいつもの明るさはない。鑑連が手で家忠の向かいに座るよう示した。本来、由布家続が座るべき場所である。戸次鑑方もいない。

「叔父御と鑑方なら、今しがた先に大野へ戻ってもろうた。また、戦じゃからのう」

家続たちは源兵衛と入れ違いで、戸次勢を率いて府内を出立したらしい。少しでも将兵を休めるとともに、新たな戦支度をするためだという。

「戦とは、もしや入田攻めではございますまいな？」

「他に何がある。わしが討伐軍の総大将じゃ」

「無用の戦にございまする。お断りなされませ」

「総大将はわしから買《こ》うて出た」

源兵衛はいきなり面喰《めんく》らった。

「何と……。殿は、入田攻めを止めるべきお立場ではありませぬか！」

「大友に背きし者は、滅ぼす以外にない」

「お待ちくだされ！　親誠公は、亡き御館様の命に従い――」

「わかっておる。親誠公に陰謀を企む器なぞない」

家忠が荒々しくさえぎってきた。

「大友館の連中は皆、それを百も承知で、親誠公を謀叛人に仕立て上げた。お前が戻る前にさんざん議論は尽くした。殿はもちろん、この場におる誰も、入田攻めなぞしとうはない」

鑑連らが府内へ戻ったときには、二階崩《にかいくず》れの変と呼ばれる今回の政変はすべて入田親誠の責めとされていた。

親誠は己を打擲《ちょうちゃく》した義鎮を怨《うら》み、意趣返しを企んだ。嘘《うそ》か真《まこと》かは関係ない。入田家が輿入《こしい》れさせた愛妾の子を王座につけんと策動し、亡き義鑑を唆《そそのか》した首謀者となったのだ。

「われらが肥前から戻る前に、入田討伐は決しておったのよ。大友館には入田攻めの恩賞に群がる家臣が殺到しておった。いかに殿とて、覆《くつがえ》すのは無理じゃ」

源兵衛も何度か会った経験はあるが、お道の異母兄、入田親誠は大身でこそあれ、主君に平身低頭尽くすだけの小心者だった。とうてい権力闘争を主導できるような人物ではない。

「正義はどこにありまする？　濡《ぬ》れ衣《ぎぬ》と知りながら、戸次が不正義の戦をするのでござるか！」

源兵衛は夢中で吼《ほ》えた。

反駁《はんばく》しようと身を乗り出す家忠を、鑑連の太い腕が制した。

「戦に正義なぞはない。あるのは勝ち負けだけじゃ」

「わが戸次軍は、大友最強の精兵。敗北を知らぬ戸次鑑連の武威の前には、有象無象の大友家臣どもなぞ、ひれ伏しましょう。入田は大身。戸次が味方すれば、大友に対抗できまする！」

「気でも触れたか。なぜ戸次が主家と戦う？」

「そうではありませぬ。力を使い、戦をせずに和を作るのでございまする」

「甘いぞ、源兵衛。誰の謀かは知らぬが、入田は完全にはめられた。大身なれば、恩賞は大きい。今まさに大友家臣団は、釣り上げた大びらめに群がって、生きたまま喰らわんとしておる。これは戦でさえない。ただの漁じゃ。和なぞ作れぬわ」

「されど、主命に従っただけの入田を討ち滅ぼすは、あまりに酷ではありませぬか」

「昔から、乱世は過酷なものと相場が決まっておる。入田は敗れた側に与《くみ》したのじゃ」

取り付く島もない態度に、源兵衛は鑑連のほうへ詰め寄った。

「今、入田を守れるのは、戸次以外にありませぬ！」

「なぜ戸次が、叛将を守らねばならぬ？」

「入田はお方様のご実家ではありませぬか！」

「それが何とした？　わしは大友に逆らう者どもをことごとく滅ぼしてきた。例外はない」

鑑連が巨眼を剝《む》いていた。だが、怯《ひる》むものか。

「金のない戸次を、いつも入田は支えてくれました。親誠公もきのこ鍋の宴に一度お越しになったではありませぬか」

親誠は小びらめと陰口を叩かれてきたが、分を弁《わきま》えた小心者で憎めないところがあった。戸次家臣団では意外に人気が出て、再訪を願う声さえあった。残った焼きのこをもったいないと土産に持ち帰るような男が大陰謀など企むはずもなかった。

「こたびの話は簡単至極。大友宗家を嗣《つ》いだ新たな主君が入田征伐を命じた。されば戸次は、主命に従うのみ」

「殿は、恩義ある入田家の城を、赤杏葉の軍旗で取り囲むと仰せか！」

「話が逆じゃ、源兵衛。恩義あればこそ、入田は戸次が滅ぼさねばならぬ」

何とむちゃくちゃな話だ。

源兵衛は歯ぎしりしながら、鑑連を睨みつけた。

「それがしが大野を出ると同時に、お方様は津賀牟礼城へ向かわれました」

源兵衛の言に座はいっせいにどよめいたが、鑑連は表情を変えなかった。

「お方様はれっきとした戸次の母御前。入田にお戻りになる要はなかったはず。何ゆえ行かれたのか？」

森下釣雲《もりしたちょううん》の問いに、源兵衛は鑑連を見つめたまま、答えた。

「叛将の妹は、戸次の室に相応《ふさわ》しからず、と」

鑑連に、最愛の妻を討てるはずがない。

入田攻めを思いとどまらせるために、お道は入田へ戻ったのだ。

「殿は、戸次の母御前を討つとでも、仰せでござるか！」

絶叫する源兵衛に向かって、鑑連はひと呼吸置いてから、ゆっくりとうなずいた。

「然《しか》り。すでにお道は、津賀牟礼城を死に場所と定めておろう」

絶望して言葉を失った源兵衛に、鑑連が続けた。

「お道はわが妻にして、わが家臣にはあらず。そもわしが命じて唯々《いい》諾々《だくだく》と従う女ではない。戸次鑑連の妻として、お道がいかに身を処するかは、己で決めるであろう。ご隠居も、戸次の入田攻めを望んでおられるはずじゃ」

鑑連は議論を打ち切るように、居住まいを正した。

「殿、お待ちくだされ！　このままでは、何も知らぬ世人は、戸次鑑連は己が軍功のために、妻を離縁して攻め滅ぼした鬼じゃと述べ立てましょうぞ！」

「源兵衛！　控えんか！」

家忠の叱声《しっせい》を、鑑連は手で制した。

「よいではないか。そのとおりじゃからのう。わしは、生まれたときから、鬼じゃ。今さら人に戻ろうとは思わぬ」

「本物の鬼とて、愛する者を、己の手で討ち果たしはいたしますまい」

「夫婦には、それぞれ求める幸せの形がある。他人が口を出す話ではない」

源兵衛は夢中で吼えた。

「愛する夫に討たれて、幸せな妻がどこにおりましょうや！」

鑑連は顔色を変えず、だが、いくぶん伏し目がちに応じた。

「お道のことは、わしが誰よりもわかっておる」

——申し上げます！　大友館より伝令！

新主大友義鎮から、総大将戸次鑑連に対して、正式な入田追討令が届いた。

鑑連が立ち上がると、漆黒の鎧《よろい》がやかましく鳴った。

「皆の者、出陣じゃ！　こたびの入田攻めで、戸次は大友第一の功を上げるぞ！」

†

――しばらくじゃな。お前の才覚なら、あるいは運命を変えられるかと思うたが、戸次軍の馬蹄《ばてい》がこの城に迫っておるぞ。

大岩に座った老翁が親しげに話しかけてきた。長すぎる白眉毛《しろまゆげ》を憶えているが、齢は同じくらいになったのだろうか。

――お主の言うたとおり、長生きをして大損したわい。人間、絶頂で死ぬ勇気を持つ者がいちばんの幸せを摑《つか》めるのやも知れんのう。

入田親廉が愚痴をこぼすと、老翁は憐れむように何度も小さくかぶりを振った。

――まもなく鬼が、父を、兄を、妻を、子を殺しにくる。わしもほどなく焼き殺される。誰しも、運命を変えられぬものじゃな……。

メジロの忙《せわ》しない鳴き声に、親廉は目を覚ました。

日だまりの縁側で鉢木の世話をするうち、うたた寝をしていたらしい。人は誰しも齢を取るにつれ、眠りが浅く、細切れになってくる。

親廉は手にしていた手入れ鋏《ばさみ》を置くと、杖を突いて露台に出、庭を見やった。

津賀牟礼城の梅は今まさに、紅白入り乱れて満開であった。

立派な八重咲きの豊後梅である。

大岩の上のしだれ梅も、白い死に花を咲かせている。

親廉の幼時から植わっていた古木だった。

「たしかに、わしとお主は運命に敗れたやも知れぬ。じゃが、あの男はまだわからぬぞ」

穏やかな微風が、爽《さわ》やかな梅の香りを届けてくる。

人生の最期に眺めるには、なかなかによい景色ではないか。

あまりの見事さに、義鎮の守護職補任《ぶにん》を祝う宴でも催したいものだが、この城はまもなく、朋輩たちによって攻め落とされる。

乱世にはよくあるただの不運なのか、角隈石宗に謀られたのかは知らぬ。だが、大友宗家にとっては、力を持ちすぎた家臣を滅ぼす好機なのだ。入田ほどの大身なら、大領を分け合える。滅ぼし甲斐もあるだろう。

「父上は昔から縁側がお好きでしたね」

優しい声をかけられると、親廉は縁側へ戻り、お道の隣に座った。

幼いころは用もなく親廉の膝《ひざ》の上に来てくれたものだ。少し膨らんだ腹を抱えて座る愛娘《まなむすめ》の姿が、哀れを誘った。

「わしも、この前の夏にくたばっておけばよかったのう。お前がまだ生きようとうるさかったゆえ、つい余計な欲を出してしもうた。わしとしたことが、最後の最後で不覚をとったわ……」

「でも、この見事な梅をご一緒に見られたではありませんか。あと、雪梅花が見られれば、申しぶんないのですけれど……」

父として、愛娘といっしょに死んでやる役割を果たせるわけだ。そう考えると、最後に待っていたこの運命も、耐えきれぬほどには過酷でないのやも知れぬ。

「立派に咲きましたね」

お道が、鉢木の白梅を誉めてくれた。

鉢木の大きさなら梅も思い通りにできようが、梅林ともなれば手入れに苦心する。親誠には鉢木でよかったのに、親廉は手に負えぬ梅林を渡してしまったわけか。

「父上は、白がお好きなのですね？」

「混じりがのうて、よい」

考えてみれば、入田はもう少し他と混じるべきであったろうか。戸次のように主従が入り混じって家を支える家風であったなら、入田を守るために、家臣も朋輩も立ち上がってくれたろうか。

「わたしはどれも好きでしたが、今では濃紅《こいくれない》がいちばん好きになりました。戸次の赤ですから」

愛娘は己の意思で、愛してやまぬ夫を離縁し、落城間近の城へ戻ってきた。

かつては持ち前の才覚で大友家臣団の頂点にまで登りつめた親廉も、今は老いて、滅びのときを待つしかない。何もしてやれることはなかった。

「いつ、鬼は来《き》おるかのう」

「真っ先に乗り込んでくるでしょう。朽網の兄上にも、迷わずこの城を攻めるよう、文を送っておきました」

親廉の次男、朽網鑑康が大友家で生き残れば、ともかくも入田の血は残る。入田家再興の望みも皆無ではなかった。

――申し上げます！　入田攻めの総大将は、戸次鑑連にございまする！

当然の人選だ。入田を滅ぼすに相応しき将として、他に誰がいるのだ。

「鬼の赤子が、実に大きゅうなりおったわ」

もしもあのとき、親廉が八幡丸の出生を認めなかったら、入田は滅びを免《まぬが》れたろうか。

「わしは親治、義長、義鑑公の三代にお仕えし、思いのままの栄達を得た。こたびの政変の責めを入田が一身に負えば、内戦は避けられる。大友家に対してできる、わしの最後のご奉公じゃ。今までずいぶん良い目を見させてもろうた。多少は世の役に立たねばの」

「この城に寡兵で立て籠もる老将の白髪と円背を見れば、父上のお覚悟は、わが夫と戸次の将兵に、しかと伝わるはず」

さすがにお道だ。親廉の心をわかっている。

「鑑連さまも、よう決断されました。戸次が赤杏葉を押し立てて、真っ先に入田を屠《ほふ》るなら、大内も菊池も、国内の叛意ある者たちも、この内戦がすぐに終わるとわかるはず」

「あの戦神に勝てる将が、どこぞにおるとも思えぬしのう」

鑑連は、大友の内戦を、この一戦のみで短時日に決着させ、外敵に蚕食《さんしょく》する時を与えぬ肚《はら》だ。

お道も、親廉も、鑑連の心をわかっている。

「お前が戸次に嫁いだとき、わしは入田の滅びのさだめを変えられると思うた。じゃが、お前にまで残酷な運命を背負わせてしもうたの。どうじゃろう？　鑑連が総大将を買うて出たのは、この戦で最大の功を立て、その功と引き換えに、お前の助命を勝ち取るためじゃとは考えられぬか」

「だとすれば、大馬鹿ものです」

「やはり腹の子とともに生きる道はない、か」

お道は妊娠のせいでふくよかなあごで、うなずいた。

「戸次鑑連の妻が、無様な命乞いを夫にはさせられませぬ。主君の命を狙《ねら》った謀叛人の妹を正室とする将が、大友家で武士《もののふ》としての生を全うできましょうか。たとえ妻子を殺《あや》めようとも、法を貫くほか道はないのです。わたしは戸次の母御前として、戸次のために死にましょう。そのために、この城へ戻ったのです」

鑑連はこれまで、大友に叛逆《はんぎゃく》する者たちをことごとく討滅してきた。

他では法に基づく処断を厳正に下しておきながら、自らは法を曲げ、私情で妻を守った者を、この後、誰が信じようか。ただの一度でも道を踏み外せば、終わりだ。鑑連が初陣《ういじん》以来、培ってきた絶対の武威は凋落《ちょうらく》する。後には、ただ戦に強いだけの蛮将が残るだろう。そんな男はもう、戸次鑑連ではない。逆に、非情の鬼となって愛妻まで討ったとなれば、その苛烈《かれつ》なる忠義は、鑑連の武威をいっそう高めるであろう。

お道の言葉に、親廉は小さくうなずいた。

言うだけ無駄だ。お道の心はすでに定まっている。

「近ごろよく動くのです。己の中に別の人間がいるとは、不思議な感じがするものですね」

お道は膨らんだ腹を優しくさすっている。

「この子はわたしとともに、参りまする。戸次の足手まといになりますから」

鑑連とお道の子なら、男女いずれでも大友家にとって有為な人材となったのではないか。だが、世に必要な人間が皆、無事に生まれてくるわけではない。

その昔、お梅《うめ》は自ら命を断って、腹の子を生かした。失う物が何もない、零落した戸次家に跡継ぎを残すためだった。今は逆だ。大友の宿将となった戸次家に、叛将の血を引く子なぞ邪魔なだけだ。ゆえにお道は、お梅と異なる決断をしたのだろう。

「見上げた妻じゃ。さすがは戸次鑑連が選んだ女よ。苛烈なる男の妻は、負けず劣らず、苛烈じゃわい」

「最高の褒《ほ》め言葉、うれしゅう存じまする」

おそらくはこれが、鬼の妻にもっとも相応しい死に方なのだ。毫《ごう》も悔いはなかろう。

†

篠《しの》突《つ》く雨が、天の怒りを人に伝えるかのように山野を濡らしている。

日暮れ前、戸次鑑連と家臣団が大野に到着すると、家続と鑑方はすでに戦支度を整えていた。夜明けを待って、津賀牟礼城攻略のために全軍で出撃する。

戦の前日はいつもにぎやかな戸次の将兵たちが、打って変わっておとなしい理由は、荒天のせいだけではなさそうだった。

鑑連が藤北《ふじきた》の常忠寺を訪ねると、来訪を予期していたのか、方丈《ほうじょう》には灯《あか》りが点《つ》いており、養孝院が端座して待っていた。すでに鑑方から、府内での凶事と出陣の目的は伝えられている。

「母御《ははご》、忠義とは畢竟《ひっきょう》、何でござろうな?」

鑑連にとって、主君とは大友義鑑だった。鑑連は義鑑の絶大な信頼を受けて、大友家の大半の戦に出陣し、勝利を収めてきた。時に衝突《しょうとつ》はしても、義鑑の信任は揺るがなかった。

新たな国主大友義鎮とは、父義鑑との不仲のゆえに義鎮が退けられていた事情もあって、まだそれほど言葉を交わした憶えがない。

「そなたの父は、片腕を失くしても、愛妻を死なせても、なお忠義を貫きました。たとえ愚かじゃ、鬼じゃと誹《そし》られようと、それが、戸次の変わらぬ家風。戸次家の菩提寺《ぼだいじ》が、常に忠たれと名付けられたのは決死の覚悟があってのこと。そなたの代で変える真似は許されませぬ」

塩市丸が生きていれば、話は単純だった。

鑑連は義鑑の命に従って、敵である義鎮とその一派を討ち果たしたはずだ。だが、鑑連が仕えるべき主君は、義鎮しか残っていなかった。死に目には会えなかったが、義鑑は義鎮を次の国主にと遺言して逝った。ならば爾後《じご》は、義鎮と大友を守ることが、鑑連の忠義だった。

「母御、これから入田攻めに向かい申す」

「琴瑟《きんしつ》相和す夫婦に、かような別れが待ち受けていようとは……言葉がありませぬ」

養孝院は何度も小さく首を横に振りながら、いたわりの目で鑑連を見ていた。

「愛する者を討たねばならぬ戦は、初めてでござる」

「あまりに苛烈なれど、これが、そなたたち夫婦の愛の形なのでしょう」

「母御。わしを、止めなさるか?」

命の恩人と最愛の妻を討ちにゆく戦だ。

「いいえ。母といえど、夫婦の間に口を挟むべきではありませぬ。死地へ赴《おもむ》くお道も、わたしには止められませんでした」

入田へ戻る前、お道が別れを告げに、常忠寺を訪れたという。

「お道は開口一番、笑顔で言ってのけました。今こそ、戸次家最大の好機が到来した、と」

――この戦は、戸次が新たな御館様のもとで輝くための最初の試金石。されば、寸毫《すんごう》の迷いもなく、速やかに入田を討たれませ。

お道が落ち着き払って、堂々と言ってのける姿が、鑑連の脳裏《のうり》に浮かんだ。

養孝院は脇に置いていた文箱《ふばこ》の蓋《ふた》を開けると、中から一通の文を取り出した。

「そなたへの離縁状を預かりました。わが最愛の夫にお渡しくださりませ、と……」

手渡された文を開こうとした鑑連は、愕然《がくぜん》として己の手を見た。震えている。

――この戸次鑑連が、何かを怖れているのか。

いかに苛烈極まる戦場にあっても、恐怖など微塵《みじん》も感じぬ鬼が、何を怖れている？

遺書となる文には、お道らしい上品な達筆で、一字一字ていねいに、鑑連への詫びと感謝と別れの言葉、さらには叱咤《しった》と励ましの言葉が綴《つづ》られているに違いなかった。

最愛の妻との別れは、これほどにも苦しく、心が痛むものなのか。

鑑連はお道をかき抱く代わりに、手のなかの文をそのまま握り締めた。

開いて読めば、遠い昔にした、父との約束を破りそうだった。

「そなたは、まことによき妻を得ました」

養孝院はわが子の心を察したのか、鑑連の手の甲に己が手を重ねた。

「そなたの心が揺るがぬよう、口伝えを頼まれています」

――入田家の本貫地《ほんがんち》は大きく、蔵には米も金も溢れるほどございます。戸次は入田を屠《ほふ》って大きゅうなられませ。入田を滅ぼす者は、大友のためにも、戸次でのうてはなりませぬ。

この戦で、戸次はさらに飛躍しうる。親廉が手塩にかけて富ませた所領を得て、懸案《けんあん》だった火の車を解決できる。それだけではない。入田領は肥後に接している。この地を戸次が領すれば、政情不安定な肥後で事が起こっても、豊後大友は西の防衛を固められる。入田の地は絶対に他家に渡してはならぬのだ。

言われずとも、むろんわかっていた。

水の里、入田はお道が愛し、鑑連との恋を育んだ故郷だ。誰にも渡さぬ。

――戸次鑑連は日本一《ひのもといち》の武士《もののふ》。叛将の妹を正室として、後ろ指をさされながら生くべき武人ではありませぬ。鑑連さまはわたしを日本《ひのもと》でいちばん幸せにしてくださいました。そのご恩に報いるには、鑑連さまを日本一の忠義者として差し上げるほか、ありませぬ。

鑑連は入田討伐で最大の功を挙げ、新国主のもとでも大友家の宿将たる地位を不動とする。たとえ非道の鬼と誹られようとも、法を固く守り、主家のために最愛の妻さえ離縁して討った戸次鑑連を、大友義鎮も大友家臣団も、無二の忠臣と認めざるを得まい。お道は戸次家繁栄の礎《いしずえ》となるべく、死の待つ入田へ去ったのだ。

お道とはすべてわかり合っている。仮に懇願《こんがん》したところで、戻ってくるような女ではない。最後の気持ちもたしかに受け取った。哀しくて堪《たま》らぬが、これでよいのだ。

「されば、これにて御免」

鑑連は深い息を吐いてから、養孝院に一礼して立ち上がると、迷いなく踵《きびす》を返した。

「お道は言いませんでしたが、ひとつ、気づいたことがあります」

振り返って見ると、あの気丈な養孝院が、目に溢れんばかりの涙を浮かべている。

「そなたの心を迷わせぬためでしょう。羽織で隠そうとしていましたが、気づいてしまいました。お道は、身籠もっています」

鑑連は雷電に撃たれたように片膝を突いて、頽《くずお》れた。

「今朝がた、出入りの薬師を摑まえて確かめました。あと三月《みつき》ほどだとか」

昨秋のお道の体調不良は、悪阻《つわり》のせいだったのだ。

懐妊に気づいたお道は、どれだけ喜んだろうか。

お道はすぐにも陣中の鑑連に伝えたかったろう。着陣してから、具合はよくなったと文が届いたが、戦場にある鑑連の心を私事で乱すべきではない。高齢での初産ゆえに、失敗もありうる。小糠祝《こぬかいわ》いとならぬよう、何も報せなかったのだ。

鑑連は、慣れぬ手つきで甥の千寿丸をあやしていたお道を思い出した。

お道はどれほど、子を産みたかったろう。もうすぐ生まれてくる血を分けたわが子を、しっかと抱き締めたかったろう。腹を痛めたわが子の温もりを腕のなかで感じ、その匂いを嗅ぎ、頬ずりしてみたかったろう。

「大友最強の将などと評されながら、何と不甲斐《ふがい》なき男か……。妻も、腹の子も守れず、己が手で討たねばならぬとは……」

そばへにじり寄ってくる衣擦《きぬず》れの気配がした。

養孝院が、無様に頽れている鑑連を抱き締めてくれた。

「わたしも無力な母です。わが子に、こうしてやることしか、できませぬ……」

「母御、ひとつだけ、お許しをくださらぬか……」

鑑連の視界が歪《ゆが》んだ。

「戸次の当主を嗣いで二十四年、この鑑連、親爺殿の言いつけを破った覚えはござらぬ。されどど、今宵《こよい》だけは……」

「父上もきっとお許しになるはず。決して誰にも言わぬ。わたしとそなただけの秘密にいたしましょう」

いつまでも降りやまぬ雨が、血の繋がらぬ母子の悲嘆を、他には決して聞かせぬように、常忠寺の佇《たたず》む林からあらゆる音を奪い去っていた。

†

「父上、お赦《ゆる》しくだされ。わしには、入田が大きすぎました」

入田親廉の前で、濡れ鼠《ねずみ》の親誠が肩を震わせていた。深々と平伏する五十歳の嫡男の頭には、ずいぶん白髪が増えていた。

大友家臣団の軍勢が集結し始めた府内を、親誠は命からがら脱出した。途中、嫡男の義実ともはぐれ、今しがた数騎で津賀牟礼城に落ち延びてきたのである。

まだ、夜明けまでは時間があった。

「こたびは、ちと相談が遅かったのう……」

凡才に産んでおきながら、親誠には背負いきれぬ重荷を受け継がせてしまった。

若き親廉がのし上がる前の入田の小領なら、親誠でも立派に入田家を守り抜けたに違いなかった。大身ゆえに、野望に燃える群雄たちの格好の餌食《えじき》とされたのだ。

親廉は耳を澄ましてみた。静かだ。

さっきまでしていた雨音もしない。止《や》んだのか。いや、寒さが強くなった。雪に変わったのだろう。そうすると、明日は雪梅花が見られるだろうか。

「父上。この戦、入田に味方する将もなく……勝ち目はございませぬ」

後三ヵ国にまたがって所領を持つ入田家の動員兵力は本来、五千を下らない。だが、今回の政変では出兵を予定しておらず、本貫地の入田だけで兵を集めるしかなかった。

決戦を前に、はたしてどれだけの兵が入田家を守るためにこの城へ入ったろうか。

入田家当主は加判衆として府内に常在し、大友家の政《まつりごと》を担《にな》ってきた。本貫地での兵の鍛錬など、ほとんどした憶えもなかった。

戸次鑑連を総大将とする大友の大軍来たる、の噂《うわさ》を聞いただけで、入田家の将兵は四散した。歴代の家臣は次々と姿を消し、城に集まったのはごくわずかの忠臣と、親廉が道楽で助けてきた孤児たちだけだった。城がいやに静かなのも、そのせいだった。

「父上。夜陰に紛れ、阿蘇《あそ》へ落ち延びましょうぞ」

親誠の正室は、阿蘇大宮司惟将《これまさ》の実姉である。

「義弟とは申せ、どこまで信じてよいかは考え物じゃな。肥前に潜んでおる菊池義武《よしたけ》の出方もわからぬが、大友に逆ろうてまで、没落した入田を守るかどうか。大宮司も食えぬ男ゆえ、不審な動きあらば、早めに逃れるがよい」

「……では、父上は行かれぬ、と？」

すでに将棋は詰んでいる。後は、人生の終え方だけの問題だ。

「わしはもう齢じゃ。生き延びたところで、さして人生は残っておらぬ。この城でゆるりと死んで見せるわい。多少の時間稼ぎにもなろう。もし義実がこの城へ逃れてきたなら、どこぞへ落ち延びさせてやろう」

親誠がすがるような目で親廉を見ていた。

「苦労をかけた。すまなんだな、親誠」

父が抱き締めてやると、子は父の胸の中でおいおい泣いた。

†

「雪のせいで遅れておるが、夕刻には全諸将が集結しよう。さればかたがた、日没とともに、あの城に総攻めをかける。一兵も討ち漏らさぬよう、火をかけよ」

津賀牟礼城の北面直下に敷かれた大友軍の本陣では、総大将戸次鑑連の濁声が響いていた。

「入田親誠は新たな国主、大友義鎮公を弑逆《しいぎゃく》せんとした叛将。さればこそ、降伏は許さぬ。城より逃れ出んとする者あらば、容赦《ようしゃ》は要らぬ。親誠を始め、入田家の一族郎党、見つけ次第、ことごとくその首を刎ねよ」

諸将が帷幄《いあく》を去り、ぞろぞろと自陣へ戻ってゆく。

誰がやっても勝てる一方的な戦に、各地から有象無象の将たちが褒賞《ほうしょう》目当てに群がっている。

軍議が終わった後も、由布源兵衛は主君の鬼瓦を睨《にら》みつけていた。

鑑連の憎々しいほどの落ち着きと余裕が、癪《しゃく》に障ってならなかった。

――なぜ、平然としていられるのだ。

源兵衛はつい今しがたまで、鑑連を信じていた。鑑連はあえて総大将として征討軍の実権を握り、入田家の降伏を認める肚なのだと考えていた。他の将には無理でも、鑑連の武威なら、できるはずだった。豊前か肥後の一隅でもいい、小領を安堵《あんど》されれば、入田家は救われる。誰も死なずに済む。せめて、命だけは助けると思っていた。

――だが、甘かった。

鑑連は降伏勧告さえ、しようとしなかった。征討軍の先頭に立って、完膚《かんぷ》なきまでに入田家を滅ぼす気だった。

「この入田攻めにあって、最大の功は、わが戸次が上げねばならぬ。一番乗り、一番槍、一番首、すべて他家には渡すな」

鑑連の重い言葉に、安東家忠が場を和ませたいのか、おどけた。

「なすび風情に、手柄は渡せせんからのう」

他紋衆の雄、佐伯惟教のなすび顔を揶揄《やゆ》したものである。

佐伯は二階崩《にかいくず》れの変で義鎮に味方し、急速に台頭し始めていた。今回も戸次勢に次いで早々に戦地入りし、戸次の隣のよい場所に布陣している。

津賀牟礼城は巨城だが、見たところ守備兵が足りない。やがてこの地に集結する大友軍二万の城攻めを防ぎ切れるはずもなかった。

陥落必至《かんらくひっし》の城に、美春も、お道も、入っているのだ。

夕刻、鑑連が出す総攻めの下知《げち》ひとつで、二人は死ぬ。源兵衛の恋も終わる。

「戸次が真っ先に攻め込めば、ご隠居（入田親廉）とお道は、自落を選ぶ。双方、無駄な戦死者を出さずとも済むであろう。されば、鑑方よ。一番乗りはうぬに頼みたい」

「承知してござる」

戸次鑑方が硬い表情でうなずいた。

家中きっての慎重派が先陣の名乗りを上げる姿を見れば、戸次の確たる意思が、入田にも伝わるというわけか。鑑連は最初から、一侍女にすぎぬ美春の身など、まるで考えていない。

鑑連以下、戸次勢は鉄の結束を誇った。たとえ鑑連の下知に寸分かの不服があろうとも、戦が始まれば、全将兵が一団となって敵を討滅する。それが戸次という兵団だ。

――だが皆、戦いたくないはずだ。誰かに止めてほしいはずだ。この戦は間違っていると、誰かが言い出すのを待っているだけだ。強がって、見栄《みえ》を張って、言い出せぬだけだ。

源兵衛は意を決して鑑連の前に出ると、片膝を突いた。

「お待ちくださりませ！　今、お方様とご隠居様はいかなるお気持ちで、戸次の赤杏葉を眺めておわしましょうか。この城攻めは、間違いでござる！」

鑑連は子に諭《さと》すように、おだやかな口調で答えた。

「うぬは戸次しか、入田しか、見ておらぬ。されど国の外を見よ。こたびの政変を知り、内戦が長引くとみれば、大内はただちに会盟を破り、狂喜して南下するであろう。肥前に隠れておる菊池が肥後へ舞い戻り、この機に乗じて豊後を侵すやも知れぬ。この内戦は、速やかに終わらせねば、外敵の介入を許す。ご隠居は大友の内戦を避けるために、人身御供《ひとみごくう》となる道を選ばれた。恩義があるからこそ、入田を滅ぼすのは、戸次でのうてはならぬのじゃ。この入田の地は、他の誰にも渡さぬ。わが戸次が、もらい受ける」

源兵衛は必死で食い下がった。

「乱世なれば、行く末はわかりますまい。いつの日にか、二階崩れの真実が明らかにされ、入田家が汚名を雪《すす》ぎ、謀叛の疑いをかけられし者が、光を取り戻すやも知れませぬ。降伏をお認めくださいませ。女子の命まで奪う必要はありませぬ。戸次の母御前は――」

「わが妻は必ず死を選ぶ。わしのために、戸次の皆のために、大友のために」

「なぜわかるのでございまするか？」

「好き合うておる夫婦《めおと》じゃからのう。惚れた腫《は》れたと言い合うた憶《おぼ》えは一度もないが、この世にわしほど、お道の心を解しておる人間はおらぬ。お道はわしに討たれることを望んでおる」

鑑連はゆっくりと床几《しょうぎ》から立ち上がった。

何かに誘われるように、鑑連が帷幄の外へ出てゆく。

源兵衛は主の姿を、睨みつけながら追った。

降り積もる雪の音が、ひとつ残らず聞こえるくらい、戦場は静まり返っていた。

降雪の向こうに立つ津賀牟礼城を見上げながら、鑑連はひとりごとのように言い放った。

「わが愛しき妻よ、炎の中で死ね」

それは、いつもの鑑連らしからぬ、ひどく湿った震え声だった。

鑑連の言葉に、家臣は誰ひとり、何の言葉も発しなかった。

皆、鑑連の背を見ている。

「見よ、津賀牟礼城の梅が花盛りぞ。お道の言うておったとおりじゃ。かくも美しき景色が、世にはあるのじゃな。ようやくお道とふたりで、雪梅花を見ることができた」

その言葉に、皆が鑑連に続き、帷幄の外へ向かう。

源兵衛も立ち上がった。

家臣団に背を向けて雪の中へ歩み出た鑑連の向こう、遠く津賀牟礼城の露台に、浅葱《あさぎ》色が見えた。

†

絢爛《けんらん》たる梅花の競演に、天が惜しげもなく真っ白な彩りを添えている。

残照も感じさせぬまま、厚い雪雲の向こうで、やがて日が沈むだろう。

戸次勢の突入と同時に、津賀牟礼城の各所に火を放つ手筈《てはず》はできていた。

城の北、正面直下には、真っ赤な抱き杏葉の軍旗が、雪風の中で翻《ひるがえ》っている。

つい最近まで、あの軍旗のほつれを、お道が手ずから直していたものだった。

お道はひとり、風花の舞い続ける露台へ出た。

戸次の陣までは、ぎりぎり矢が届かないくらいの距離だ。

お道は死に装束として、浅葱地に雪梅花をあしらった打掛《うちかけ》を選んだ。

裕福な入田家から大野にいくつも衣裳《いしよう》を持っていったが、結局、貧しい戸次家で買ったのは、「ご乱行」で入手した打掛けだけだった。死にゆく妻が夫に未練を残す意味などない。

——すべてを燃やし尽くして、消えればいい。

お道に気づいた戸次兵が、立てていた槍先をいっせいに伏せた。

敵味方に分かれたとはいえ、戸次の母御前に対し、最大限の敬意を払ったのであろう。

帷幄から出てきた鑑連が城を見上げていた。

いや、お道を見つめている。

自慢の兜《かぶと》の前立てはもちろん金獅子《きんじし》だ。一度外れてしまい、鑑連は真っ青になったが、親誠の口利きで府内の甲冑師《かつちゆうし》に修理を頼み、着脱できるようにした。愛用の真っ赤な陣羽織は酷使に耐えきれず、今は五代目だ。作り置きもあるし、お道が頼んでいる府内の職人は、由布家続が顔見知りだから、心配ない。鑑連への長い離縁状には、お道の果たしていた役割を家臣や侍女が引き継げるよう詳細に書いておいた。お道がいなくなっても、さほど困るまい。

金獅子が雪をかぶり、漆黒の鎧にまとう赤の陣羽織が荒い雪風に揺れている。

これが、戸次鑑連の戦場での姿なのだ。何と惚れ惚れとする男ぶりか。

見納めだが、初めて目にする夫の雄姿を、お道は誇りに思った。

たがいに手が届かず、遠く離れてはいても、最後にこうしてふたりで、津賀牟礼城に咲きこぼれる雪梅花を眺められた。天がふたりに与えてくれた、せめてもの慰めに違いなかった。

自慢の家臣たちが、後ろから鑑連の周りに群がってきた。

左に立った巨漢は安東家忠だ。戸次館で宴をやるとき、家忠はまずお道に伺いを立てた。お道から音頭を取らせたときもある。家忠の役割は戦場だけではない。持ち前のひょうきんさで、これからも戸次を明るく照らしてくれるだろう。

右の長身は由布源兵衛だ。鑑連に惚れ込み、戸次の将来を担う立派な武将になった。この戦が終われば、想い人の美春と結ばれる。ふたりは必ず幸せになるだろう。鑑連は寂しがり屋だ。鑑連のために、祝言を挙げてもしばらくは館の離れに住むよう、書いておいた。

その隣であごひげを扱《しご》いているのは由布家続だ。ぜんぶ抱え込む癖があるが、これからは所領も増える。育ってきた若い家臣にも任せるよう書いておいた。家忠との仲も気になるが、源兵衛がうまく立ち回ってくれるだろう。

家忠の隣に立つ小男は堀祥ではないか。生涯、戦には出ず、金勘定だけをする約束のはずだ。名うての戦嫌いが、なぜ慣れぬ甲冑に身を固めて出陣したのだろう。堀祥とは力を合わせて戸次家の財政を再建してきた。これからはお道を通さず、鑑連に直接、物を言わねばなるまいが、見かけによらず胆力のある男だ。入田の支援なしでもやっていける。

一番左端に立っている中背は戸次鑑方だ。縁の下の力持ちに、一時の迷いはもうあるまい。不動の副将として兄を立派に支えている。もしも鑑連が継室を娶《めと》らぬときは、千寿丸に後を継がせればいい。

おや、森下釣雲の鳥顔が見当たらぬようだが、今回は出陣しなかったのか。

他にも鑑連の周りには、自慢の家臣たちが群がっていた。皆、鑑連に心底惚れ込んだ男たちだ。後は皆に任せればいい。お道がいなくても、もう、大丈夫だ。

長らく世話になった。お道の幸せは、いつもこの男たちとともにあった。

お道は最後に、最愛の夫と大好きな皆に向かって、深礼をした。

——後を、頼みまする。

心の中で一人ひとりに別れを告げてから、ゆっくり頭を上げた。

お道は雪と風だけで作られた薄い帳《とばり》の向こう、遠く戸次の陣に、皆の別れの合図を見た。

鑑連以下、戸次家臣団は兜を脱いで、小脇に抱えている。

皆、死へと赴《おもむ》く戸次の母御前に向かって、深々と頭を下げていた。

お道は泣き笑顔でうなずくと、何の未練もなく、踵《きびす》を返した。

†

主郭に戻る途中、何やら剣呑《けんのん》な様子に、お道は物陰にそっと身を隠した。

父の入田親廉が寒々しい縁側に出て、誰かと会話していた。親廉の視線の先を追うと、庭の井戸の脇に、捕縛されているひとりの武者がいた。

見ると、森下釣雲である。

戸次勢の一手を率いる将が、なぜ落城間近の城内へ単身、潜入を試みたのか。

「ご隠居様。こやつを血祭りに上げて、景気づけにいたしましょうぞ！」

親廉の隣で仁王《におう》立《だ》ちしている若武者は、親誠の嫡男、入田義実であった。お道の甥にあたる。幼いころ、子のないお道も、膝の上でよく可愛がったものだ。

府内をからくも脱出した義実は、疲労困憊《ひろうこんばい》して未明に津賀牟礼城へ逃れてきた。親誠と違い、勇敢な若武者で、最後に一戦を交えて死ぬ覚悟を固めていた。

釣雲は縛られたまま、親廉に向かって言上《ごんじょう》した。

「落日とともに、大友軍の総掛かりが始まりまする。入田一族はすべて討ち果たせとの主命。鑑連公は苛烈なるお方ゆえ、ご容赦はありませぬ。されば、過去の恩義に思いをいたし、かく参上いたしましたる次第。すぐに西門より落ち延びられませ。今なら夕闇《ゆうやみ》に紛れ、わが手勢がご案内できまする」

「ご隠居様。この者、甘言を弄《ろう》してわれらを討ち取り、手柄を立てる肚にござる」

義実は腰の豊後刀を抜くと、釣雲に向かって突きつけた。

「もはや勝ち目なき戦なれば、こやつを斬《き》り、せめて戸次と大友に一矢報いたく存じまする」

「まあ待て、義実」

親廉は老いて痩せた手で義実を制すると、釣雲に向かって笑いかけた。

「面妖じゃな、釣雲。お前は打算のみで動く男であったはず。なぜ危ない橋を渡ってまで、敗残の旧主に義理を果たそうとする？」

「人は交わる人間によって変わるもの。鑑連公にお仕えするうち、それがしも、どうやらまっとうな人間になってしまいました。今日のそれがしがあるは、貧窮《ひんきゅう》をお救いくださったご隠居様のおかげ。ご恩返しをするは今をおいてないと、思い定めました」

「笑止。乱世には虚言を弄する者ばかりよ。鑑連の指図で、俺たちをはめるために来たに決まっておるわ」

義実が刀を大きく振りかぶった。刃が部屋の明かりに煌《きら》めいても、釣雲に動ずる様子はない。

「神明に誓《ちこ》うて、嘘偽りは申しませぬ。主の許しを得ず、単身、城へ入り、あえて捕まったもの。入田家に大恩ある身なれば、お救いできぬものかと、それがしの一存《いちぞん》で参りました」

「父上もはめられたのじゃ。お前なんぞを信じてよい理由が、どこにある？」

義実が詰問すると、釣雲は言葉に窮していたが、ややあって答えた。

「それがしは今……戸次鑑連の家臣にございまする」

「ふん、鬼とはよう言うたものよ。全大友の将兵が屍肉《しにく》に蠅《はえ》がたかるように入田討伐軍に加わっておる。その采配を振るのは、入田に大恩ある戸次だ。鬼は功欲しさに恩義を忘れ、見境なく滅ぼしおる。鬼の子分なぞを信じられる道理がどこにある？」

「時がござらぬ。どうかそれがしを信じて、他日を期すためにお逃げくださりませ」

「大友への怨み、戸次への怨み、骨髄《こつずい》に徹しておる。俺は生涯、この遺恨を忘れぬ。俺を生かして逃せば、後悔するぞ。いつの日か、憎き大友を、戸次を必ず滅ぼし、入田の汚名を雪《そそ》いでやる。それでも、俺を救うと申すか？」

「鑑連公が今、この城をいかなる気持ちで取り囲んでおられるか、そのご苦衷は戸次の者にしか、わかりますまい。戸次家臣に、入田家の悲運を嘆く者はいても、喜ぶ者は誰ひとりおりませぬ。入田家の汚名返上のためなら、われらも手を尽くしましょう」

親廉が心地よさそうに笑った。

「なるほど、釣雲よ。そなたはよき面構えになった。乱世でよき主《あるじ》に仕えられ、幸せじゃのう。されば、お主にわが孫義実を委《ゆだ》ねる。必ず、落ち延びさせてやってくれい」

「畏《かしこ》まってございまする」

「親誠は西へ逃れた。阿蘇大宮司が入田を裏切って、父子ともに誅《ちゅう》するやも知れぬ。されば、義実は南へ落ち延びよ。薩摩《さつま》にも面白き男が出てきおったゆえ、この先の九州がどうなるか、まだまだわからんぞ」

「ご隠居様、お待ちくださりませ。なぜこの男を信じられまする？」

「戸次鑑連の家臣だからじゃ」

呆《あき》れ顔で言葉を失っている義実の前に、お道が姿を現わした。

「お方様……」

釣雲はお道に気づくと、縛られたまま、急いで頭だけを下げた。

お道は手で衛兵《えいへい》を制すると、腰の短刀を抜き、釣雲を縛る荒縄を切った。

「義実どの。この城で戸次に討たれるもよいが、祖父と叔母を信じるなら、この者と行き、命を拾いなされ」

「叔母上……」

お道は改めて平伏する釣雲の肩に、優しく手を置いた。

「そなたを見込んで、いまひとつだけ、頼みたい私事があります。そなたに任せたほうが安心ですから」

†

厚い雪雲のせいか、太陽は、地上へ光を届け忘れているようだった。

かわたれ時になっても、人にもたらされぬ明かりの代わりに、津賀牟礼城が真っ赤な大輪の花を、天に向かって咲かせている。

由布源兵衛たちの前で、戸次鑑連が、炎の色で作られた城を見上げていた。

主郭から外へ出てきた者は誰もいなかった。皆、死んだ。

燃え上がる炎とともに、源兵衛の恋も終わったのだ。

日没と同時に、鑑連による総攻撃の下知で、戸次勢は大友軍の先頭を切って城内への突入を開始した。黒々とした人海が瞬く間に城へ押し寄せ、大地を揺るがす鯨波《げいは》は、雪雲の覆う天まで轟《とどろ》いた。

大友最強の軍勢は、守備の手薄な城門を瞬く間に突き破った。

巨城のあちこちで、待っていたようにたちまち火の手が上がった。

すべてを念入りに焼き尽くすと思い定めたかのように、物見台、矢倉《やぐら》、厩《うまや》から台所、郭《くるわ》にいたるまで、あらゆるものが次々と内から鮮やかな光を発し始めた。大友軍の火矢が降り注ぐと、巨大化した真っ赤な炎は、無力な降雪など物ともせず、いっせいに鈍い音を立てて、ますます燃えさかった。

われ先にと殺到する味方の将兵を押しのけて、源兵衛は主郭を目指した。

美春までが死ぬ必要はない。

何としても、想い人を救い出したかった。

だが、主郭はすでに、戸次勢さえ寄せつけぬ、炎の防壁によって守られていた。親廉とお道の指図であろう、入田家の誇りと尊厳を死守すべく、入田兵は城の各所に次々と火を放っていた。

それでも源兵衛は、主郭へ突入した。

煙に巻かれても、必死で美春の名を叫び続けた。死へと誘《いざな》う猛火を乗り越えて、どこまでも奥へ進もうとした。その源兵衛を必死で抱き止め、無理やり外へ連れ戻した男がいた。安東家忠だった。

かくて炎とともに、強者が弱者を屠《ほふ》るだけの戦は、終わった。

一代の栄華を誇った入田家の豪奢《ごうしゃ》も、矜持《きょうじ》も、無念も、怨恨《えんこん》も、何もかもを、赤い炎が燃やし尽くしてゆく。

「殿。やはり城を落ち延びた者は、一人もいなかった由……」

由布家続の報告に、鑑連は振り返らず、無言で小さくうなずいただけだった。

「八幡殿。堀祥が柄にもなく、佐伯の将と諍《あらそ》いを起こしおってな」

家忠が連れてきた堀祥は、鼻血をすすっている。

一番乗りを戸次勢に奪われた腹いせであろう、佐伯勢のなかに、何やら聞こえよがしに鑑連の悪口を叩く者がいたらしい。腹に据えかねた堀祥が威勢よく啖呵《たんか》を切ったまではよかったが、腕っ節の強い相手に、逆にのされたという。騒ぎを聞きつけた家忠が仕返しをしたため、乱闘になった。結局は、家忠がひとりで相手を打ちのめしたらしいが。

「身のほど知らずめが。喧嘩で戸次の将が負けるなど、名折れではないか」

「面目ない。戦も喧嘩も初めてゆえ。されど、拙者は悔《くや》しゅうてなりませぬ。他家の将兵が何と言うておるか、殿はお聞き及びではありませぬか？」

無言のまま背を向けている鑑連に代わって、源兵衛が口を出した。

「他家の連中は一様に、かく難じてござる。褒賞《ほうしょう》に目が眩み、恩人の義父、離縁した妻を先頭に立って攻め滅ぼした戸次鑑連は、血も涙もない強欲な鬼じゃ、と」

「さような奴《やつ》がおったら、見つけ次第、黙ってぶん殴れ」

「それゆえ拙者は、佐伯の――」

「それがしも、佐伯の将の言う通りじゃと、思うてござる」

「何じゃと？　いま一度、言うてみい、源兵衛！」

聞きとがめた家忠が、源兵衛の前に巨体を晒《さら》した。

「何度でも申し上げまする。戸次鑑連は勲功欲しさに妻を焼き殺した鬼じゃ。それがしは、この入田攻めを機に暇《いとま》をいただき、故郷に戻りまする。鑑連公以外には生涯仕えぬと誓うた身ゆえ、仏門に帰依《きえ》し――」

源兵衛は頬に突然、衝撃を感じた。

殴りつけた家忠に向かって、嚙《か》みついた。

「なぜじゃ！　なぜ愛する者を討たねばならぬ！　忠義なんぞ糞喰《くそく》らえじゃ！」

胸ぐらをがしりと摑んできた手があった。

森下釣雲だった。両眼には、あふれんばかりの涙が浮かんでいる。

「今は乱世じゃ！　戦いたい相手とだけ戦えると思うてか！　澄ました顔で軽口を叩いておっても、ここにおる皆が皆、心の中で泣き叫んでおる声が、お前には聞こえんのか！」

背後で馬の嘶《いなな》きがし、鎧のこすれる音が近づいてきた。

「兄上、戻りましてござる。ご明察のとおり大中寺《だいちゅうじ》に女、子どもが匿《かくま》われておりました。お指図に従い、寺に移されていた入田家の家宝は、朽網鑑康殿の陣へ届け申した」

源兵衛が驚いて振り返ると、戸次鑑方の隣に、美春が立っていた。生きている。

泣き腫《は》らした眼、すすで薄汚れた頰が痛々しいが、生かされていたのだ。

美春は源兵衛に構わず、鑑連の背に向かって、数歩あゆんだ。

「お殿様。別れ際に、お方様はかく仰せでありました。戸次鑑連に嫁いだ道は、日本一幸せな妻であったと。ご隠居様からは、入田はよき婿を得た、大友の行く末を頼むと、伝言を頼まれました。されど……されどわたしは、お殿様を赦《ゆる》しませぬ！」

なお物言わぬ鑑連の背に向かって、美春は泣き叫びながら、続けた。

「入田を救う手立ては、本当になかったのですか？　他に道はなかったのですか！　お方様は身籠もっていらっしゃいました。あと三月で、きっと元気な赤子を産まれたはず……」

家臣団がいっせいにどよめいた。

鑑連は、お道の懐妊を知っていたのか。

「懐妊を知ったお方様が、どれほど喜んでいらしたか、お殿様はご存じありますまい！　お方様がどれだけ……」

美春の声は、嗚咽《おえつ》で途切れた。

源兵衛が後ろから抱き寄せても、美春は主君への罵倒《ばとう》をやめなかった。

「どうして殺さねばならなかったのです？　己の妻も子も守れぬ将が、日本一の武士なのですか！　夫を心から愛している妻を、腹の子ごと焼き殺すなど、人間にはできぬ！　鬼の所業《しょぎょう》じゃ！　わたしはお殿様を、生涯、お恨み申し上げまする！」

皆が黙って、鑑連の背を見詰めている。

泣きじゃくる美春が懐から何かを取り出して、鑑連の背に投げた。

それは、鑑連の黒鎧の大袖《おおそで》に当たり、鈍い音を立てて落ちた。歯の不揃いな櫛《くし》のようだった。

鑑連は足元に目を遣り、雪上の木片を拾い上げた。鑑連はしばらくそれを見ていたが、やはり背を向けたままで、初めて言葉を口にした。

「すまぬ。こたび、皆には、つらい戦をさせた」

ゆっくりとした口調だが、いつもと変わらぬ、落ち着いた濁声《だみごえ》だった。

源兵衛はハッとして、鑑連の背を見た。

鑑連はすべて、知っていたのだ。

どんな思いで鑑連は、総攻撃の下知をしたのだ。

源兵衛は、なお泣き叫ぶ美春を己に振り向かせた。

すがりついてくる美春の温かい身体を無言で抱き締めた。

†

妻がこよなく愛した城は、まだところどころに残炎を抱いていた。

勢いを失った炎が、暁闇《ぎょうあん》に少しずつ役割を譲ってゆく。

新たに落とした城の前に立ち、戸次鑑連は大岩を割って立つ白梅の古木を見上げていた。猛火に炙《あぶ》られ、生を終えようとしている。

——昔、うぬは言うたな。悲運を破る秘訣《ひけつ》を教えてやると。

——さようなものはないと、言いたかったのじゃよ……。

鑑連の目の前で、焼けた古木が音を立てて折れ、崩れ落ちた。


何もかもを跡形もなく焼き尽くし、ついには燃やすものを失った炎が潰《つい》えても、戦場は闇へと戻らなかった。

淡い光しか放たぬ日輪が、炎上を終えた水の里に昇ろうとしていた。

雪雲のせいで不機嫌な光が朝の訪れを感じさせずとも、夜に別れを告げたほの暗さのせいで、戦士たちの蛮行《ばんこう》と狂躁《きょうそう》の無惨《むざん》な結末が、視界のなかで形を取りつつあった。

城が灰燼《かいじん》に帰しても、お道の愛した梅林の多くは健在だった。

無垢《むく》の雪をかぶった梅花は、人間の愚かしさを間近でつぶさに見ても、物言わず、変わらず咲き誇っている。

あたりには、残煙が天までゆらりと立ち上ってゆく音しか、なかった。

打ちのめされるほどに圧倒的な静けさが、戦の終わった城跡を覆っている。

夫に未練を感じさせぬためであろう、大野の戸次館には、お道にゆかりのある品は一つも残されていなかった。

鑑連は、手の中にある不揃いのつげ櫛を見た。

哀れな戦士たちを慰めるように、厚い雪雲の切れ間から、奇蹟《きせき》のようなひと筋の光が差した。

鑑連は、天を見上げた。

鉛色の雲と戯《たわむ》れていた、いく筋もの陽光が、気まぐれに大地を照らし始める。

たちまち確かな色を持ち始めた雪梅花が、光の風に吹かれて、いよいよ咲き乱れた。

紅白の花びらが無数に入り混じり、気まぐれな風花とともに、はらはらと散ってゆく。

お道とともに歩み、日夜、紡《つむ》いできた想い出の一つひとつが消えていく気がした。

鑑連はもうひとつの手をそっと伸ばした。

やがて、漆黒の手甲《てっこう》をはめた掌《てのひら》の上に、まるで穏やかな冬日の黄昏《たそがれ》のなかを、微風もないのに散ってゆくような優しさで、濃紅の梅の花弁が一枚、舞い降りた。

——お道、なのか。

もの柔らかな春の気配に乗って、聞き慣れた声がした。

——お前様はひとりではありませぬ。振り返ってごらんなさい。たくさんの家族がいるではありませぬか。

雲間のやわらかい光のささやきに導かれるように、鑑連はゆっくりと振り返った。

——これが、わたしたち夫婦の育てた、自慢の家族です。一つひとつの家族の木は、やがて立派な大樹になって、無数の花を咲かせてゆくでしょう。

皆、鑑連を見ていた。

皆、涙を流している。

「今、お方様のお声が聞こえた気がいたします」

想い人の腕のなかで、美春が顔を輝かせながら、光の筋のなかで踊る雪梅花を見ていた。

「すべてを焼き尽くす紅蓮《ぐれん》の炎が、悲しみもまた灰にしてくれるでしょう、と」

由布源兵衛が、美春の言葉を継いだ。

「入田には尽きぬ湧《わ》き水がある。きっとまた、喜びの花を咲かせるでしょう、と……」

「かようなときに、しんみりとした話をいたすな」

乱暴に源兵衛の背を叩いた安東家忠が声を震わせている。

「とにかく戸次は、こたびも大功を立てた。戸次の母御前も、さぞお喜びのはずじゃ」

「されば、いつものように、きのこ鍋で勝利を祝いまするかな」

咳払《せきばら》い混じりの由布家続の言葉を、戸次鑑方がすすり上げながら継いだ。

「春きのこを用意いたしましょう。ご隠居様の付け届けの酒樽《さかだる》も残ってござる。堀祥に奮発させて、豪勢に参りましょうぞ。貧相な祝いでは、義姉上《あねうえ》に叱られまするゆえ」

「おそれながら、実は落城前にお方様とお会いし、戦後のお指図をちょうだいしてござる」

森下釣雲が声を詰まらせながら、続けた。

「桜が咲くころに、源兵衛と美春の祝言を盛大にあげよ、と」

「うらやましゅうござるな。ついでに拙者の祝言も頼みまする」

「知らなんだな、堀祥。浮いた話があったのか？」

家忠が、小柄な堀祥の首に太い腕を回し、締め上げている。

「急いで探すのでござる。お方様も逝かれたゆえ、拙者もついに身を固めましょう」

「何じゃ、お前は戸次の母御前に惚れておったのか？」

「色男なら皆、惚れましょうが……」

堀祥がみっともなく洟《はな》をすすった。

「宴やら、祝言やらの裏方の差配はやはり、身どもが全部やるのでござろうな」

鑑方が付け足すと、皆が泣いたまま、笑った。

戸次鑑連の周りを、今までと変わらず大家臣団が取り囲んでいる。

家忠などは我慢を放棄《ほうき》したらしく、男泣きに泣いていた。

「いつものように戦に勝ったんじゃ。元気を出さんか。戸次家臣ともあろう者たちが、泣くでない。わしを見習え、皆の衆」

鑑連が家忠の腹を拳骨《げんこつ》で殴ると、今度は家忠が堀祥の頭をぽかりとやった。元気を手渡してゆくように、男たちが次々と隣の者に乱暴な挨拶《あいさつ》を見舞っていく。

たちまち戸次家臣団が、にぎやかにざわめき始めた。

鑑連は今ふたたび、ふだんと同じ、心安らぐ喧騒《けんそう》のなかにいた。

＊

業火に呑まれた城の焼け跡に、お道たちの亡骸《なきがら》は見つからなかった。

戸次鑑連は津賀牟礼城の北面、しだれ梅の古木のあった近くに、小さな墓を建てた。遺骨の代わりに歯が不揃いのつげ櫛を埋めた。そこからは梅林も、水の里も見える。

後に大友家が滅亡し、津賀牟礼城も廃された後、謂《い》われも忘れられた女人の墓を守りながら、入田の人たちは、いつしかそれを「姫墓《ひめんばか》」と呼ぶようになった。

姫墓は今も、津賀牟礼城跡に残っている。

〈了〉

参考文献

『大友宗麟』外山幹夫（吉川弘文館）
『大友宗麟のすべて』芥川龍男編（新人物往来社）
『大友宗麟』竹本弘文（大分県教育委員会）
『大友館と府内の研究』大友館研究会編（東京堂出版）
『戦国大名大友氏の館と権力』鹿毛敏夫・坪根伸也編（吉川弘文館）
『大友記の翻訳と検証』（九州歴史研究会）
『筑後戦国史　新装改訂版』吉永正春（海鳥社）
『大友興廃記』杉谷宗重
『大友興廃記の翻訳と検証』秋好政寿（九州歴史研究会）
『九州戦国誌 上巻 戸次軍談』彦城散人校訂（歴史図書社）
『柳川史話』岡茂政　柳川郷土研究会編（青潮社）
『柳川立花家の至宝』福岡県立美術館・御花史料館編（福岡県立美術館）
『大分の歴史〈第4巻〉』渡辺澄夫ほか（大分合同新聞社）
『大分市史（中）』大分市史編さん委員会編（大分市）
『大分県史料32』大分県教育委員会編（大分県教育委員会）
『大分県史　中世篇Ⅲ』大分県総務部総務課編（大分県）
『大分歴史事典』大分放送大分歴史事典刊行本部編（大分放送）
『日本戰史　九州役　附図及附表』参謀本部編（村田書店）

『大内義隆』福尾猛市郎（吉川弘文館）

※本作は書き下ろし歴史エンターテインメント小説であり、史実とは異なります。なお、執筆にあたっては大分市教育委員会の坪根伸也様、大友氏顕彰会の牧達夫理事長、同会の若杉孝宏・佐藤弘俊両副理事長、九州歴史研究会の秋好政寿会長、臼杵史談会の臼杵將吉様、城郭研究者の篠田健司様から、貴重なご教示を賜りました。文責はもちろんすべて筆者にあります。

著者略歴

赤神　諒（あかがみ・りょう）
1972年京都市生まれ。同志社大学文学部英文学科卒、東京大学大学院法学政治学研究科修士課程修了、上智大学大学院法学研究科博士後期課程単位取得退学。私立大学教員、法学博士、弁護士。2017年、「義と愛と」（『大友二階崩れ』に改題）で第9回日経小説大賞を受賞し、作家デビュー。他の著書に『大友の聖将』『大友落月記』『酔象の流儀　朝倉盛衰記』『神遊の城』がある。

Kadokawa Haruki Corporation

赤神 諒

戦神《いくさがみ》

*

2019年4月18日第一刷発行

発行者 角川春樹
発行所 株式会社 角川春樹事務所
〒102-0074 東京都千代田区九段南2-1-30 イタリア文化会館ビル
電話03-3263-5881(営業) 03-3263-5247(編集)
印刷・製本 中央精版印刷株式会社

ISBN978-4-7584-1335-0 C0093
http://www.kadokawaharuki.co.jp/